FRANGINES

Adèle Bréau est une romancière et journaliste française. Sa trilogie *La Cour des grandes*, *Les Jeux de garçons* et *Les Devoirs de vacances*, dont les droits ont été vendus à la télévision, croque avec humour et férocité les jeunes parents d'aujourd'hui. Directrice de la mode au magazine *Gala*, elle est aussi la maman de deux petits garçons et auteure du blog adeledebrief.wordpress.com.

Paru au Livre de Poche :

LA COUR DES GRANDES

LES DEVOIRS DE VACANCES

LES JEUX DE GARÇONS

L'ODEUR DE LA COLLE EN POT

ADÈLE BRÉAU

Frangines

ROMAN

LATTÈS

ISBN : 978-2-253-07861-6 – 1re publication LGF

À ma sœur

« Grandir avec une sœur
rend plus apte au bonheur[1]. »

1. Selon une étude menée par Tony Cassidy à l'université d'Ulster, qui déclare qu'avoir une sœur augmente la propension des femmes à être heureuses dans la vie.

Louise

Plus qu'une patiente à visiter, et les vacances pourront enfin commencer. Avec les fortes chaleurs, ils sont tous aux abois, les malades, les petits vieux, et même les vacanciers, débarqués en masse dans la région depuis la fin des classes, pour des piqûres, des pansements à changer, des prises de sang à envoyer au laboratoire… Elle connaît beaucoup d'entre eux, qu'elle suit toute l'année. Elle a ses habitudes. Un petit café, Louise ? Et mes sablés, j'ai fait ceux que vous aimez tant. Vous pensez qu'il souffre ? Parfois, lorsqu'elle vient pour la première fois, elle redoute de découvrir un nouvel être enfermé dans la maladie, un lieu sale, une âme seule, et la douleur l'étreint alors, dans sa voiture, tandis que défilent les paysages de Provence, le soleil brûlant sur les terres arides dont même la beauté ne parvient pas à la consoler. Pourtant, elle a toujours voulu devenir infirmière, et puis vivre ici. Près de La Garrigue, et de chez ses parents. Mathilde et Violette trouvent ça dingue, qu'elle ait choisi cette existence-là. De vivre toute l'année sur le lieu de leurs vacances. Elles la trouvent idéaliste, puérile, surtout. Qu'est-ce que ça signifie, de rester ainsi juste à côté de chez papa, maman, sous prétexte qu'ils ont décidé de prendre leur retraite sous les oliviers ? De se lover comme ça dans l'été ? Pourtant, malgré son maigre salaire, les corps qui foutent le camp et les commerces désertés hors saison, elle ne regrette pas une seconde son choix d'être restée à Saint-Rémy. Demain, ses sœurs et elle se retrouveront toutes les trois chez Jeanne, pour la première fois depuis le départ d'Yves, l'été précédent.

Les cailloux crissent sous les roues du vieil utilitaire dont Louise se sert pour parcourir la région. Cette nouvelle patiente loge dans la bastide du châtelain. Son fils l'a contactée un peu avant le mois de juin. Elle a besoin de soins quotidiens ; c'est peut-être son dernier été. Et elle désire le passer dans l'odeur de lavande. Au téléphone, il lui a demandé si elle pouvait les aider. C'est le propriétaire de la bastide qui lui a donné ses coordonnées. Il dit qu'elle est la meilleure. Elle a beau être en congé, elle a accepté. Beaucoup de ses collègues seront parties à cette période de l'année, ils auront un mal fou à trouver quelqu'un. Et puis, malgré son bonheur de retrouver pour trois semaines Mathilde, Violette, leurs maris et les enfants, elle a pensé que prendre l'air chaque jour ne lui ferait pas de mal. Elle commence à avoir l'habitude de ces retrouvailles familiales annuelles, et de leurs montagnes russes qui la font invariablement vaciller entre félicité extrême et désespoir insondable. Il n'y a que ses sœurs pour la déstabiliser autant. Ses aînées, héroïnes de son enfance, modèles sans lesquelles elle aurait indéniablement été différente de celle qu'elle est devenue, même si elle se demande souvent si leurs conseils ou reproches ne lui sont finalement pas nocifs.

Le GPS indique qu'elle n'est plus qu'à quelques mètres de sa destination. Elle aurait pu s'en passer, tant elle connaît bien la propriété de celui qu'elles surnomment depuis l'enfance « le châtelain », sans bien savoir pourquoi si ce n'est que leurs parents l'appelaient ainsi et qu'il possédait la plus belle maison de la région. Au moment d'appuyer sur le bouton de l'interphone, son téléphone sonne.

Mathilde.

— Hello, Milou. Je te dérange ?

Toute la famille l'appelle comme ça depuis qu'à l'âge de six ans elle s'est fait couper une longue frange épaisse qui ne l'a plus jamais quittée et lui donne, selon l'appréciation familiale, un air de gentil cocker planqué derrière ses boucles châtain.

— J'arrive chez un patient, mais vas-y, je t'écoute. Ah, attends, tu sais où je suis ? Chez « le châtelain » ! Je vais enfin voir la bâtisse. C'est pas toi qui étais sortie avec leur fils, une année ?

— Tu es folle ! C'est Violette. Jamais je ne me serais approchée de ce sportif du dimanche sculpté au Racing. Plus son style. Quoique… Je n'ai pas le souvenir qu'elle se soit longtemps attardée sur lui. En revanche, je me rappelle qu'elle disait le plus grand bien de ses réveils avec vue panoramique sur les Alpilles. Le châtelain est malade ?

— Non, ils ont loué la bastide pour le mois d'août. C'est étonnant. Ils doivent avoir des problèmes de trésorerie.

— Tu m'étonnes, après quatre mariages, ça doit devenir compliqué.

— Ce que tu peux être méchante !

— C'est pour cette raison que tu m'aimes, non ?

— Bon, qu'est-ce que tu voulais, Morticia ? Je vais finir par être en retard, et ça n'est pas parce que ces vacanciers sont riches qu'ils ont moins besoin de mes services.

— Ah oui… Est-ce que ça te dérangerait de venir nous chercher à Avignon demain ? Finalement, on va prendre le train.

— Mais, vous ne deviez pas venir en voiture avec Raph ?

— Non, il doit travailler quelques jours de plus. Une mission qui s'éternise. Et puis tu sais, moi, conduire sur l'autoroute… Surtout avec la Cayenne.

— Si vous aviez une bagnole un peu moins grosse et polluante, aussi.

— Bon, tu ne veux pas qu'on remette ce passionnant débat sur l'écoresponsabilité à plus tard ? Si je nous prends le train qui arrive à 18 h 14, tu peux être là ?

Louise soupire. Elle a prévu de monter à cheval le lendemain, pour fêter ce premier jour de liberté après des mois de labeur ininterrompu. Cependant, elle ne peut rien refuser à sa sœur, qui se retrouve seule avec les enfants, et craint, en outre, que Jeanne propose d'aller les chercher à sa place, ce que Louise ne veut pas.

— Allez, d'accord.

— Génial ! Ah, et essaye de faire un peu de rangement dans ton camion, on aura beaucoup de valises. J'ai inscrit les enfants à un stage de tennis et à un autre de poney et j'ai acheté toutes les tenues chez Decathlon. Ça prend une place ! C'est super, non ? Tu vas pouvoir partager ta passion avec Pia ! Tu pourras peut-être l'emmener ? Le temps que Raph arrive avec la voiture.

— Il y a celle de maman.

— Oui, bien sûr. Mais tu sais comment je conduis… Enfin, on verra. J'ai tellement hâte d'être à demain. Bon, je te laisse. Alors 18 h 14, d'accord ?

— Parfait. Embrasse les enfants.

— À demain ! Tu sais si maman nous prépare son tian ?

— Aucune idée, je ne vis pas avec elle. Mathilde, je…

— Bon bon, je vais l'appeler, alors. Des vacances qui démarrent sans un tian, ce ne sont pas des vacances. Et l'été dernier a été tellement…

— Je sais… C'est ça, appelle-la. Je te laisse.

— Bisous, Milou.

— Bisous.

Louise est déjà crevée. Et exaspérée. Elle va devoir faire le chauffeur pour toute cette petite famille au prétexte qu'elle est motorisée et qu'elle n'a pas d'enfants. Comme si s'occuper de ceux des autres était censé la remplir de joie, voire combler un manque abyssal. Si c'était le cas, elle aurait fait un autre choix de vie, non ? Allez expliquer ça à Mathilde, pour qui la maternité semble représenter le plus grand accomplissement de la vie d'une femme…

Elle jette un coup d'œil au rétroviseur. Sa frange brune est collée à son front, et ses joues couvertes de taches de rousseur sont cramoisies. Évidemment, elle n'a pas la clim dans sa vieille Citroën bleu ciel. Dehors, même les cigales semblent accablées par la chaleur. À l'intérieur du véhicule, malgré les fenêtres ouvertes, il doit faire près de 40 °C. L'air qui s'y engouffre est brûlant. Pour l'élégance, elle repassera. De toute façon, elle n'est pas du monde du châtelain ni de quelconque de ses locataires, et elle n'est pas venue pour une soirée mondaine.

Elle sonne.

Violette

— Tu m'avais promis, Michel…

— Promis, quoi ? Ce que tu peux être prise de tête. Qu'est-ce qu'il y a, encore ?

— On avait dit que tu me déposais Clarisse aujourd'hui. Vous n'êtes pas encore partis ?

— T'inquiète. On va speeder, ou je conduirai de nuit.

— C'est hors de question.

— Me prends pas la tête, Violette. Quand elle est avec moi, je fais ce que je veux.

— Non, on l'élève tous les deux, même si ça n'est plus ensemble. Mets-la dans un train, je prendrai le billet.

— Mais tu t'entends ? Tu crois que c'est avec tes nouveaux revenus que tu vas me faire l'aumône ?

Violette coupe le micro de son téléphone, le temps de pousser un hurlement qui déchire le silence de l'appartement désert. Après toutes ces années, l'exaspération a succédé à la peur. Dans le haut-parleur, elle entend la voix de Michel qui gronde des « allô ? allô ? » autoritaires qui la tétanisent toujours. Sa voix des mauvais jours. Elle inspire profondément, puis expulse l'air en un mince filet. Elle ne doit pas le laisser prendre l'ascendant. Être rationnels, constructifs, adultes, a recommandé la juge. Pour Clarisse.

— Excuse-moi, je ne t'entendais plus. Écoute, notre train est le 4 au matin. On ne peut pas changer les billets. Qu'est-ce que tu proposes ?

Michel émet un grognement. Il n'aime pas lui céder. Les bonnes femmes le rendent dingue. Il ne les comprendra jamais. Elles compliquent tout. Pour faire chier. Pour quoi d'autre, sinon ?

— Bon, Maryline rentre en bagnole tout à l'heure avec la petite, elle a un rendez-vous chez le pédiatre demain. Tu veux que je lui colle Clarisse ?

Maryline... Violette ne s'y fera jamais. A-t-on idée de porter un prénom pareil quand on est la « nouvelle femme » ? A-t-on idée de porter un prénom pareil tout court ? Elle a beau se réjouir chaque jour d'en avoir définitivement terminé avec Michel, Violette ne peut s'empêcher d'éprouver un sentiment qu'elle a du mal à définir, lorsqu'il est question de cette nouvelle famille qu'il a construite si rapidement. Ce ne peut pas être de la jalousie, elle ne l'aime plus. De l'orgueil ? Une volonté absurde de garder intacte la passion déraisonnable qui les avait embarqués si loin ? Le chagrin de voir se tourner une page de sa vie, attestant du temps qui passe impitoyablement, qui emporte l'exaltation des corps et le gazouillis des nouveau-nés ? Clarisse va avoir douze ans. Et lorsqu'elle a un jour évoqué l'existence de Maryline, comme ça, mine de rien, au-dessus du lave-vaisselle qu'elles remplissaient joyeusement, Violette a curieusement oublié le passé. Les cris, le nœud dans la gorge lorsque la clé tourne dans la porte, le regard qui se voile et la blague qui ne passe pas et devient prétexte aux reproches, toujours les mêmes, les questions qu'elle ne comprend plus tellement sa tête tourne, l'envie que ça se termine, que l'orage s'éloigne, parce que si la tempête, généralement, se calmait, c'était souvent trop tard. Elle en avait parlé avec Mathilde, ce soir-là. « Tu penses que je suis folle ? » C'est elle que Violette avait appelée quand elle avait compris qu'il fallait partir vite, tout de suite, que le huis clos avait assez duré, que Michel ne changerait jamais, qu'aucun retour en arrière n'était possible. Mathilde n'avait pas posé de question, elle avait senti l'urgence. Dix minutes plus tard, elle était en bas, avec sa force, son énergie radicale. Violette n'avait plus eu peur, et Michel n'avait pas osé descendre. Tout le monde craignait Mathilde. Deux ans plus tard, Maryline accouchait de Myrtille. Et Violette ne l'a toujours pas rencontrée. Alors, laisser Clarisse monter dans sa bagnole... Et d'abord, ça conduit comment, une Maryline ? C'est exactement pour ce genre de considérations que Violette s'est longtemps efforcée de maintenir son couple avec Michel, de rafistoler tant bien que mal les lambeaux de leur union. Pour ne pas avoir à subir l'incertitude des instants où leur fille serait soumise à des décisions, des rencontres et des trajets inconnus. Elle a bien dû s'y faire, pourtant, mais de ne rien savoir lui donne envie de vomir. Grâce aux névroses de sa mère, que Clarisse qualifie volontiers de dinguerie, celle-ci a hérité d'un joli téléphone portable sur lequel Violette dépose, au compte-gouttes estime-t-elle, des messages qu'elle souhaite calmes et bienveillants. Concernant ces quelques heures en voyage avec la génitrice de la petite sœur de sa fille, Mathilde dirait probablement qu'elle n'y peut rien, que la voiture de Maryline ou celle du frère de Tartempion ne changera pas son angoisse. Elle lui conseillerait certainement de dire amen au retour anticipé de sa progéniture chérie et de boulotter des chewing-gums ou se carrer les fesses dans un cinéma pendant le trajet, histoire de calmer son anxiété. Mathilde a souvent raison.

— Bon. D'accord. Et tu vérifies bien qu'elle n'a rien oublié, hein ? Parce que la dernière fois, pour récupérer le blouson que vous aviez laissé dans votre hôtel en Savoie, ça a été toute une histoire.

— Salut, Violette.

Il a déjà raccroché. Violette ouvre la fenêtre de sa chambre. Parler avec Michel la met hors d'elle, elle crève de chaud. D'autant qu'il doit bien faire 30 °C. Sûrement davantage en « ressenti », comme ils disent maintenant à la télé. C'est vrai qu'il n'y a pas un brin d'air, on étouffe. La nuit dernière, elle s'est à nouveau réveillée à 2 heures, les poumons dans un étau, la couette au bas du lit, le corps brûlant. Elle a lu longtemps avant de pouvoir se rendormir, elle a même hésité à appeler Jérôme. Alors forcément, aujourd'hui, elle se traîne. Elle a bien essayé de rassembler les affaires, mais avec cette chaleur, c'est un calvaire. Chaque geste lui demande un effort surhumain, d'autant qu'elle n'a jamais su faire une valise. Mathilde trie, compartimente, prend toujours les bonnes tenues. Louise part avec deux tee-shirts, un short et une paire de chaussures de marche. Violette, elle, emporte son dressing entier mais oublie sa brosse à dents. Ce n'est pas si grave, songe-t-elle. Elle a laissé beaucoup de choses à La Garrigue, depuis le temps. Dans l'armoire normande de sa chambre traîne le pull en laine qu'elle enfile toujours à Noël, quand elle oublie qu'il peut faire froid en Provence. Il y a aussi quelques maillots de bain démodés qui rendent bien service, et quelques robes qu'elle prend plaisir à retrouver là-bas et qu'elle ne se permettrait de porter nulle part ailleurs. Elle embarque aussi quelques affaires pour Clarisse. Elle n'aura peut-être pas le temps ce soir. Dieu sait à quelle heure Maryline la déposera.

Le téléphone de Violette se met à vibrer dans sa poche.

Sa mère.

— Bonjour, ma chérie. Je te dérange ?

— Non, maman. Enfin, je dois finir un dossier et faire les bagages. Je récupère Clarisse ce soir. Ensuite, on ira manger toutes les deux dans le quartier avant le départ de demain matin. À La Garrigue, avec les cousins, je sais qu'on ne se parlera plus vraiment pendant deux semaines, et j'aimerais qu'elle me raconte ses vacances.

— Oh, elle a eu l'air de beaucoup s'amuser ! Surtout que leurs amis avaient une fille de son âge, avec laquelle elle semble s'être très bien entendue ?

— Je… Je ne sais pas. Tu l'as eue ?

— Très rapidement. Par texto. Elle m'a envoyé quelques photos, et on a fait un FaceTime mardi dernier. À moins que ce soit mercredi… La maison de famille de Brigitte a l'air incroyable.

— Qui est Brigitte ?

— Eh bien… La nouvelle femme de Michel, la mère de la petite.

— Maryline, maman !

— Ah, bien sûr, Maryline. Je confonds toujours avec Bardot.

Violette lève les yeux au ciel.

— Bon, maman, désolée de te presser mais j'ai encore pas mal de choses à faire avant de partir.

— Oui, oui, bien sûr. Tu as une de ces vies, ma chérie. Non, je voulais connaître l'horaire de ton train. Parce que, finalement, Mathilde ne prend pas la voiture. Raphaël doit rester un peu à Paris. Du coup, comme elle sera seule avec les enfants et les valises, je me disais que vous pouviez peut-être vous coordonner. Louise va chercher ta sœur à la gare.

— Maman, ça fait des semaines qu'elle nous bassine avec sa grosse bagnole ! Et elle change au dernier moment ? Mes billets sont non remboursables non modifiables, je les ai pris il y a des semaines, tu te rappelles ? C'est même toi qui m'as dit que je devais me presser avant qu'il n'y en ait plus, ou qu'ils coûtent le prix d'une semaine aux Baléares.

— J'ai dit ça, moi ? Je ne sais même pas où sont les Baléares.

— J'en sais rien. Ou au Portugal, je ne me souviens plus. Bref, on s'en fiche. Mais je ne changerai pas mes billets pour Madame. Elle n'a qu'à prendre un taxi, ça ne risque pas de les plomber financièrement. Je vais appeler Louise.

— Oh non, Violette, vous n'allez pas commencer à vous disputer avant même d'être arrivées !

— Ne t'inquiète pas, maman. Je vais rester calme. On va trouver une solution. Et puis on ne se « dispute » pas. On a quand même le droit de se parler sans que tu t'inquiètes.

— Tu sais comment est ta sœur… Ou sinon, je prends l'Audi et je viens vous chercher. À quelle heure arrive votre train ?

— Ah oui, c'est pas idiot. Attends… 11 h 22.

— Parfait, je serai là. Ça me fera du bien de sortir un peu. Je me réjouis, ma chérie. Ah, et ton mari, il arrive quand ?

— Maman, Jérôme n'est pas mon mari ! On sort ensemble depuis huit mois.

— Qui sait ? Ça me ferait plaisir, moi, de marier à nouveau une de mes filles. Un seul mariage pour trois enfants, on ne peut pas dire que j'ai été gâtée, de ce côté-là. Et ce n'est pas Louise qui risque de m'emmener chez Pronuptia dans les mois qui viennent. Avec ce qu'elle travaille. À croire qu'elle fait exprès de ne pas avoir de vie amoureuse. À moins qu'elle ait des histoires avec des hommes d'Internet, qui sait ?

— Maman ?

— Oui, pardon, tu es pressée.

— Voilà. Jérôme arrivera pour le week-end. Avec sa voiture, ne t'en fais pas. Quant à nous, on te retrouve demain, d'accord ? Il me tarde.

— Oh, moi aussi, si tu savais !

— À demain, maman.

En cinq minutes de conversation téléphonique, Violette a déjà senti à plusieurs reprises ces petites pointes de contrariété qu'elle va devoir supporter pendant deux semaines. Tout d'abord, la complicité entre sa mère et sa fille qui, si elle ne l'avoue à personne, la contrarie souvent. Elle devrait s'en réjouir, mais elle ne peut s'empêcher de penser que les liens forts qui unissent Jeanne et Clarisse l'excluent forcément, et la privent de quelque chose. Et puis le despotisme de Mathilde, qui règne sur son monde sans se poser de questions, qui impose ses horaires et ses désirs à tous sans que personne n'ose s'y opposer. Depuis qu'elle a fondé une famille avec Raphaël et qu'ils étalent leur fric avec, juge-t-elle, une vulgarité évidente, c'est pire. Soudain, elle a envie de crier. Au lieu de cela, elle appelle Louise tout en sortant les jeans de sa fille. Bleu ciel, large, brut, blanc, court ? Lequel voudra-t-elle prendre ? se demande-t-elle. Louise ne répond pas. Violette laisse un message :

— Allô, Milou, c'est quoi ces conneries ? Qu'est-ce qu'elle a encore, la reine mère ? Bon, moi j'arrive à 11 heures quelque chose à Avignon. J'ai cru comprendre que tu faisais le chauffeur. Peux-tu me dire à quel horaire arrivent Mathilde et les enfants ? Si on a le même train, je décommande maman. Sinon, elle a prévu de venir nous chercher. À demain, docteur Quinn. Rappelle si tu as besoin de quelque chose de parisien. Bisous.

Un texto est apparu sur l'écran de son portable pendant qu'elle parlait au répondeur de Louise.

Michel.

« Ta fille part. Elle sera là ds 3 h. »

Il a joint une photo de Clarisse souriante, assise dans une voiture, un petit chien ridicule dans les bras. En arrière-plan, Violette distingue une silhouette féminine et jeune, qui installe un enfant dans un siège bébé. Elle essaye de zoomer avec son pouce et son index pour scruter le grain de sa peau blanche, la minceur de sa taille. En vain. La photo reprend sa taille originelle et le joli visage de Clarisse réapparaît. Le cœur de Violette se serre. Elle va retrouver sa fille et tout tournera à nouveau rond.

Jeanne

Voilà, elle a fini les derniers lits, ceux du dortoir qui n'ont pas été faits depuis l'été précédent. Lorsque Clarisse vient pour les vacances scolaires, presque toujours seule, elle prend la chambre de sa mère et Louise – celle qui donne directement sur la terrasse. Il y fait bien moins chaud, l'air s'y engouffre la nuit par la large porte-fenêtre qu'elle ouvre toujours en grand à son réveil, lorsqu'elle apparaît, radieuse, son grand sourire destiné rien qu'à sa grand-mère, ses longs cheveux roux ébouriffés, ses yeux encore ensommeillés. Avec la famille au grand complet, Jeanne va devoir réorganiser la maison. Louise a bien proposé de rester au bourg mais il est hors de question qu'elle soit isolée du reste de la famille. Non, Jeanne veut retrouver le bonheur des étés familiaux d'antan, lorsque les filles étaient petites. Les petits déjeuners pris au soleil tous ensemble au milieu des cigales à peine levées dans l'odeur de pain grillé, avec le miel qui dégouline sur les doigts des enfants, les guêpes qui se faufilent sous les cloches protectrices, le thé qu'on se ressert à l'infini à mesure que monte la chaleur et s'ouvre une nouvelle journée à profiter des siens, sans autre préoccupation que s'interroger sur les repas du jour et la performance des petits dans la piscine. Depuis le début de la semaine, toute l'attention de Jeanne est tournée vers l'accueil de sa tribu. Il faut que tout soit parfait. Mathilde a été la plus difficile à convaincre – avec Raphaël, ils avaient envisagé de parcourir les États-Unis avec enfants et amis. L'année précédente, ça avait été la Thaïlande. Pourquoi aller si loin alors qu'ils ont tout ici ? Le beau temps, une bâtisse modeste, certes, mais emplie de tant de souvenirs, les petits des voisins pour occuper les enfants et puis elle, surtout, qui ne sera pas éternelle.

Les jeunes d'aujourd'hui n'ont semble-t-il d'autre obsession que s'éloigner de leur famille, de parcourir le monde en avion au détriment de cette planète qu'ils s'escriment paradoxalement à protéger. Et puis cette obsession de parler anglais, absolument, à tout âge et partout comme si la vie en dépendait. Mais Jeanne garde pour elle ce qu'elle observe, elle tait ce qui l'irrite chez ses filles, particulièrement chez ses deux aînées. Louise, elle, est restée près de La Garrigue. Est-elle plus heureuse pour autant ? Et si elle avait fait ce sacrifice juste pour s'occuper de sa « pauvre » mère ? A-t-elle d'autres rêves qu'elle réprime sans qu'on le sache ? Elle n'a pas d'enfant, elle gagne une misère et elle se tue à la tâche… À trente-trois ans, ça commence à lui faire du souci. Égoïstement, Jeanne s'est convaincue que Louise est celle de ses filles qui a fait le meilleur choix de vie. En fin de compte, qu'en sait-elle ?

À ses amies de la belote, qu'elle retrouve tous les jeudis matin, elle confie ses anecdotes familiales, ses doutes, ses emportements. Et toutes abondent dans son sens. Elles aussi déplorent le désintérêt d'une progéniture qu'elles ont couvée, protégée, jusqu'à ce qu'elle décide de s'en aller. Si elle était honnête avec elle-même, Jeanne concéderait que ce sont eux, Yves et elle, qui ont abandonné leurs filles. Une fois ces dernières devenues adultes, ils ont continué à habiter en Touraine, à une heure de TGV de leurs petits-enfants. Puis ils ont un jour décidé de s'établir toute l'année dans cette maison achetée lorsque Mathilde et Violette étaient petites, et Louise pas encore née, et dans laquelle ils passaient tous leurs étés.

— Quoi, mais vous n'allez quand même pas vivre définitivement à La Garrigue ? s'était exclamée Mathilde, quand ils les avaient réunies toutes les trois pour leur exposer leur projet.

— C'est idiot de continuer à payer le loyer d'un appartement alors qu'on ne travaille plus ni l'un ni l'autre, avait répondu Jeanne, qui avait arrêté son activité quelques années plus tôt après une vie entière à accoucher les autres.

Sage-femme, c'était plus qu'un métier, c'était un sacerdoce. Yves, lui, avait sagement attendu d'avoir suffisamment cotisé et avait enfin organisé ce pot de départ à la retraite qui le faisait tant rigoler, comme s'il s'agissait d'une blague. Mais c'était arrivé en un clignement d'yeux. Les collègues avaient versé leur petite larme, s'étaient cotisés pour lui offrir un mug « Libéré, délivré », une montre connectée pour « rester actif » et un barbecue pour sa nouvelle vie. Après plus de quarante ans passés dans cette entreprise de maçonnerie qui l'employait déjà lorsqu'il avait rencontré Jeanne, il avait tiré sa révérence avec humour et bonne humeur, ainsi qu'il l'avait toujours fait durant sa paisible carrière. Puis le couple avait mis le cap sur le sud, emportant meubles et albums photos pour savourer ensuite la douceur de se réveiller côte à côte au milieu des parfums de pin, de thym et de lavande qui avaient été ceux du bonheur.

— Vous ne tiendrez jamais l'hiver, vous allez vous ennuyer comme des rats morts, vous verrez ! avait déclaré Violette, alors obnubilée par ses dossiers, sa fille et son choix de vie qui n'en était pas un.

Mathilde avait elle aussi abondé dans ce sens. Évidemment.

— Pas de ciné, pas de théâtre, et puis les enfants, qui va s'en occuper ?

Jeanne avait douté, bien sûr. C'est vrai qu'elle avait toujours vécu en ville. Même si elle parcourait la campagne pour s'occuper de ses patientes, les préparer à la maternité, les accoucher parfois dans des lieux isolés, le soir, elle rentrait dans leur petit appartement du vieux Tours, rassurée par le brouhaha alentour, les commerces à deux pas, et les restaurants qu'ils fréquentaient lorsqu'ils étaient trop fatigués pour cuisiner. Allait-elle supporter l'ennui, les vacanciers qui désertent la région à la fin août, les vieux qui restent comme seuls compagnons d'arrière-saison ? Jeanne reconnaît que les premières semaines avaient été compliquées, lorsque Violette et Mathilde étaient reparties à Paris, Louise en Touraine, que Saint-Rémy s'était peu à peu vidé, que le soleil avait pâli. Qu'allaient-ils faire de tout ce temps ? Pour la première fois de sa vie, elle s'était retrouvée face à elle-même, ou plutôt face à son couple.

Plus jeune, elle ne s'était préoccupée que de ses études. Et puis, elle avait rencontré Yves, et elle était tombée enceinte de Mathilde. Ses journées s'étaient alors remplies de tâches dédiées aux autres. Ses patientes, leurs époux. Ses filles, qu'il avait fallu élever, nourrir, habiller, veiller, soigner, inscrire, chercher, accompagner, coiffer, consoler, départager. Son mari qu'il avait fallu écouter, rassurer, attendre. Mais elle, dans tout cela ? Et eux deux ? Qui étaient-ils devenus, une fois le nid familial vidé ? Lorsqu'ils étaient réunis tous les cinq, Jeanne se sentait invincible. Chacun avait peu à peu trouvé son rôle dans la famille, comme sur une scène de théâtre. Yves était le patriarche peu autoritaire, celui qui autorisait lorsque Jeanne avait interdit. Mathilde était leur chef à tous. Ça avait toujours été ainsi. Déjà, à cinq ans, en maternelle, elle régentait une cour de copines serviles et très impressionnées. Violette, qui l'avait suivie de près, avait dû s'adapter à ce fort caractère, pousser dans l'ombre tutélaire de celle qui avait longtemps été son modèle, et se satisfaire de la place que lui laissait sa sœur. Louise était arrivée bien plus tard. Comme beaucoup de petits derniers, elle leur avait apporté la fantaisie dont ils avaient failli manquer à une certaine période. Jeanne s'était toujours sentie un peu transparente dans cette distribution des rôles. Certes, elle était la figure centrale et indispensable à l'épanouissement des autres, mais elle avait souvent l'impression que ses états d'âme, ses rêves et ses regrets avaient été relégués au second plan. Elle était juste devenue « maman ». Pour Yves aussi, c'est ce qu'elle était devenue.

— Madame Carpentier ?

Perdue dans ses pensées, Jeanne n'a pas entendu le facteur qui l'appelle depuis le jardin. Rapidement, elle referme les volets pour éviter que la chaleur n'entre dans la chambre des enfants. Sinon, ils ne pourront jamais dormir, surtout avec l'excitation des retrouvailles, se dit-elle.

— Oui, je suis là !

— J'ai un colis pour vous !

— Ah bon ? Mais je n'ai rien commandé.

— C'est pourtant très lourd. Et très gros. Au bureau de poste, on a tous parié sur une caisse de vin.

— Tiens…

— Signez là. Alors, la petite famille ne va pas tarder à arriver, hein ?

— Demain ! Je récupère ma première fille à la gare avec Clarisse, et puis Louise ira chercher la seconde. Nous serons au complet demain soir. Enfin, sans les gendres, qui nous rejoindront plus tard.

— Violette est mariée ?

— Non, vous avez raison, je m'emballe. Où est-ce que je signe ?

— Là, sur la machine, directement avec le doigt.

— Incroyable, ce progrès ! Zut, ça ne ressemble pas du tout à ma signature.

— Aucune importance, tout le monde s'en fiche. Vous me direz si c'est du vin ?

— Bien sûr. Je vous en donnerai une bouteille, surtout. Tenez, je vais l'ouvrir, ce sera fait. Non, je dis gendre parce qu'elle nous présente son nouvel ami. C'est tout de même la première fois depuis Michel.

— On ne l'aimait pas, celui-là, n'est-ce pas ?

— Pas vraiment, non… Mais comme c'est le papa de ma petite-fille, je ne préfère pas m'aventurer sur ce terrain-là.

— Et le nouveau, alors, il est comment ?

— Aucune idée. Il est architecte, c'est déjà extra. Ils se sont rencontrés, il me semble, par des amis communs du milieu de la décoration. Ce n'est pas vraiment la même chose, la poterie et l'architecture. Mais je crois qu'ils travaillent tous un peu main dans la main, et qu'ils ont les mêmes centres d'intérêt. Et qu'en plus, il peint.

— Il va être servi dans la région question paysages. Ça devrait l'inspirer.

— Oh, non. Il peint les murs. Ces gens savent tout faire, vous savez. C'est des métiers très complets.

— Je pensais plutôt aux Alpilles, aux champs de lavande, à la Camargue… Mais oui, pourquoi pas repeindre la maison, c'est vrai qu'elle aurait besoin d'un petit coup de frais.

— Ah bon ? Vous croyez qu'elle est trop négligée ? Je ne m'étais même pas posé la question. C'est vrai qu'après toutes ces années on n'a jamais fait de travaux.

— Pardon. Je ne voulais pas vous vexer, chacun fait comme il le sent. Mais c'est vrai qu'avec mon fils on rafraîchit tous les deux ans. C'est plus agréable et puis ça nous fait un chouette moment tous les deux.

Perplexe, Jeanne se tourne vers la longue bâtisse sur un étage qu'elle ne voit plus après trente-cinq ans.

À y regarder de plus près, elle aurait effectivement besoin d'un bon coup de pinceau, voire davantage. Sur les murs blancs, la chaux a craquelé par endroits, et les poutres apparaissent çà et là sous la peinture écaillée. La végétation très sèche de la région pousse un peu partout et, si l'ensemble conserve son tendre charme provençal, peut-être que Jeanne a trop pris l'habitude de contempler son bien avec les yeux de l'amour, ou de la routine. Zut, alors ! Elle n'est plus du tout emballée à l'idée d'accueillir sa tribu le lendemain. Elle doit absolument trouver une solution avant l'arrivée des maris. Raphaël ne manquera pas de faire des remarques. « Mais, belle-maman, pourquoi vous ne faites pas de travaux ? Vous savez qu'en construisant une extension, vous pourriez vous faire une belle chambre sur les champs de lavande ? Cette maison est mal orientée. » Il en a de bonnes, lui. Et où est-ce qu'elle aurait trouvé l'argent ? En revanche, quelques pots de peinture blanche, elle pourrait tout à fait se les offrir.

— Bon alors, on l'ouvre, ce colis ? Il faut que je termine ma tournée avant midi, moi, sinon je vais fondre. D'autant que j'ai pris le vélo aujourd'hui.

— Allez !

Jeanne tire fort sur le carton, en songeant à nouveau combien il est dommage de mettre toutes ces couches de papier et de plastique. A-t-on vraiment besoin de tout protéger ainsi ? Et on dira encore que c'est sa génération qui a cochonné la planète. Enfin, le contenu apparaît.

— Mais… qu'est-ce que c'est que ça ? Des tapis ? Et ce truc ? C'est sadomaso ?

— On dirait du matériel de gymnastique. Ou de bondage.

— De bondage ?

— Je plaisante, madame Carpentier. Ce n'est pas pour faire du yoga ou quelque chose de ce genre ?

— Mais je n'ai rien commandé, moi ! Qu'est-ce que je vais faire de ces machins ? Déjà que le garage déborde de vieux jouets et des affaires de Violette qui datent du divorce.

— Regardez peut-être sur le bon de commande.

— Vous avez raison, ça doit être une erreur. Ah : Mme Chambrette… C'est Mathilde. Elle est gonflée, celle-là ! Elle a décidé de nous mettre à la méditation ou je ne sais quoi. À moins que ce ne soit pour évangéliser la région, non mais je vous jure ! Elle aurait pu me prévenir, en plus. Imaginez que je n'aie pas été là. Ça, depuis qu'ils ont de l'argent, ils jouent aux Rougon-Macquart avec toute la famille.

— C'est plutôt sympa, je trouve. Et puis, ils sont jolis, ces tapis. Les enfants seront contents.

— Oui, vous avez raison. Je m'emballe. C'est super. Je suis juste surprise.

Jeanne est un peu gênée d'avoir laissé éclater sa colère devant le facteur. En plus, il connaît Mathilde, ils ont passé plusieurs étés dans la même bande. Redoutant qu'il aille raconter tout ça aux voisins – Ah là là, chez Mme Carpentier, ça ne va pas être triste, cet été, les trois frangines sont à La Garrigue –, elle lui offre la moitié de ces étranges objets.

— Si, si, j'insiste. Pour votre famille. Je n'ai aucune envie d'avoir ces gadgets dans mon jardin.

À Mathilde, elle dira qu'il n'y avait pas grand-chose dans le colis. Alors que le facteur se confond en remerciements, son téléphone sonne. C'est Mathilde, justement. Elle prend une grande inspiration, fait promettre au facteur de ne rien dire et répond pendant qu'il remonte la colline sur son vélo :

— Oui, ma chérie, comment ça va ? Je viens de recevoir ton cadeau mais tu es folle, il ne fallait pas !

Mathilde

Elle a tout disposé sur la table de la salle à manger, une table de ferme qu'elle a dégotée aux puces, après des mois de recherches. Elle lui a coûté une petite fortune, mais Mathilde ne regrette pas. Le bois brut et joliment irrégulier a apporté une touche campagne à son salon. Non que la province lui manque, mais elle a bien vu dans les magazines de décoration que l'esprit bohème est à la mode. Et dire que ses parents ont acheté La Garrigue une misère il y a des décennies. À une époque où personne ne connaissait Saint-Rémy, et à peine la région. « Vingt et un millions d'anciens francs », rappelait toujours fièrement le patriarche, avant de préciser : « Le prix d'un parking aujourd'hui. » Raphaël dit qu'ils ont de l'or entre les mains, qu'avec trois fois rien ils pourraient relooker la propriété et la mettre en vente dix, voire trente fois son prix initial. C'est vrai que sa mère commence à être âgée pour habiter seule dans cette grande bâtisse. Avec l'argent, Jeanne pourrait s'offrir un petit appartement en ville, plus pratique et proche de chez Louise. Et pourquoi pas leur faire une donation à toutes les trois ? Alors, Mathilde pourrait acquérir une jolie petite maison bretonne, car elle en rêve. Un endroit rien qu'à elle – Raphaël déteste la Bretagne, car il y pleut tout le temps. La voile l'ennuie et il ne comprend pas la côte ouest. L'année précédente, ils ont failli acheter une grande maison très moderne, avec baies vitrées et air conditionné, surplombant la baie de Saint-Raphaël. Mais ça ne s'est pas fait. Avoir une maison de vacances aussi proche de celle de ses parents ferait un drame familial, et Louise le lui a bien fait comprendre. Ils n'iraient plus que là-bas, déjà qu'ils passent rarement voir Jeanne. Noël, le mois d'août, les week-ends de mai. Évidemment, quand on acquiert une résidence secondaire, il faut l'habiter pour la décorer, et puis l'amortir. Elle en a de bonnes.

Sur la première rangée, elle a fait des piles avec les habits des enfants. Ceux de Pia, ses jolies robes à smocks, les maillots de bain, les sandalettes dorées, les tee-shirts bien repassés, les culottes et les pyjamas. Et puis, juste à côté, ceux de Paul qui, à trois ans, emporte plus d'affaires qu'eux tous réunis. Au bout, elle a déposé toutes ses robes à elle, qu'elle calera dans un planning bien précis. Elle se visualise à l'apéritif, vêtue de doré le premier soir, d'une tenue en lin le lendemain. Et s'ils allaient dîner au restaurant, un soir ? Elle ajoute une paire de talons. Et pour le marché du mercredi, où est passée sa robe provençale, celle qu'elle n'a jamais portée parce qu'au Pays basque, franchement, ça ne colle pas ? Et puis il va falloir prendre le lit parapluie, et le tapis de yoga. Et la poussette, évidemment. Ce voyage en train va être un vrai calvaire. Raphaël a bien proposé qu'elle laisse une ou deux valises qu'il lui apportera lorsqu'il les rejoindra quelques jours plus tard, le temps de finaliser sa vente. Mais, sans idée précise de sa date d'arrivée, Mathilde est incapable de se délester du moindre vêtement. Elle verra bien. Louise lèvera certainement les yeux au ciel en la découvrant sur le quai de la gare, chargée comme un baudet, engloutie par ces responsabilités trop grandes pour elle. Mathilde est convaincue que sa petite sœur a toujours pensé que son aînée n'était bonne qu'à être jolie. Aujourd'hui, cependant, elle leur a prouvé à tous qu'elle aussi pouvait réussir, avoir un métier. Elle a monté une entreprise, ce qui n'est pas donné à tout le monde. Quand elle a commencé le yoga, et qu'elle a expliqué à Raphaël que les femmes du quartier se battaient presque pour s'inscrire dans la seule salle du coin, par ailleurs petite et tristounette, il s'est montré intéressé, pour une fois. Il n'a pas fait semblant de l'écouter, comme lorsqu'elle lui raconte ses journées avec les enfants, des histoires d'école ou de cours de danse. Non, il a levé les yeux de son portable et ils ont discuté tous les deux. Il lui a posé beaucoup de questions. Quelle était la demande, combien il y avait de professeurs, s'ils pouvaient envisager une affluence toute la journée, s'ils pouvaient imaginer la vente de produits dérivés pour pallier la baisse de fréquentation aux heures creuses. Ensemble, ils avaient créé Humble Warrior.

Sur les conseils de son mari, Mathilde était partie en Californie pour une « étude de marché ». Elle avait testé beaucoup de salles, de restaurants « veggies » et des « formules bien-être ». Pour la première fois, ils trépignaient à l'idée de s'appeler en fin de journée. Elle était fière et heureuse du regard qu'il posait sur elle. Au retour de Mathilde, Raphaël lui avait trouvé le local idéal, à deux pas de la maison

– c'est son métier, après tout. Le local était petit mais la salle, immense et tout en verrière, donnait sur une petite cour calme et arborée. Une rareté dans le 16e. Dans un premier espace, ils avaient installé le coin restauration, avec « jus healthy », « bowls » et autres eaux de coco. Plus tard, ils avaient démarré la vente de vêtements de yoga. Très vite, ça avait pris. Ils avaient embauché des professeurs supplémentaires, et puis une jeune femme pour gérer la salle. C'est à cette époque que Mathilde était tombée enceinte de Paul. La plus belle année de sa vie. Pourtant, malgré ce réel succès dû en grande partie à son énergie et à sa pugnacité, Mathilde continuait de douter.

Dans la famille, elle avait toujours été la plus jolie, celle que tous les garçons regardaient. À la maison, quand il y avait des invités, ils s'extasiaient toujours sur ses cheveux, son visage de madone, ses yeux bleu marine. Violette, avec son épaisse chevelure rousse, ses lunettes et ses excellents résultats scolaires, avait logiquement pris le rôle de la cérébrale. Quant à Louise, elle était arrivée bien trop tard pour que Mathilde se compare à elle. Du moins durant leur enfance. Aujourd'hui, c'était différent. Avec son métier vertueux, et l'attention toute particulière qu'elle portait à ses parents, il semblait à Mathilde que Louise lui faisait de l'ombre. Et puis, à quoi sert la beauté à l'approche de la quarantaine ? Quand on a deux enfants et un couple installé ? Certes, les heures d'exercice auxquels elle s'adonnait quotidiennement lui avaient permis de conserver un corps tonique et séduisant, mais qu'en était-il de son légendaire visage ? Dans la rue, les têtes se retournaient moins. Même lorsqu'elle était sans les enfants et arborait des décolletés qu'elle n'aurait pas osés lorsqu'elle était plus jeune.

Cette réunion de famille dans la maison de leurs étés, Mathilde l'attend et la redoute à la fois. À la joie de se retrouver toutes les trois s'ajouteront inévitablement les douleurs enfouies qui rejaillissent quand on évoque le passé, tandis que chacune occupe avec aplomb le rôle qui lui a été assigné. Et comment fera-t-elle pour emmener les enfants partout sans Raphaël ? Généralement, c'est lui qui gère cette intendance, trop ravi de quitter la cellule sororale quelques heures. Certes, il aime ses belles-sœurs, mais à petite dose, précise-t-il. Surtout depuis qu'il est le seul « mâle » du clan. D'ailleurs, Mathilde le soupçonne d'avoir repoussé son départ pour passer moins de temps auprès des trois frangines, quand elles évoqueront leurs souvenirs d'enfance plus ou moins heureux, le laissant écouter ces anecdotes qui n'intéressent qu'elles, ou le prenant à partie pour les départager. Heureusement, Violette a invité son mystérieux Jérôme, qu'aucune d'entre elles n'a encore rencontré, malgré l'insistance de Mathilde qui a même proposé un déjeuner tous les trois « en off » pour lui rendre ensuite la tâche un peu moins difficile. Mais Violette a refusé, arguant que Louise serait furax d'avoir été écartée, comme d'habitude, sous prétexte qu'elle habite loin et qu'elle est la petite dernière. Eh bien, le pauvre diable devra faire son entrée dans la tribu comme on saute d'un coup dans une piscine. Gare au choc thermique, Jérôme ! Zut ! À propos de piscine, Mathilde se rend compte qu'elle a oublié de sortir ses jolis paréos. Où a-t-elle la tête ?

La Garrigue, trente ans plus tôt

— Je vous sers une tasse de thé, madame ?

— Oui, s'il vous plaît. Attention, vous en mettez partout ! Vous allez me brûler, petite maladroite !

— Pardon, madame.

— A gâteau, madame ?

— Non, merci, vous savez bien que ça fait grossir ! Apportez-moi plutôt mon sac, que je prenne mon éventail. Allez !

— Non mais c'est pas ta servante, c'est la fille de la dame du salon de thé.

— Oh mais ça m'ennuie, moi, le salon de thé. Vous ne voulez pas qu'on joue plutôt à la princesse qui se prépare pour le bal ?

— On y a déjà joué hier. Et puis j'en ai marre de faire la sœur qui coiffe la princesse. On ne pourrait pas dire que je suis invitée moi aussi ? Et même Milou, pourquoi elle irait pas au bal, elle aussi ?

— Mais... Et qui s'occuperait de nous alors ? Je ne vois pas l'intérêt du jeu. Non, on fait comme d'habitude. Va chercher les boucles d'oreilles et la brosse de maman, je m'occupe de la robe.

Sans leur laisser le temps de répondre, Mathilde repoussa le drap qui séchait d'une main, et somma ses sœurs de sortir. Violette poussa un léger soupir et prit Louise par la main.

— Viens, Milou, on va chercher les bijoux.

— Bisou !

— Mais nan, godiche. Les bijoux, pas les bisous.

Devant le visage tout rond de sa petite sœur de trois ans, qui la regardait comme si elle était une actrice américaine au Festival de Cannes, Violette la prit dans ses bras en la serrant fort, avant de la couvrir de bisous, malgré la morve sèche autour de son nez, et les bouts de biscuits collés aux commissures de ses lèvres. Louise était en culotte de maillot de bain, elle essayait d'être propre. Dans quelques semaines, elle allait entrer à la grande école. Pour le moment, elle faisait pipi partout, et même pire, caca au milieu de l'allée. C'était rigolo de voir papa effaré devant cette crotte abandonnée.

— Tu me suis ?

Violette essaya de porter Louise, qui avait oublié ses chaussures. L'herbe piquait trop ses petits pieds potelés. Violette enfila ses sandales roses, celles que Mathilde portait l'année précédente. Elles étaient comme neuves. Dans la maison, on n'entendait aucun bruit. Les parents faisaient encore la sieste. À La Garrigue, elles devaient s'y coller, sous prétexte qu'on était dans le Midi, comme si elles étaient des bébés. Après le déjeuner, tout le monde allait dans sa chambre. Louise dormait dans un grand lit à barreaux qui avait appartenu à maman. Mathilde et Violette s'efforçaient chaque jour de trouver le sommeil sur leurs lits en fer qui grinçaient comme c'était pas permis. Violette se glissa dans la salle de bains et fureta dans les affaires de sa mère. La mosaïque orange et la minuscule fenêtre à barreaux qui donnait sur la cour rendaient la pièce très sombre. Elle alluma la lumière. Dans un des tiroirs sous le lavabo, elle trouva le coffre à bijoux de Jeanne. Combien de fois avaient-elles joué avec ces dizaines de boucles d'oreilles à clips. Il y en avait des dorées, des rouges, des jaunes, d'énormes faisant des cliquetis assourdissants. Jeanne en portait tous les soirs à La Garrigue. Jamais en Touraine. Sur toutes les photos d'été, son visage est auréolé de ces drôles de prothèses qui lui donnent parfois un air comique ; mais le plus souvent, elle est belle, avec son visage bronzé, et les dorures du métal qui accentuent sa féminité. Violette aurait aimé lui ressembler. Mais ça n'arriverait pas. Elle était ingrate. Elle le voyait bien, quand des invités venaient à la maison, qu'ils ne s'arrêtaient pas sur elle. Lorsqu'ils voyaient Mathilde, ils poussaient des cris d'admiration. Oh mais quelle beauté, Jeanne, Yves, comment avez-vous fait cette merveille ! De Violette, ils ne retenaient que ses cheveux roux. C'était déjà ça.

Dans l'armoire à pharmacie, elle aperçut ces petits bidules qui ressemblaient à des suppositoires en coton munis d'un petit cordon, qu'elles avaient volés l'autre jour avec Mathilde, pour s'en faire des boucles d'oreilles. Elles s'étaient fait drôlement gronder. Violette sentait bien qu'il y avait quelque chose de pas net avec ces trucs. Personne ne voulait leur expliquer à quoi ça servait. Mathilde prenait toujours des airs supérieurs quand Violette l'interrogeait, mais elle était certaine qu'elle n'en savait rien non plus. Sinon, elle n'aurait pas été aussi attentive quand Violette avait osé poser la question. C'était toujours Violette qui posait les questions. Mathilde l'envoyait et attendait le compte rendu. Violette s'en fichait, elle n'avait pas peur. Qu'est-ce qui pouvait lui arriver ? Au pire, elle se ferait gentiment réprimander, elle n'en mourrait pas.

— Tu yen Yolette ?

Louise avait passé sa tête sous les portes de saloon. Autrefois, La Garrigue était un restaurant, racontaient les parents. C'est pour ça qu'il y avait deux toilettes, ce qui était formidable et très chic. Deux toilettes côte à côte, sur lesquels on pouvait faire pipi en discutant. Ce qui était ennuyeux, c'était ces portes de saloon. Maman disait que les invités n'aimaient pas tellement. Avec Louise, elles riaient souvent lorsqu'elles se penchaient pour voir leurs pieds, culotte baissée, sous les battants de bois.

— J'arrive ! Tiens, prends les bijoux et apporte-les dans la cabane, lui ordonna Violette. Je vous rejoins.

Louise attrapa la grosse boîte avec ses petites mains. Fière de sa mission, elle ne discuta pas et la serra fort contre son gros ventre. Violette croisa son reflet dans le miroir et saisit un pinceau. Doucement, elle le plongea dans la poudre brune laissée sur les carreaux effrités, puis dessina une ombre sur ses paupières. Discrète, au début, puis plus prononcée. Elle étira ses yeux pour leur donner une forme d'amande, comme le faisait Mathilde pour ses spectacles de danse. Puis elle prit la petite brosse, cracha dans la pâte, mélangea et essaya de noircir ses cils. Ça lui piquait les yeux. Elle pleurait. Pourtant, elle continua. Son visage changeait dans la glace. Celle qui lui faisait face aurait pu être une femme. Elle saisit un bâton de rouge à lèvres très rouge, presque terminé. Elle plongea son index à l'intérieur et étala sur ses lèvres épaisses la couleur. Elle fit ploc avec sa bouche de la même façon que les actrices à la télévision. Elle se trouva presque belle. Ah, si elle pouvait se maquiller comme ça toute l'année, Benoît la remarquerait, c'était certain. Violette entendit un bruit dans le couloir. Les parents devaient être en train de se lever. Elle éteignit la lumière et courut vite vers le jardin. Au loin, elle aperçut les draps blancs qui dansaient joliment dans le vent. Le mistral allait se lever, ils en avaient parlé au marché ce matin. Hors d'haleine, elle entra sous le linge, alors que Mathilde, en justaucorps rose et tutu, laissait Louise tourner autour d'elle pour lui mettre maladroitement les boucles et les bracelets.

— Désolée, j'ai traîné. Vous voulez que je vous aide ? Je peux te coiffer, j'ai la brosse.

Mathilde ouvrit grand la bouche, sans qu'aucun son n'en sortît. Et puis elle la referma aussi sec. Elle regarda sa sœur avec un mélange d'étonnement et de contrariété. Maxillaires crispés, elle fit un mouvement rapide, brutal, pour que Louise lâche ses poignets. Elle fronça les sourcils, et deux petits plis verticaux apparurent juste au-dessus de son nez, comme chez les adultes. Violette ne dit rien. Elle avait oublié, en chemin, cette histoire de maquillage. Personne n'osa plus bouger. On entendit les guêpes et les taons voler autour des draps, partout, prêts à fondre sans pitié sur leurs petits corps sucrés. Et puis soudain, d'un coup, le visage de Mathilde se détendit totalement, comme si les fils invisibles qui paraissaient avoir froncé sa peau avaient été rompus.

La seconde qui suivit, elle éclata d'un rire sonore qui sembla ne plus pouvoir s'arrêter. D'abord étonnée, Louise se tordit de rire elle aussi, sans trop comprendre pourquoi. Elle imitait sa sœur parce que, franchement, tout ça était vraiment tordant. Rassurée, et pour ne pas passer pour une pimbêche, Violette se joignit à elles en haussant les épaules, l'air de dire : « Qu'est-ce que vous voulez, c'est tout moi, ce barbouillage ridicule. » Elle n'avait pas eu conscience d'être à ce point risible, mais elle devait bien se rendre à l'évidence, la féminité, ce n'était pas pour elle. Mathilde rigolait à s'en étouffer, elle se serrait le ventre, pour mimer la douleur des muscles trop sollicités, et reprenait son souffle en penchant la tête. Non vraiment, sacrée Violette, ce qu'elle pouvait être drôle ! Impayable.

Elles avaient bien ri, cet après-midi-là. Louise était aux anges, elle avait partagé un moment de belle complicité avec ses sœurs. Violette, elle, en avait gardé un curieux souvenir, un mélange de joie et de tristesse, sans bien comprendre pourquoi. Et Mathilde avait détesté. Elles n'avaient plus jamais rejoué aux princesses.

Louise

Le moins qu'on puisse dire, c'est que la réputation du châtelain n'est pas usurpée. La propriété est sublime. En entrant dans le parc, tandis qu'elle longe les oliviers qui semblent lui faire une haie d'honneur vers la maison, Louise en a le souffle coupé. Depuis la grille et pendant plusieurs centaines de mètres, la jeune femme n'aperçoit pas la moindre pierre. Seulement ces arbres magnifiques et admirablement entretenus, le ciel immensément bleu et le soleil qui tape si fort que rien n'ose enfreindre son autorité. Elle se gare au milieu des nombreuses voitures, de gros engins à climatisation, et un cabriolet ridicule déjà couvert de poussière. Dans un réflexe mesquin, Louise fait légèrement déraper sa Citroën qui soulève un joli nuage de terre sèche. Puis elle attrape sa mallette dans le coffre très encombré de cartons, d'outils de jardinage qu'elle doit rapporter à Jeanne, de bâches et de mille autres objets inutiles qu'elle ne prend jamais le temps de trier, comme si sa voiture était devenue progressivement une sorte d'annexe de son appartement lui-même guère plus en ordre. Elle a ses priorités, et le rangement n'en fait pas partie. Timidement, elle fait le tour de la gigantesque demeure ocre de trois étages, dont la façade se trouve à l'arrière, en contrebas. En quelque sorte, elle tourne le dos aux importuns de son genre. Il faudrait faire une étude sur la manière dont les gens imaginent leur maison, pense-t-elle, il y aurait certainement beaucoup à dire. En tous les cas, le bâtisseur de celle-ci n'était certainement pas un hôte des plus accueillants.

Parvenue de l'autre côté, Louise peut admirer en surplomb l'ensemble de la propriété. La piscine ondoyante dans laquelle des enfants se baignent, les chaises longues en teck sur lesquelles se prélassent des adultes alanguis – par cette chaleur et avant 16 heures, quelle folie, songe-t-elle. Pourtant, longeant la piscine, une pergola sur laquelle sont fixés de longs voiles blancs invite à la quiétude d'une sieste protégée. Louise se serait volontiers laissé tenter par une pause dans cet espace magique. Plus loin, de jolis fauteuils en osier sont disposés sous un large parasol beige, sous lequel lit un homme. Sur une grande table en pierre traînent encore les vestiges d'un récent déjeuner. Une dame vêtue d'un tablier va et vient, emportant verres et assiettes, pendant que chacun vaque à ses occupations. Il règne ici une harmonie élégante, comme si un peintre invisible avait immortalisé la félicité d'un après-midi provençal idéal. Voilà donc comment vivent les riches ! Et dire que Violette a déjà dormi ici. Dès demain, je lui poserai mille questions sur cette brève aventure, se promet-elle. Louise a beau être sérieuse et consciente de sa mission, elle n'en reste pas moins très curieuse et friande d'anecdotes croustillantes. D'ici là, elle doit se résoudre à descendre l'escalier de pierre en se cramponnant à la rambarde sans abîmer les nombreuses fleurs qui l'ornent. Arrivée devant la table du déjeuner, Louise attend le retour de la gouvernante. Elle n'ose pas déranger l'homme au parasol, visiblement très concentré sur son ouvrage. Peut-être qu'il s'agit d'un invité de la patiente, et qu'elle ne souhaite pas que ses hôtes connaissent les aléas de sa maladie.

— Bonjour. Pardonnez-moi, je cherche Mme Adam. Je suis l'infirmière.

— Ah, bonjour. Il faut voir ça avec Monsieur, répond la femme en désignant l'homme au parasol, avant de se remettre au travail.

Louise s'approche timidement, se racle discrètement la gorge pour s'annoncer, tout en se trouvant un peu ridicule. Pourquoi cette gêne soudaine ? Elle pourrait se comporter comme avec ses chers « petits vieux ». Les modestes, les habitués, les solitaires qui l'accueillent avec un simple café et un grand sourire parce qu'elle est leur bonheur du jour, qu'avec elle ils peuvent dérouiller cette voix qui ne sert plus qu'à engueuler leur animal de compagnie ou bien la télé, ou à laisser des messages sur les répondeurs de leurs enfants absents. Qu'a-t-elle donc à se rabougrir au contact de cet argent ? C'est ridicule. Elle est là pour soigner. Pour soigner tout le monde. Reprends-toi, Louise, reprends-toi.

— Je suis l'infirmière, se présente-t-elle à l'homme au parasol.

— Ah, bonjour. Je suis le fils de Mme Adam : Guillaume. On vous attendait. Merci de vous être déplacée.

— C'est mon travail.
— Je croyais que vous étiez en congé.
— Seulement à partir de demain.
— Je vous remercierai demain, alors.
— C'est inutile. Puis-je voir la malade ?
— Oui, évidemment. Suivez-moi.

Cramponnée à sa mallette, Louise jette de rapides coups d'œil alentour, tout en suivant le type élégant qui la conduit à la chambre de sa mère.

Vêtu d'un bermuda ocre, d'une chemise rouille à manches courtes et de mocassins en daim, la jeune femme se dit qu'il y a vraiment un « genre d'hommes ». Elle connaît très bien celui-ci, qu'elle a trop souvent croisé lorsqu'elle était à l'hôpital. Les golfeurs qui laissent leurs femmes à la maison, se sentent supérieurs à tout le monde et piochent le matin dans leur pile de vêtements repassés sans réfléchir une seconde à comment ceux-ci ont atterri là, à qui les a lavés, pliés, rangés. Ils ont une épouse qu'ils félicitent pour la décoration de leurs diverses maisons et qu'ils trompent entre midi et deux, un chien pour pouvoir envoyer des sextos à leur maîtresse au prétexte de le sortir et quelques enfants avec lesquels ils partagent peu, hormis de vagues informations sur leurs résultats scolaires ou leurs voyages en Angleterre. Des gens un peu comme Mathilde et Raphaël, pense-t-elle un instant avant de se le reprocher aussitôt. Louise se déteste quand elle juge les autres comme ça ! Surtout sa sœur, qui fait probablement ce qu'elle peut, même si c'est d'une façon qu'elle n'a jamais comprise.

L'intérieur de la maison est très frais. Une douce odeur de melon et de basilic récemment coupés filtre des cuisines. Dans le salon, plusieurs recoins invitent à la détente – pour jouer aux cartes, au piano sur un magnifique instrument, ou au billard, un peu plus loin dans le fond. En silence, ils passent les pièces les unes après les autres. Puis le bourgeois adultérin rompt le silence :

— Elle est assez affaiblie, vous savez. On a voulu l'emmener ici pour qu'elle voie la Provence une dernière fois. Elle venait quand elle était petite. C'était peut-être une folie... La nuit dernière a été dure.

— Ne vous inquiétez pas, j'ai l'habitude.

— Le médecin a prescrit une prise de sang en plus des soins habituels. Vous pouvez faire cela ?

— Bien sûr. J'enverrai les prélèvements au labo. C'est lui qui vous contactera ensuite.

— Parfait. Eh bien, allons-y.

Comme pour se donner du courage, il prend une grande inspiration avant de tourner la poignée de la lourde porte de bois. Dans la chambre aux rideaux tirés dort une femme très amaigrie. Ses doigts noueux croisés sur sa poitrine sont enserrés dans de grosses bagues devenues trop grandes. Malgré la maladie manifeste qui ronge méthodiquement et inlassablement le peu de vie qui lui reste, elle est très élégante, féminine. La femme ouvre les yeux lorsqu'elle les entend.

— Maman, l'infirmière est là.

Pour la première fois et sans savoir pourquoi, Louise réprime un sanglot. Entendre ce grand gaillard appeler cette vieille femme « maman » l'émeut plus que de raison. Elle a immédiatement la vision du petit garçon qu'il a été, regardant cette femme belle, jeune et forte avec toute l'admiration que les gamins ont pour celle qui leur a donné la vie. Des décennies plus tard, les voilà réunis dans cette chambre de la région de l'enfance, lui au chevet de celle qui avait pour mission de le protéger. Les rôles se sont inversés. Pourtant, Louise voit cela tous les jours.

— Bonjour, mademoiselle. Vous êtes très gentille d'être venue me voir.

— Je vous en prie, madame. On va commencer, vous voulez bien ? Monsieur, je peux vous demander de sortir ?

— Oui, bien sûr. Vous n'avez besoin de rien ? Je peux demander à Jany de vous préparer quelque chose. Une citronnade, un café, vous avez peut-être faim ?

— Un verre d'eau, ce sera parfait. Je repasse vous voir quand j'ai fini.

Violette

— Le châtelain ? Mais jamais de la vie !

— Tu rigoles ? Je me rappelle très bien. Tu l'avais embarqué après la soirée blanche et paillettes du 15 août. Je m'en souviens très bien, tu faisais ta crâneuse sous le feu d'artifice à faire des « oh » et des « ah » en mode comtesse, pour lui plaire.

— N'importe quoi…, réplique Violette avec une mauvaise foi évidente. Je te signale que ma fille est à l'arrière, ajoute-t-elle en baissant la voix.

— Je vous entends très bien.

Le nez plongé dans son portable, Clarisse a utilisé le ton laconique et pince-sans-rire qui plaît tant à Louise. Elle adore sa nièce, qu'elle voit pendant les vacances scolaires. Contrairement à Paul et Pia, Clarisse vient à Saint-Rémy chez ses grands-parents depuis qu'elle est toute petite. Quand elle est là, Louise vient parfois séjourner à La Garrigue pour passer du temps avec elle. Elles ont développé une belle complicité qui, avec les ans, ne cesse de s'affirmer. Pendant l'année, Clarisse envoie presque quotidiennement à sa tante des messages sur une des conversations WhatsApp thématiques qu'elles se sont créées rien que pour elles. L'une concerne spécifiquement les artichauts, dont elles sont toutes les deux folles, et regorge de recettes nouvelles et de photos appétissantes. Une autre, sobrement appelée « Plombier », est dédiée aux raies des fesses dépassant grossièrement de la ceinture d'inconnus accroupis, qu'elles capturent çà et là en riant avant de se les envoyer. Sur une troisième, toutes deux dévorant plusieurs livres par semaine, elles échangent sur leurs lectures. Et puis il y a la « fourre-tout », sur laquelle Clarisse a ajouté Jeanne, sa grand-mère adorée, une autre de ses confidentes. L'adolescente y raconte l'école, les disputes avec ses copines et les engueulades entre ses parents, sa difficulté à s'entendre avec sa belle-mère, qu'elles appellent toutes Machine, pour ne pas écrire son prénom. De cette petite sœur, Myrtille, débarquée dans sa vie quelques mois plus tôt, et qui lui fait craindre de perdre le peu d'attention que lui consacre son papa. Jeanne, elle, poste des photos des champs de coquelicots, de lavande, du marché du mercredi, des vidéos de Louise et elle qui lui envoient un peu de la Provence en hiver. À la gare d'Avignon, elles se sont toutes les trois jetées dans les bras les unes des autres. Violette et Clarisse portent encore leurs tenues de Parisiennes. Des jeans trop chauds et des chaussures fermées. Elles ont balancé leurs valises à l'arrière de la Citroën et pris place sur les sièges brûlants et défoncés. Après la belle route goudronnée, Louise a décidé de couper par un chemin de terre-plein caillouteux qui les secoue. Elles ont mal aux fesses mais elles s'en fichent pas mal.

— C'est gentil d'être venue nous chercher, mais ça ne devait pas être maman ? demande Violette, surprise.

— Vous me manquiez trop.

— Menteuse. Et Mathilde, elle arrive à quelle heure ?

— En fin d'après-midi. Quelle plaie, tu ne trouves pas ? Je lui avais pourtant demandé de changer ses billets. Ce serait quand même plus simple que de faire deux voyages dans la journée jusqu'à Avignon.

— Tu as dit « gnongue »

— Pas du tout.

— Clarisse, elle a dit « gnongue », n'est-ce pas ?

— Oui, tu as dit « gnongue ». *Avignongue.*

— Oh, mais lâchez-moi toutes les deux, puisque je vous dis que je n'ai pas l'accent.

— Bien sûr. Pas l'*accengue.*

— Bon, Clarissette, retourne photoshoper tes selfies et laisse-nous terminer.

— Oui, tata, répond la fillette en souriant malicieusement.

— Ah non, on avait dit pas « tata ». Il n'y a plus de tata, tu es trop vieille, c'est affreux, ce mot.

— Vous alliez dire du mal de Mathilde ?

— Absolument, alors bouche-toi les oreilles. Donc oui, ta sœur…

— Qui est aussi ta sœur, je te le rappelle !

— … a refusé de changer son billet parce que madame avait prévu d'aller chez l'esthéticienne le plus tard possible avant les vacances pour être nickel, et n'a pas pu avancer son rendez-vous. C'est donc à cause des poils de madame la comtesse que je dois me taper quarante kilomètres supplémentaires ce soir.

— Pourquoi tu ne demandes pas à maman d'aller la chercher ?

— Vous êtes barjos ou quoi ? Maman ne conduit jamais. À part pour faire place Jean-Jaurès-La Garrigue. Et encore, elle a embouti l'aile droite de l'Audi pour la dixième fois la semaine dernière. C'est un danger public. Et puis, elle n'est plus toute jeune.

— T'exagères ! Elle a soixante-cinq ans.

— Soixante-huit ! C'est dangereux pour elle et pour les autres.

— Tu la maternes trop, Milou. Laisse-la vivre un peu.

Louise pile brutalement, manquant de se faire rentrer dedans par une voiture surchargée de vélos dont le conducteur lui jette une pluie d'injures qu'elles n'entendent pas. Même Clarisse a levé le nez de son écran.

— Alors que ce soit clair, les remarques sur maman et la façon dont il faut la traiter, ce qu'elle devrait faire ou ne pas faire, ou encore nos relations trop fusionnelles, je refuse de les entendre pendant ces deux semaines de vacances. Sinon, je rentre chez moi et je vous laisse en famille. Parce que j'en ai jusque-là. C'est toujours ceux qui ne font rien qui se permettent de donner leur avis. Qui était là quand elle a pleuré tout l'hiver ? Qui se tape le courrier administratif parce que c'est papa qui a toujours géré ça et qu'elle n'y comprend rien ? Qui appelle le plombier, le câbleur, qui vient à 22 heures en bagnole réparer la télé qui, pour finir, n'était tout simplement pas sur le bon canal ? C'est vous, peut-être ? Alors quand vous aurez fait le quart de la moitié de tout ce dont je me charge, mal apparemment, je serai prête à écouter vos… suggestions.

— Tu as fini ?

— Oui.

— Je crois que les voitures derrière toi aimeraient avancer.

Prenant conscience de l'embouteillage qu'elle vient de créer, Louise recouvre son calme d'un seul coup, en même temps qu'elle sent monter sa peur familière de déranger les autres. Elle passe la tête par la vitre et s'adresse au conducteur qui s'impatiente en klaxonnant.

— Pardon ! Excusez-moi, vraiment. J'ai un… un petit problème mécanique, mais je repars. Merci, merci pour votre patience.

Un nouveau concert de klaxons exaspérés lui fait rentrer illico la tête dans l'habitacle et démarrer en trombe alors que Violette et Clarisse explosent de rire. Ce qui ne tarde pas à contaminer Louise dont les traits finissent par se détendre.

— Non mais tu me comprends ? reprend-elle timidement.

— Évidemment, ma Milou. Excuse-moi, je ne dirai plus rien.

— Mais si, vas-y. Toi, c'est pas pareil. Tu viens plus souvent. Et il y a Clarisse. Non, c'est Mathilde.

— Je te conseille de baisser la garde. Sinon tu vas te prendre la tête dès son arrivée. C'est les vacances, profite. Essaye de ne pas penser à tout ce qui t'énerve chez elle, et de prendre le meilleur de chacun. On n'a qu'une vie, après tout, et peut-être plus beaucoup d'étés ensemble.

— Eh bien, c'est gai. Pourquoi tu dis ça ?

— Pour rien, mais tu as déjà vu trois vieilles sœurs qui passent leur mois d'août en famille ?

— Non… Mais pourquoi, d'ailleurs ?

— Probablement parce qu'il y en a toujours une qui en décapite une autre avant.

— Arrête.

Louise sourit malgré elle. Violette sait toujours la dérider en lançant une petite pique bien sentie. D'ailleurs, elle a transmis son humour nonchalant à sa fille, et ça n'est pas la moindre des qualités dont Clarisse a hérité de sa mère.

— Et ton Jérôme, alors ? Il arrive quand ?

— Vendredi soir. Il termine un chantier à Arles, puis il viendra en voiture. Il en a pour à peine une heure.

— T'as peur ?

— Un peu. Vous serez gentilles, hein ?

— Évidemment, qu'est-ce que tu crois ?

— Avec Michel, c'était pas évident.

— C'était il y a quinze ans, Violette ! J'étais une gamine. Et c'est vrai qu'il était…

— Je vous entends.

— D'accord, on reprendra cette conversation ce soir à l'apéro. En attendant, vous allez être ravies d'apprendre que je vous emmène directement à l'Intermarché.

— Oh, non ! gémissent en chœur la mère et la fille, croyant à une blague de Louise.

— Et si. Maman a demandé qu'on fasse de grosses courses pour la semaine, on lui doit bien ça. En plus, tata Mathilde m'a fait une belle liste de produits bios pour sa petite smala. Tu t'en occupes, Clarissette ? Ou tu préfères gérer tout ce qui est PQ, savons et packs de lait ?

— Oh l'angoisse…

— Hé, c'est les vacances, les filles ! Souriez, on n'a qu'une vie !

En disant cela, Louise s'engouffre en deux coups de volant précis dans la dernière place de l'immense parking plein à ras bord de vacanciers en short et tongs venus, comme elles, se ravitailler dans ce hangar climatisé, perdu au milieu d'un décor de carte postale.

La Garrigue, l'été précédent

Une goutte de sueur avait glissé depuis le nombril de Mathilde, et se frayait un chemin jusqu'à la culotte rouge de son maillot de bain. Violette était fascinée par la vision de cette goutte volontaire, et la peau brune et ferme de sa sœur aînée. À son côté, Louise dormait, allongée sur le drap de bain décoloré qu'elles utilisaient depuis toujours. Il était là sur toutes les photos, même les plus anciennes, celles où papa et maman posaient fièrement devant la bâtisse foutraque qu'ils venaient d'acheter. Papa avait ceint la serviette alors toute neuve autour de son corps encore ferme. Il souriait crânement à l'objectif, avec une expression espiègle sous la moustache brune. Maman lui tenait fermement la main. Elle portait un deux-pièces jaune aujourd'hui démodé, un foulard dans les cheveux et un grand râteau sous son autre bras. On aurait dit qu'ils venaient de faire le casse du siècle – ce qui n'était pas totalement faux. Cette photo trône encore aujourd'hui sur le mur du couloir qui mène à la cuisine.

— Tu penses qu'elle va s'en sortir ?

— Mais oui. Elle est plus forte que tu ne penses. Et puis Louise est là.

— N'empêche, la laisser seule après tout ça…

Violette avait laissé sa phrase en suspens. Mathilde et elle étaient proches, mais parfois certains mots ne pouvaient être dits. Les trois sœurs se comprenaient à demi-mot, alors c'était tant mieux.

— Qu'est-ce que tu veux ? Elle refuse que je la prenne à la maison. Ce serait pourtant plus simple. On n'a pas idée de vouloir habiter en Provence toute l'année, loin de tout. Je pourrais prendre soin d'elle, elle pourrait voir des médecins.

— Pourquoi des médecins ? Elle n'est pas malade.

— Une cure de sommeil, tu penses que ça s'adresse à qui ? Après ce qui s'est passé hier, qu'est-ce qu'il te faut de plus pour accepter qu'elle dévisse complètement ?

Mathilde prit une cigarette dans le paquet de sa sœur, et l'alluma en soufflant la fumée depuis ses narines, comme autrefois.

— Tu refumes ?

— Mais non. J'en pique une à Milou, c'est tout. Après l'été qu'on vient de passer, j'ai quand même le droit, non ? Tu sais, quand j'étais petite, je pensais vraiment qu'ici il ne pourrait jamais arriver aucun malheur. Comme si ce soleil et cette maison pouvaient nous protéger toutes les trois, avec papa et maman, de toutes les tragédies.

— Raphaël va y arriver avec les enfants ? reprit Violette, pensive. Ça fait déjà trois jours qu'on les a renvoyés à Paris.

— Tu parles, maintenant qu'il est avec eux chez sa mère, il doit se la couler douce. Ne t'inquiète pas pour lui.

— Merci d'avoir pris Clarisse.

— Attends, c'est normal. En plus, les enfants l'adorent, elle fait une baby-sitter hors pair et gratuite. Et puis, il était hors de question de la garder ici, vu les conditions. Elle ne devait pas voir sa grand-mère dans cet état.

Mathilde prit à son tour une cigarette. Et on n'entendit plus alors que les inspirations et les expirations régulières des deux aînées qui semblaient chercher dans l'horizon une solution à tout ça. Soudain, Violette demanda :

— Tu ne penses pas qu'on devrait lui mettre de la crème ? Elle va cramer, la petite.

— Ah, la phobie de la rousse. Ne t'inquiète pas, à part toi, personne ne risque de coup de soleil à 17 heures à l'ombre.

— Elle n'est pas à l'ombre, regarde ! Sa frange est au soleil.

— Elle est mignonne, quand même.

Les deux sœurs contemplèrent avec tendresse la benjamine, qui leur avait toujours semblé si jeune par rapport à elles, presque d'une autre génération. Même aujourd'hui, alors qu'elle avait dépassé la trentaine. Dans son sommeil apparent, Louise esquissa un sourire qui surprit ses aînées.

— Arrêtez de me regarder, les vieilles.

— Dis donc ! Un peu de respect. En plus, si tu continues à vivre dans le Sud, je ne sais pas laquelle de nous deux aura l'air la plus âgée dans pas longtemps, lui répondit Mathilde, qui manquait d'humour dès lors qu'il s'agissait du temps qui évidemment n'avait aucune prise sur elle.

Louise se redressa. Sa frange épaisse n'avait pas bougé, à se demander comment était son front en dessous, tant il semblait qu'elle avait toujours arboré cette coiffure. Au début de l'été, lorsque le monde ne s'était pas encore écroulé sur les Carpentier, la jeune femme, qui ne se baignait jamais, avait effectué un plongeon pour faire rire ses nièces. Lorsqu'elle était ressortie de l'eau les cheveux plaqués en arrière, ils avaient tous été stupéfaits de découvrir ce visage qu'ils ne reconnaissaient pas, puis avaient éclaté de rire.

— Tu vas rester ici ? s'enquit Mathilde

— Évidemment, répondit Louise. Pourquoi je partirais ? Et pour aller où ?

— Je ne sais pas, à Paris. Ou en Touraine. Plus près de chez nous. Et maman ? Tu crois qu'elle aura la force de rester là toute seule ?

— Je suis à dix minutes de voiture à peine de La Garrigue. Je pourrai peut-être venir habiter un peu avec elle pendant l'hiver. On se débrouillera.

— Après ce qui vient de se passer…

— Il faut aller de l'avant. Maman veut continuer de vivre ici. Et moi aussi !

— Qu'est-ce que tu en sais ?

— Elle me l'a dit.

— Dans son état…

— Vous me faites confiance ? Je vous assure que je vais la requinquer. À Saint-Rémy, elle a le soleil, la nature, les promenades, ses souvenirs…

— Ses souvenirs…

Violette murmura quelques mots en contemplant la vieille maison écrasée par la végétation.

— J'ai besoin de votre soutien sur ce coup-là. Déjà que vous êtes loin. Je veux être sûre qu'on est ensemble, toutes les trois. D'accord ?

— D'accord, concéda Mathilde, visiblement peu convaincue mais en manque de solutions alternatives, et inquiète de rater son train pour rejoindre Raphaël et les enfants.

— D'accord, conclut Violette. Tu veux que je prolonge de quelques jours ? Je peux toujours passer un coup de fil au cabinet. Même s'ils me harcèlent déjà.

— Mais non. Allez, préparez vos bagages, je vous emmène à la gare. Ensuite, je passerai voir maman à l'hôpital.

— Tu l'embrasseras pour nous ?

— Bien sûr. De toute façon, vous reviendrez bientôt, n'est-ce pas ?

— Oui, évidemment ! À la Toussaint, répondit Violette.

— Oui, on verra. Je ferai mon maximum.

Oui, on verrait. L'hiver serait plus doux ici qu'ailleurs. Et il y avait toujours le téléphone.

Mathilde et Violette se levèrent, secouèrent leurs serviettes de bain pleines d'épines et de petites boules hirsutes et collantes. Louise les regarda marcher, de dos. Mathilde avec son corps de danseuse, sec, noueux, son port de reine et ses cheveux blonds élégamment noués sur le sommet de son crâne, comme une petite balle qui tiendrait en équilibre sur sa tête. Violette, légèrement plus petite, avec cette cascade de cheveux roux, tellement épais qu'elle ne parvenait jamais à les attacher, et cette silhouette de cabaret presque indécente, qui lui était tombée dessus sans prévenir un hiver d'adolescence. Les fesses de Violette se balançaient joliment tandis qu'elle se penchait sur son aînée, les pieds légèrement en canard, pour lui chuchoter quelque chose qui la fit éclater de rire. Louise avait toujours envié leur complicité. Elles étaient les grandes, elles étaient ses modèles. Puis elles étaient devenues des femmes belles, mystérieuses, désirables, qui paraissaient tout connaître de la vie, irritantes, cruelles parfois, mais qui l'avaient tant choyée, en fin de compte.

Elles ne reviendraient pas, Louise le savait. Du moins pas tout de suite. Elles allaient tellement lui manquer. Parvenues au bas des marches de pierre ornées de grands pots de terre remplis de fleurs embroussaillées, elles se tournèrent vers elle.

— Eh bien, Milou, tu rêves ? Allez, dépêche-toi, on va rater le train !

Et Louise se précipita vers elles. Ses frangines.

Jeanne

— Je peux bien prendre ma voiture, tout de même ! Je fais ce que je veux, je ne suis pas encore gâteuse, ma petite. Si je veux aller chercher ma fille à la gare, j'y vais. Et puis j'ai de la peinture à acheter. Si tu continues à m'embêter, je vais être en retard.

— Dis-lui, toi ! C'est ridicule, cette idée de repeindre la maison alors que tout le monde arrive. Maman, ça ne peut pas attendre septembre ? On aura moins chaud, et en plus, je pourrai t'aider.

— Mais oui, maman, c'est idiot. On vient juste d'arriver, tu ne vas pas faire ça maintenant. Qui est-ce qui t'a mis ça dans la tête ?

— Le facteur, grommela Louise en allumant une cigarette et levant les yeux au ciel.

— Ah non, je croyais que tu avais arrêté.

— Quel facteur ? Maxime, le frère de Vincent, le type du manège ?

— Oui, Maxime. Eh bien, j'ai repris. Tu m'énerves, maman, quand tu es comme ça.

— Oh, mais fiche-moi la paix ! C'est quand même ma maison. Si j'ai envie de la repeindre maintenant, c'est mon problème, je ne vous demande pas de m'aider.

— Oui, bien sûr. Tu vas grimper sur un escabeau et prendre ton petit pinceau toute seule.

— Et pourquoi pas ? Au pire, mes gendres m'aideront.

— Euh… Quels gendres ?

— Oui, quels gendres ?

— Eh bien, Raphaël et Pacôme.

— Quel Pacôme ?

— Ton architecte, c'est son métier, non ?

— Jérôme, maman ! Pas Pacôme. Alors déjà, il est architecte et pas peintre en bâtiment. Ensuite, il vient en week-end, et pas pour démarrer un chantier. Et enfin, nous ne sommes pas mariés, loin de là. Dois-je te rappeler que tu ne le connais même pas ?

— Bon, mes charmantes filles, je vous laisse vous installer. Ne prenez pas la chambre de Mathilde, c'est tout ce que je vous demande, sinon ça va faire un drame. Je vous ai mises toutes les deux dans la rose. Louise, tu viendras dormir avec moi quand… Jérôme arrivera. Sur ce, je vous dis à tout à l'heure. Je reviens avec le reste de ma progéniture et ses enfants, et mon matériel de bricolage. Et je vous em…

— Non, maman…

— … embrasse, mes chéries.

Elle leur colle à toutes les deux un baiser sonore sur la joue, avant de faire de même avec Clarisse, tout sourire, qui ne perd jamais une miette de ces gentilles empoignades familiales sur fond de chant de cigales.

— À toute, Granny.

— À toute, ma jolie.

Dans la voiture, Jeanne fulmine. Il faut vraiment qu'elle trouve une solution concernant Louise. Elles ont toujours eu une relation très fusionnelle. C'est certainement le cas dans toutes les fratries, et elle ne s'en plaint guère, elle qui a supplié Yves pour ce dernier enfant. Mais depuis qu'il est parti, et qu'elle s'est retrouvée seule à La Garrigue, Louise est devenue surprotectrice, pour ne pas dire étouffante. Tous les matins, elle l'appelle depuis sa voiture, en commençant sa tournée. Confortablement installée dans son lit devant une série, son plateau de petit déjeuner tout juste posé sur ses genoux et les fenêtres largement ouvertes sur la nature qui s'éveille, Jeanne continuerait d'émerger en silence, de grignoter ses tartines grillées sans avoir à faire la conversation à sa benjamine. Sans parler des hésitations de celle-ci devant son GPS, des virages loupés, des clignotants ou des klaxons, des soupirs, et puis toutes ses questions, bienveillantes certes, mais qui donnent à Jeanne l'impression d'être poussée vers la tombe.

— Mais pourquoi tu ne lui en parles pas ? lui répètent Violette et Mathilde, à qui Clarisse a cafté.

Quand elle la rejoint pendant les vacances scolaires, sa petite fille vient se glisser dans son lit le matin, refusant de rompre leur vieille habitude de son enfance, et elles lancent les nouveaux épisodes de séries qu'elles dévorent ensemble. Alors, quand Louise appelle, Jeanne ne peut s'empêcher de rouspéter : « Oh, elle va encore nous enquiquiner, celle-là. » Parfois, elle a même l'impression d'être elle aussi une adolescente à qui on interdit de faire toutes ces choses auxquelles les adultes ont la liberté de s'adonner. Mais c'est plus fort qu'elle, elle n'ose pas rabrouer sa petite dernière. Louise a toujours été là, disponible. Quand Jeanne a besoin d'elle, elle accourt sans jamais se plaindre, avec son grand sourire et sa vieille bagnole. Et chaque fois, le cœur de Jeanne se serre quand elle la voit sortir de la Citroën cabossée, si jolie, si pleine de vie et de cette affection parfois encombrante mais qu'elle est incapable de blâmer.

— Maman, il faut que tu apprennes à dire les choses, a insisté Violette. Si tu gardes tout pour toi, ça pourrit à l'intérieur et ça ne résout rien.

Yves aussi lui reprochait de s'enfermer, d'être inatteignable, de préférer se murer parfois dans le silence plutôt que d'affronter les conflits. C'était vrai, déjà. Et malheureusement, ça n'est pas à son âge que ça changera. Mais lorsque ses autres filles sont là, Jeanne se sent plus forte face à Louise. Comme aujourd'hui, où elle a osé braver sa colère, ce qu'elle n'aurait jamais fait si elles avaient été seules. Alors elle profite de cet instant, et observe avec ravissement le paysage qui défile, l'air chaud qui lui fouette le visage et ses deux mains sur le volant.

Elle se souvient du jour où elle a eu son permis, à dix-huit ans pile, et de la Renault 4 que ses parents lui ont offerte, parce qu'ils pensaient qu'une jeune fille, si elle voulait être indépendante, devait savoir conduire. De la place de l'Étoile qu'elle avait absolument voulu emprunter lors d'un week-end à Paris, « pour fêter son bachot », comme disait sa mère. De la peur dans son ventre mêlée à l'excitation de prendre enfin la route seule, comme son père le faisait depuis toujours. De ses tours successifs autour de l'Arc de Triomphe alors que sa vie venait tout juste de commencer, et que son plus bel été s'amorçait.

Puis elle se rappelle Mathilde et Violette, petites, qui s'allongeaient n'importe comment à l'arrière, quand elle les conduisait à l'école avant d'aller rejoindre ses patientes. Et des grandes vacances à quatre lorsqu'ils traversaient la France entière pour rejoindre Saint-Rémy, accablés par la chaleur dans l'odeur de cuir, coincés dans des embouteillages interminables qu'ils avaient fini par apprécier parce qu'ils étaient synonymes de l'été qui commençait, de retrouvailles dans cette maison du bonheur, des semaines où ils allaient vivre à moitié nus, sans se soucier de rien d'autre que du plaisir d'être ensemble.

Sur la route, Jeanne observait souvent les autres familles, les gamins à l'arrière qui lisaient *Le Journal de Mickey*, ou écoutaient leurs walkmans, quand ils ne faisaient pas des grimaces, le nez collé contre la vitre. Les parents à l'avant qui riaient ou s'engueulaient, le père qui conduisait, toujours, les mains crispées sur le volant ou le doigt dans le nez. Les toits qui croulaient sous les bagages supplémentaires, les vélos à l'envers dont les roues tournaient au vent, les plans dépliés sur le pare-brise aux aires de pique-nique avec l'espoir vain de rafraîchir ce véhicule devenu pour quelques heures le cocon étroit de la cellule familiale. Dieu qu'ils avaient été heureux !

Jeanne chasse sa nostalgie coutumière, dont elle sait qu'elle peut paralyser. Certaines de ses amies, qu'elle a encore au téléphone, ont choisi de mettre sur « pause » leur existence pour ne plus vivre que dans le passé, et dans un présent monotone, un quotidien résigné à gêner le moins possible leurs enfants, à se faire toutes petites pour ne pas encombrer une société dans laquelle elles pensent ne plus avoir de place. L'année dernière, lorsque Yves l'a quittée, Jeanne a d'abord sombré, c'est vrai. Elle s'est enfermée à La Garrigue, volets clos, lumières éteintes, persuadée que le bonheur et sa vie de femme s'étaient arrêtés. Mais depuis quelques semaines, une étincelle a rallumé une petite flamme au fond d'elle, qu'elle croyait éteinte pour toujours. En repeignant la maison, elle espère remettre à jour sa vie, pour un nouveau départ, qui sait. Comme lorsque Clarisse recommence une partie de ses jeux vidéo. Petite, elle lui a un jour demandé : « Combien on a de vies, Granny ? » Sur le moment, cette question l'avait déstabilisée. Pourtant, elle n'était pas idiote. Et si elle aussi, en avait plusieurs ? En tout cas, elle n'est pas encore morte et n'a jamais aimé le marron des poutres choisi par Yves lorsqu'ils avaient repeint toute La Garrigue avec les copains l'été de cet achat fou. Mais quand son mari avait une idée en tête, personne ne pouvait y redire. Pour ne pas avoir à subir ses colères homériques, Jeanne préférait souvent céder. Eh bien maintenant, tout ça, c'est terminé ! songe-t-elle en se garant sur le parking du Castorama d'Avignon, rayant légèrement au passage la voiture de droite, ce qu'elle vérifie avec une petite moue en sortant de la voiture – oh, il n'avait qu'à mieux se garer. Et elle part, plus excitée qu'une gamine, en quête de sa liberté.

*

— Non, maman, ne me dis pas que tu n'as pas de siège-auto pour les enfants.

— Mais enfin, ma chérie, pourquoi j'aurais des sièges enfants ? Vous ne venez jamais, et quand vous venez c'est avec votre propre voiture ou une location. En plus, tu ne m'as pas prévenue !

— Maman, Paul a deux ans, comment veux-tu qu'il voyage sans siège ? Et puis, c'est interdit !

— On va aller en prison, maman ?

— Mais non, mon amour. Personne ne va aller en prison.

— Comme tu as grandi, ma petite chérie, tu ressembles tellement à ta maman quand elle était petite, avec tes beaux cheveux blonds et tes grands yeux bleus. Tu m'as manqué, tu sais.

Jeanne s'approche de la fillette pour l'embrasser et celle-ci se laisse docilement faire, mais il est clair que les câlins ne sont pas sa tasse de thé. Cet été sera l'occasion de se rapprocher de Paul et Pia, songe Jeanne, les petits-enfants invisibles de Mme Carpentier, comme les appellent les commerçants en ville, qui la croisent depuis toujours avec Clarisse, l'enfant du village, que beaucoup surnomment Manon, en référence à Manon des Sources, ou Zohra à cause de son épaisse chevelure rousse. Pourtant, Clarisse voit souvent ses cousins à Paris. Violette et Mathilde sont restées aussi proches que dans leur enfance, lorsque deux ans de différence les amenaient logiquement à fréquenter main dans la main les colonies, les activités périscolaires, et même les boums où Jeanne forçait Mathilde à emmener sa sœur, la petite rousse rigolote qui n'encombrait pas la beauté de son aînée et avait creusé son sillon sans subir l'ire de la grande. Jusqu'à ce que les hormones fassent leurs dégâts, mais ça, c'était une autre histoire.

— Et Louise, elle ne connaît personne dans la région qui puisse nous en prêter un ? insiste Mathilde, dépitée. Ou même toi, tu n'as pas des copines de ton âge qui ont des petits-enfants ? Ça doit se trouver ! On ne va quand même pas passer la journée sur ce parking. En plus, je meurs de chaud.

— Des « copines de mon âge »...

— Qu'est-ce que tu dis ?

— Rien. À qui tu téléphones ?

— À Raphaël, il trouvera sûrement une solution.

— Tu ne vas pas le déranger à son travail pour ça.

— Je vais me gêner ! Allô ? Oui, c'est moi. Quoi ? Non, très bien. Enfin, l'enfer avec Paul qui a voulu aller dix fois faire pipi. Oui, j'aurais pu, mais apprendre tôt la propreté permet de développer de meilleures capacités de concentration. Oui, voilà, c'est mon problème. Bon, maman a oublié de prendre un siège bébé. Je sais, pour Pia ça passera encore, même si à son âge, elle devrait au moins avoir un rehausseur, mais pour lui...

— Je n'ai pas « oublié » le siège bébé, je ne savais même pas qu'il en fallait un, intervient Jeanne, qui trouve un peu gonflé de tout lui mettre sur le dos alors qu'elle est gentiment venue les chercher.

— Maman, s'il te plaît, je n'entends plus rien. Quoi ? Chez Avis ? Ah oui, c'est pas bête. Je vais essayer. Voilà, je te rappelle quand on est arrivés.

Et elle raccroche d'un geste rageur avant de scruter son écran, visiblement exaspérée.

— Hein ? Qu'est-ce qu'elle veut, celle-là ? Non mais ils ne vont pas venir m'embêter même en vacances ! Je la rappellerai plus tard. Bon, on va déjà charger les valises, et puis tu les emmèneras boire un petit truc à la gare pendant que je vais louer un siège-auto. Tu parles d'une galère : il est déjà presque 19 heures. Et Paul qui mange à 19 h 30. Tiens, je vais peut-être te donner son Tupperware, si jamais ça dure. Tu demandes de le faire chauffer, mais pas trop. Vérifie bien qu'il ne se brûle pas, surtout. Tu as la cuillère exprès dedans, et un petit yaourt nature pour le dessert. Pas de sucre, surtout.

— Il lui faut une cuillère spéciale ?

— Oui, une cuillère en silicone, pourquoi ?

— Non, pour rien.

Tout en donnant ses instructions, Mathilde, le front luisant de sueur et les sourcils froncés, a avancé la poussette de Paul vers sa mère, passé le sac de nourriture autour de son épaule puis elle attrape l'une de ses trois énormes valises en cherchant désespérément le bouton du coffre, qu'elle finit par trouver. Mais elle s'arrête net dans son élan, lâchant au sol sa cargaison avant de fusiller sa mère du regard.

— Maman… Qu'est-ce que c'est que tous ces pots de peinture, et ces énormes sacs ?

Un instant, Jeanne regrette de s'être opposée à sa benjamine. Elle aurait peut-être dû la laisser aller chercher sa sœur en râlant, finalement. C'était dans l'ordre des choses et, à l'heure qu'il est, elle serait confortablement installée sur un transat à manger des olives en attendant leur retour. Hélas, l'apéritif n'était pas pour tout de suite…

Violette

— Je ne vous avais pas dit que c'était une mauvaise idée ?

— Si, Milou, tu l'avais dit.

Jeanne les a prévenues par texto : elle est coincée à la gare avec les enfants pour une sombre histoire de siège-auto. Comme d'habitude, Mathilde a trouvé le moyen de faire perdre du temps à tout le monde, d'angoisser leur mère et de faire d'un minuscule incident une tragédie régionale. Louise ne serait pas étonnée si le 20 heures s'ouvrait sur la dramatique mésaventure de cette mère de famille parisienne abandonnée par les siens, seule avec ses deux enfants en bas âge au milieu du maquis. La soirée est immanquablement foutue. Mathilde va débarquer dans les plus mauvaises dispositions, exaspérée par ces aléas qui ont bouleversé son planning, et rejettera évidemment la faute sur ses sœurs.

— Comme si elle ne pouvait pas prendre Paul sur ses genoux pour vingt kilomètres, ajoute Violette qui lit dans les pensées de sa sœur.

— Oui, on a toujours fait ça avec Clarisse.

— Et souviens-toi, quand on était petites, et que les parents rabattaient la banquette arrière pour nous faire des lits, et qu'on voyageait de nuit pour venir ici. On n'en est pas mortes.

— Qu'est-ce qu'elle est chiante !

— Un euro.

— Quoi ? Elle a augmenté la tirelire à vacheries. On n'était pas à cinquante centimes ?

— L'inflation, ma bonne dame. Bientôt, on pourra partir toutes les trois aux Baléares avec tout ce qu'on balance.

— Heureusement que personne ne calcule la répartition de cette tirelire. Bon, je les mettrai en passant tout à l'heure.

Depuis leur plus jeune âge, Yves avait mis en place ce système d'impôt sur la médisance sororale. L'IMS. Il avait déposé une grosse tirelire en forme de cigale sur la cheminée du salon, dans laquelle les coupables devaient insérer une pièce dès lors que deux d'entre elles étaient prises en train de médire de la troisième. À chaque fin de vacances, elles partageaient équitablement le butin et il les emmenait toutes les trois dans la petite boutique de souvenirs et de savons de Saint-Rémy qui vendait aussi beaucoup de bonbons. Cette belle réconciliation sucrée réjouissait leur père qui plongeait allègrement et équitablement la main dans les sachets bourrés de rouleaux de réglisse, de caramels au sucre blanc et de roudoudous. À chaque pièce jetée dans la tirelire, la cigale émettait un chant assez proche du réel, leur rappelant à tous que la bienveillance était de mise.

— C'était dingue quand on arrivait le matin, tu te souviens ?

— Pas beaucoup. J'étais trop petite.

— Je me souviens d'une fois où Mathilde et toi dormiez à poings fermés. Moi, je faisais semblant parce que je voulais faire durer ces moments que j'adorais, repousser celui où j'ouvrirais les yeux et déclencherais le compte à rebours des vacances. Et puis aussi parce que j'avais la flemme d'aider papa et maman à décharger. Quand je ne les ai plus entendus, et que les allers-retours ont cessé, j'ai ouvert les yeux. Ils avaient laissé la porte du coffre ouverte pour laisser l'air entrer. Il y avait cette odeur incroyable qui venait me chatouiller les narines. Et le bruit du vent dans les herbes sèches. J'étais tellement heureuse, entre vous deux, je me sentais protégée. Et alors je les ai vus, tous les deux, nus comme des vers, qui gloussaient comme des gamins de peur de se faire surprendre par nous. Ils galopaient, encore tout blancs de l'hiver, vers la piscine qu'on avait pour la première année. Ils ont plongé en riant et se sont embrassés dans l'eau. Ils étaient si jeunes. Et à ce moment-là, je les trouvais si vieux. Ils s'aimaient, pas vrai ?

— Pour se supporter aussi longtemps, j'imagine que oui.

— J'ai peur de ne jamais y arriver.

— Arriver à quoi ?

— À rester si longtemps avec quelqu'un, à faire les concessions nécessaires, à accepter ses défauts au quotidien.

— Tu l'as fait, pourtant, ose Louise.

— C'est peut-être pour ça, alors, murmure Violette.

— Tous les hommes ne sont pas comme Michel.

— Je sais. Mais ça a été si dur. Si long, de me

réapproprier ma vie, de nous construire notre petit cocon avec Clarisse. De ne plus avoir peur lorsque quelqu'un hausse le ton. Je ne suis pas sûre d'être prête à accueillir à nouveau quelqu'un chez moi.

— Personne ne t'y oblige. Jérôme t'a demandé de vivre avec lui, c'est ça ?

La voiture vient de surgir en haut de la colline. À regret, les deux sœurs se lèvent alors de leurs serviettes de bain, de l'endroit où elles passeront l'essentiel de leur temps à venir, au bord de la vieille piscine de pierre aux minuscules carreaux bleu ciel qui n'ont plus leur éclat d'antan. Mais les frangines Carpentier, comme on les appelait au village et dans les discothèques des étés 1990, s'en fichent pas mal, du moment qu'elles peuvent s'y rafraîchir, faire des longueurs, y regarder jouer les enfants et bronzer des heures entières en se racontant leur vie ou celle des autres. En apercevant Mathilde qui sort de l'Audi, hirsute et furibarde, Louise et Violette se sentent gagnées par une bouffée de tendresse et leurs griefs passés s'envolent en même temps que la joie des retrouvailles gonfle dans leur poitrine. En maillot de bain, pieds nus sur les brindilles sèches et pointues qui jonchent le jardin, elles courent pourtant vers leur aînée pour former un « câlin-sœurs » vivifiant. Pour cette accolade familiale toute particulière inventée il y a des années, chacune entortille ses bras avec ceux de ses voisines de ronde. Puis elles posent leurs têtes les unes contre les autres au centre du cercle en se serrant aussi fort que possible jusqu'à avoir mal et à étouffer avant d'éclater de rire.

Que c'est bon, pense Louise, de les avoir là avec elle, sur ses terres, pour davantage que quelques heures grappillées ici et là à Noël, pour un déjeuner rapide ou un enterrement. Enfin, elles vont pouvoir profiter les unes des autres, comme quand elles étaient petites. La vie d'adulte a des obligations que Louise ne comprend guère. À quoi sert d'avancer tant bien que mal dans l'existence, de travailler comme une forcenée si ce n'est pas pour vivre tout ça avec sa famille ? Quand pourront-elles à nouveau partager leurs joies et leurs chagrins comme avant ? Si ça n'avait tenu qu'à elle, Louise aurait aimé qu'elles vivent toutes les trois à La Garrigue, qui aurait été agrandie. Alors, chaque journée aurait été portée par la certitude de se retrouver le soir, comme quand elle rentrait de l'école et qu'elle savait que Mathilde et Violette étaient là. Ça n'avait pas duré longtemps, la faute à leur satanée différence d'âge, qui l'avait laissée trop tôt seule avec les parents. Elles ont beau être trois sœurs, Louise a souvent l'impression d'être fille unique.

— Faites gaffe, j'ai des poux, chuchote Mathilde, dont les cheveux se mélangent copieusement à ceux de Louise et Violette.

Avec un cri horrifié, elles se séparent aussi vite qu'elles se sont jetées les unes sur les autres.

— Je déconne. Non mais franchement, vous m'imaginez avec des poux ?

— Ça arrive à des gens très bien, réplique Violette, que Mathilde regarde alors avec méfiance.

— Dis donc, tu comptes organiser des soirées de gala à La Garrigue ou tu enchaînes direct sur trois semaines au Festival de Cannes ? les interrompt Louise, qui extirpe péniblement du coffre l'énorme valise de sa sœur.

— Pourquoi tu dis ça ?

— Pour rien. Alors, les enfants, on n'embrasse pas sa tata ?

— Je croyais que tu détestais qu'on t'appelle comme ça ?

— Rabat-joie. Oh, mais qu'il est mignon ! Coucou, Paul. Je suis tata Milou.

— La classe…

— Oui, c'est pas comme ça que tu vas trouver un mec.

— Qui a dit que je cherchais un mec ?

— Ah non ? Ça non plus on n'a pas le droit d'en parler ?

— Voilà, tu as tout compris.

Seules au monde, les trois sœurs n'en finissent plus de bavarder. Mathilde tient par la main un petit Paul intimidé par cette maison qu'il ne connaît pas vraiment. Pia, elle, a déjà rejoint Clarisse dans le dortoir des enfants. Derrière elles, Jeanne décharge tranquillement son matériel sans que quiconque s'y intéresse, ce qui l'arrange bien. Le brouhaha des conversations sans queue ni tête de ses filles la rassure. Les cigales se sont tues, laissant place au court silence de fin de journée qui précède les crissements nocturnes des grillons. La maison est au complet, on sera serré, il y aura des cris et des maillots qui traînent, des magazines trempés et des serviettes mouillées abandonnées un peu partout, des insomnies et des chambres qui débordent de bazar, bref, tout l'ordre des choses sera bouleversé… Mais n'est-ce pas pour ça qu'Yves et elle avaient voulu ces quatre murs aujourd'hui si pleins de souvenirs ?

On est le 4 août et les vacances vont pouvoir vraiment commencer.

*

— Tu ne lui reparles toujours pas ? s'enquiert Violette.

— Tu plaisantes, j'espère ? Après ce qu'il a fait ? réplique Louise.

— C'est notre père, on ne peut pas complètement arrêter de le voir.

— Et pourquoi pas ?

— Parce qu'un jour on le regrettera. Parce que la vie est courte et qu'il pourrait mourir d'une crise cardiaque ou faire un AVC, crac, comme ça, du jour au lendemain, sans qu'on ait pu le serrer dans nos bras une dernière fois, ou savoir comment il va.

— Ça arrive tout le temps, tu sais ? Souviens-toi du beau-père de Raph, intervient Mathilde, qui débarque sans prévenir dans cette conversation feutrée.

— Il buvait comme un trou, non ?

— Ça n'a rien à voir. Et Sharon Stone, elle a bien fait un AVC à quarante-trois ans. Je ne pense pas qu'elle boive, avec la peau qu'elle a. Enfin bref, moi je dis que ce ne sont pas nos affaires.

— Tu l'as appelé, n'est-ce pas ? demande Louise à Violette.

— Oui… Oh et puis, je ne vois pas pourquoi je m'excuserais. On n'est pas obligées de toutes réagir de la même façon.

— Tu fais comme tu veux mais pour ma part, il est hors de question que je le voie, conclut Louise, butée.

— Tu ne l'as jamais croisé ? Vous vivez dans la même ville.

— Non, il suffit de faire attention. En revanche, j'ai vu sa poufiasse un jour à la pharmacie, j'ai tourné les talons direct. Je pense qu'elle ne m'a pas vue.

— Elle n'est pas si terrible, commente Mathilde.

— Ah c'est sûr, toi tu ne veux jamais te mettre mal avec qui que ce soit. Tu l'as même invitée à ton mariage !

— Oh, mais c'était il y a douze ans ! Comment je pouvais savoir ?

— Calmez-vous, s'interpose Violette.

— En tout cas, moi, une femme qui sépare un couple de plus de quarante ans du jour au lendemain, j'appelle ça une poufiasse. En plus, elle a un teckel, ajoute Louise.

— Je ne vois pas le rapport. Tu n'as jamais aimé les petits chiens, c'est un fait. Mais ça ne fait pas d'elle un être abject pour autant.

— Si ! Ils sont ridicules, papa et elle, avec leur cabot. Et excuse-moi de préférer les êtres humains. Et les chevaux.

— Ah, tu vois, que tu les as vus.

— Une fois, à une terrasse. Papa avait le clebs sur les genoux. Il lui faisait des papouilles comme si c'était un enfant, c'était répugnant. Il avait une chemise hawaïenne, en plus. Non mais tu te rends compte ?

— Oui, je ne sais pas si on pourra lui pardonner un jour.

— Arrête, cette histoire ne me fait pas rire du tout.

— Ça va les filles, tout se passe bien ? Vous n'avez pas trop chaud ?

Jeanne a passé la tête dans l'entrebâillement de la porte-fenêtre. Elle porte une longue chemise de nuit blanche et a détaché ses cheveux. Un instant, Louise et Violette ont l'impression d'avoir de nouveau huit ans. Les a-t-elle entendues ? Par réflexe, elles reprennent chacune une position plus sage sur leurs lits simples trop courts qui datent d'un temps où Ikea n'existait pas. Un temps où les sommiers grinçaient et où la notion de confort scandinave était encore inconnue. Violette a retiré ses lentilles et chaussé ses épaisses lunettes de vue, qu'elle ne porte qu'en présence de son très proche entourage ou en cas d'absolue nécessité. Elles ont fini de déballer leurs affaires, s'octroyant une place équitablement calculée dans la petite commode peinte par leur père à l'époque où il bricolait à l'ombre de l'auvent pendant que ses femmes se doraient au soleil. Les tiroirs ne pouvant pas contenir tout ce qu'elles ont apporté, la chambre ressemble déjà à un champ de bataille, avec les gros sacs éventrés, les robes de Violette, pendues un peu partout, les jeans de Louise qui jonchent les tomettes ocre, des produits de toilette disposés çà et là, jusqu'aux tables de nuit qui débordent de crèmes, de portables qui chargent et de piles de livres achetés pour l'été. Comme toujours, elles auront trop chaud, bien sûr, malgré la porte-fenêtre laissée ouverte avec son rideau de perles qui tintinnabulera sous le vent pendant la nuit. Elles se feront piquer par des dizaines de moustiques, aussi. Et devront aller faire pipi dans le jardin parce que pour se rendre aux toilettes et même à la salle de bains, elles sont obligées de passer par la chambre des enfants qu'elles craignent de réveiller.

— Super ! répondent-elles pourtant en chœur.

— Ah, maman, je t'ai apporté tes petits bols à pistaches, regarde.

Violette tend à sa mère trois petits bols peints en jaune et vert, sur lesquels elle a écrit « La Garrigue ».

— C'est magnifique, ma chérie ! Très mignon. C'est ce que tu vends en boutique ?

Jeanne semble dubitative.

— Euh… non, pas ceux-là. Je les ai faits spécialement pour toi. Mais d'autres bols, d'autres objets. Bref, tu ne comprends pas. Heureusement, les gens aiment. On peut très bien en vivre, tu sais ?

Depuis près d'un an, Violette a décidé de changer de vie, ou plutôt de vie professionnelle. Les événements de l'été précédent lui ont fait prendre conscience de la brièveté de l'existence et, surtout, des choix qu'il faut prendre pour soi-même sans se laisser porter par ceux des autres, comme l'a fait Jeanne. Elle a suivi une formation de céramiste tout en continuant de travailler au cabinet. Le rythme a été dense, Clarisse a un peu souffert des absences de sa mère. Pourtant, lorsqu'elle a fini par dégoter un petit atelier qu'elle partage avec Olivia, une femme dynamique et gaie devenue son amie, l'horizon de Violette s'est peu à peu dégagé. Si elle ne peut pour l'instant complètement cesser son activité d'avocate, conservant quelques dossiers pour garder son niveau de vie, elle se consacre de plus en plus à sa nouvelle passion, dont elle espère vivre rapidement. Elle est bien sûr soutenue par Mathilde, trop heureuse de voir sa sœur si sérieuse rejoindre le rang des folles entrepreneuses, incomprises par le reste de la population dite « normale »

– à commencer par Jeanne, très inquiète des décisions extravagantes prises par sa fille.

— Ne t'énerve pas, Violette. Je suis sûre que tu sais ce que tu fais. Tant mieux, tant mieux… Et merci, ce sera parfait pour l'apéritif. Bon, je vais me coucher. Demain, j'ai du boulot. Bonne nuit, mes chéries.

— Bonne nuit, maman.

Elles l'entendent ensuite pousser doucement la porte de la chambre de Mathilde, et chuchoter des paroles indistinctes. Violette se dit un instant qu'elles doivent parler de son nouveau travail, que Jeanne considère comme une lubie. Elle se dit que Mathilde doit éprouver un certain plaisir à occuper cette place de fille bien installée qui rassure sa mère sur la condition de sa cadette. C'est de bonne guerre, après tout, songe Violette. Elle qui a longtemps été « la fille qui ne travaille pas ». Celle qu'on n'interroge jamais, hormis à propos des enfants.

Violette et Louise se calent dans leur lit, et prennent chacune un livre. Parce que, chez les Carpentier, c'est ainsi depuis toujours ; ce moment doux où l'on se plonge dans des romans qui passent ensuite de main en main, qu'on commente aux repas, et qui pour certains sont le témoin d'une année particulière, liée à tout jamais à une couverture flétrie par les ans. Dans le salon encombré de La Garrigue, devant la jolie cheminée de pierre surmontée de moult bibelots, il y a un gros canapé de cuir qui a traversé leurs vies, et un sol en coco qui pique les pieds, et dont l'odeur est devenue celle de la maison dans leur mémoire olfactive. Quand ils se retrouvaient tous l'hiver en Provence pour fêter Noël, c'est sur celui-ci que les trois sœurs ouvraient leurs cadeaux au matin, et se pelotonnaient lorsqu'il faisait trop froid pour profiter du jardin. Tout autour du centre névralgique de la maison, les murs sont recouverts d'étagères qu'Yves a installées à mesure que la maison se remplissait de livres.

Aujourd'hui, toute la pièce en est couverte. Il y a les livres d'enfants, les Martine, les bandes dessinées, tous les Tintin, les Astérix, les Johan et Pirlouit, ceux que les filles ont lus adolescentes, et puis les autres, qu'elles ont apportés année après année et laissés là. Cette bibliothèque est leur mémoire familiale dans laquelle elles préfèrent souvent piocher pendant les nuits sans sommeil, plongeant le nez dans les pages jaunies, parmi lesquelles elles trouvent parfois un trésor, le numéro de téléphone d'un ancien petit ami, ou l'acte de propriété de l'une d'elles – « ce livre appartient à Mathilde Carpentier. Août 1989 » –, un papier de Malabar bi-goût planqué.

Louise a éteint sa lumière. Violette ne l'a pas entendue lui dire bonsoir. Elle repose son livre sur sa table de nuit, éteint à son tour et hume avec bonheur l'odeur du soir qui monte du jardin. Puis elle chuchote comme pour elle-même :

— Je sais que ça ne te plaît pas mais j'irai le voir. Oui, j'irai le voir.

Seul le silence lui répond, et les bruits métalliques provenant de la chambre des enfants, qui cherchent leur place sur ces lits en fer auxquels ils ne sont pas encore habitués.

Puis Louise se retourne dans le noir et souffle de sa voix endormie :

— Je sais.

Louise

— Vous êtes gentille de vous occuper de moi comme ça.

— C'est normal, je vous l'ai déjà dit. C'est mon métier.

Louise peine à trouver la veine sous la peau si fine et blanche de Mme Adam. La pauvre a tant enduré. Les prises de sang, les traitements à l'hôpital, les séjours entre quatre murs pastel, reliée à des appareils effrayants, les inconnus en blouse blanche qui se succèdent à son chevet, puis disparaissent pendant plusieurs jours, la télévision qui abrutit ou offre parfois de brefs instants de répit, pendant lesquels la peur de la mort s'éloigne. Parce que l'esprit accepte enfin de s'absorber dans autre chose, une bêtise, un animateur qui balance des pâtes sur sa tête, un paysage lointain parcouru par des candidats partis découvrir le bout du monde. Depuis cinq ans que le mal a investi son corps, Rose a tout connu. Mais elle est âgée, a-t-elle expliqué à Louise, c'est normal que ça se passe comme cela pour elle. À l'hôpital, elle a vu tant de jeunes qui subissent les mêmes douleurs, la même vie accrochée aux résultats d'analyse, ce quotidien sans plan sur un avenir qui aurait dû être plein de promesses. Non, elle a eu de la chance, une belle vie, trois beaux garçons dont le dernier a réussi, et s'occupe bien d'elle. Cet été est son dernier, elle le sait. Louise a protesté, bien sûr, parce qu'elle refuse de céder au découragement des patients, et que ça n'est pas son rôle d'abonder dans ce sens. Mais il émane de Rose une sagesse propre à ceux qui ont cessé de se rebeller. Elle a déposé les armes avec la certitude d'avoir lutté avec panache.

C'est la troisième fois que Louise vient dans cette chambre et il lui semble connaître la vieille dame depuis de nombreuses années. En sa compagnie, elle se sent bien, comme avec ces inconnus croisés la nuit au détour d'une promenade ou dans la peine d'un comptoir, à qui l'on se confie davantage qu'à ses proches.

— Je vous fais mal ?

— N'ayez pas peur, tous vos collègues ont eu le plus grand mal à trouver mes veines. Faites au mieux, je n'ai pas mal, j'ai l'habitude. Parlez-moi de vos vacances, enfin, si on peut dire cela, vu que vous êtes ici. Ça se passe bien ?

— Oui, pour le moment, ça se déroule sans heurts. Personne ne s'est encore disputé, les enfants s'adorent, et même le petit dort le matin. Dans deux jours, le mari de ma sœur aînée nous rejoint ainsi que le nouveau petit copain de mon autre sœur. On verra comment tout ça va se passer. Ah, je l'ai ! Ça ne va plus être très long.

— Je me souviens quand les garçons étaient plus jeunes, c'était la même chose. Il y en avait toujours un pour se plaindre des autres, pour me reprocher mon manque d'équité quant à l'attention que je leur portais. J'étais flattée par ces batailles autour de mon amour pour eux, je dois bien l'avouer. Mais qu'est-ce qu'il y avait comme cris ! Les hommes, ça se bagarre, ça gueule, ça quitte la table en balançant sa chaise. Je pensais que les filles étaient plus raisonnables.

— Ne croyez pas ça. Chez nous, ça a toujours été très compliqué. C'était pire encore à l'adolescence, quand Mathilde et Violette se sont mises à sortir. Aujourd'hui, elles s'entendent très bien. Mais on est passées par des moments très durs.

— Nous, nous n'avons pas eu de problèmes avec les histoires de cœur. Car c'est de cela que vous voulez parler, n'est-ce pas ? En revanche, ce sont finalement mes belles-filles qui ont rompu l'équilibre familial. Les femmes de Pierre et de Guillaume ne peuvent pas s'encadrer. Il y a eu de ces drames ! Ça fait dix ans que je n'ai plus vu mes trois fils en même temps. Ils se retrouveront à mon enterrement. C'est idiot la vie, vous ne trouvez pas, Louise ?

— Si, mais il ne faut pas désespérer. Peut-être qu'elles se réconcilieront avant ?

— Vous mentez très mal, vous savez ?

Louise détourne les yeux, et s'applique à glisser les petits échantillons de sang dans son sac pour éviter de croiser le regard de Rose. Au loin, elle entend des cris d'enfants qui se jettent dans la piscine.

— Vous avez des enfants, Louise ? reprend la vieille dame.

— Non. Je dois vous laisser maintenant, Rose. Vous voulez que j'appelle votre fils ?

— Oui, je veux bien. Je vais essayer de sortir un peu. En soirée ça m'est possible. L'après-midi non, la chaleur est trop accablante. Dire que quand j'étais petite, je ne sentais rien. Vous la supportez, vous ?

— Pas tellement, mais j'ai l'habitude, je vis ici.

— Et vous êtes jeune, profitez. On ferme les yeux et puis la vie est passée.

— À demain, Rose.

— À demain, Louise.

Lorsqu'elle traverse le grand salon frais, la jeune femme entend des voix qui s'élèvent dans la cuisine. Guillaume et Lisa, sa femme, sont en pleine dispute. Il est question de l'un des frères, qui désire visiblement passer. Guillaume chuchote avec fureur, essayant de convaincre son épouse qu'elle peut bien faire un effort deux jours pour supporter sa belle-sœur. Deux jours, répète-t-il. Lisa, qui ne veut rien entendre, menace de rentrer à Nantes, ou de prendre un hôtel en ville, dit qu'il est hors de question qu'elle supporte cette harpie dans sa location de vacances, et puis quoi encore ? Et que si sa mère veut les voir, elle n'a qu'à le faire plus tard, qu'ils sont déjà bien gentils de l'accueillir pour les vacances, que ça n'est pas facile, de s'occuper d'une malade si âgée. Guillaume paraît blessé par ces paroles, mais il dépose les armes au moment où Louise décide de faire du bruit pour annoncer son arrivée. Elle ne va pas passer la soirée ici, il est déjà 19 heures et les autres l'attendent pour le dîner. C'était déjà assez compliqué de leur faire entendre qu'elle continuerait de travailler pendant ces deux semaines.

Lorsqu'elle entre dans la cuisine qui fleure bon la ratatouille, tous les deux sursautent et la regardent avec intérêt, comme si elle pouvait apporter des réponses à leur incompréhension mutuelle. Son statut de soignante génère souvent ce type de réaction. Un peu comme si elle était un prêtre. C'est probablement le cas pour tous ceux qui côtoient la mort.

Clarisse

Quand je pense que toutes mes copines parlent de ça tout le temps. L'amour, les garçons, tout ce qui rend malheureuses Granny et maman. C'est fou quand même. Ma grand-mère va un peu mieux aujourd'hui, mais quand mon grand-père est parti, j'ai vraiment cru qu'elle ne s'en remettrait jamais. Faut dire, c'était comme s'ils étaient ensemble depuis toujours. Elle l'a épousé direct après l'avoir rencontré, alors qu'elle n'avait même pas fini ses études. Je ne comprends pas comment on peut décider de ça si tôt. Enfin, ça avait l'air de leur avoir réussi. Jusqu'à l'année dernière.

J'étais bien avec eux. On passait toutes nos vacances ensemble. Je crois que j'étais un peu leur chouchoute, parce que j'étais la première des petits-enfants. Et que j'avais une famille compliquée. Je ne me souviens pas très bien de mes parents au tout début, mais un peu de quand ils se sont séparés. Maintenant, j'ai du mal à les imaginer ensemble. Ils ne m'ont jamais parlé des raisons de leur séparation mais, plusieurs fois, j'ai entendu maman en discuter au téléphone. Elle parlait des « violences morales » qu'il lui faisait subir. Elle disait : « Je n'en pouvais plus, tu comprends ? C'était devenu invivable, j'avais peur de tout. » Je n'ai pas bien compris ce que c'était que ce « tout », ni ce qu'étaient des « violences morales ». J'ai regardé sur Internet, il y a pas mal de sites qui abordent ce sujet, ça a l'air assez fréquent. Je n'ai pas tout compris. Juste qu'il était question « d'emprise, de démolition, de dévalorisation »... Des choses dont je ne vois pas bien en quoi ça concernait mon papa. En tout cas, moi, je ne le trouve pas effrayant et je ne l'ai jamais rien vu « démolir ». Bon, c'est vrai qu'il s'énerve facilement. Il gueule pour un rien. Un placard mal fermé ou une voiture qui ne démarre pas assez vite au feu rouge... Mais moi, ça me fait rire. Même si, dans ces moments-là, c'est compliqué de lui parler parce qu'il reste bloqué dans sa colère. Il dit « non mais, tu vois ? Tu comprends ? », en refusant de changer de sujet même si ça n'a aucun intérêt. C'est ce que lui dit Maryline, qui ne se laisse pas faire. Alors parfois, ça gueule pas mal chez eux, et ça me rappelle quand lui et maman faisaient la même chose. Même si maman ne répondait rien. Généralement, elle pleurait, ou elle se taisait. Parce qu'il répétait toujours qu'elle faisait exprès de le mettre en rage. Ça me paraissait vraiment exagéré, je crois. Mais c'est très flou tout ça, et je ne veux plus y penser. Je me souviens que maman se roulait en boule dans le couloir sombre, pendant qu'il fulminait au salon. Je dis « fulminait » parce que j'ai entendu ma mère utiliser ce mot, et c'est vrai qu'on aurait dit que de la fumée sortait de ses narines, tellement il était énervé. Ses mains tremblaient, et puis il revenait vers elle pour lui reparler du placard, et lui demander pourquoi il n'était toujours pas fermé. Elle devait s'excuser, mais je pense que ça ne suffisait pas. Il répétait encore : « Si tu crois que ça suffit ! » Non, je n'aime pas trop en parler. Et puis, j'étais vraiment petite. J'avais sept ans quand tout s'est terminé. Je croyais que c'était lui qui partirait, parce qu'il avait déjà fait ça des dizaines de fois : de claquer la porte en criant qu'il ne reviendrait plus. Ça me soulageait pas mal dans ces cas-là, parce qu'après maman pleurait beaucoup, mais ensuite elle sortait de son coin quand je venais lui faire des bisous. Et on s'amusait bien, toutes les deux, quand il était pas là. Alors, quand j'entendais sa clé dans la serrure, le soir, j'aurais préféré qu'il nous laisse encore un peu de temps, parce que tout recommençait et qu'on me demandait d'aller dans ma chambre.

« Il ne m'a jamais frappée. » C'est ce qu'elle a dit à Mathilde quand elle a décidé de le quitter pour de bon. Ça, je m'en souviens. Ça m'a marquée parce que papa et maman passaient leur temps à m'expliquer qu'on ne tape pas ses camarades de classe. J'étais genre en CP. C'est les trucs qu'on répète aux enfants à cet âge-là. Et je m'étais dit que ça devait durer toute la vie, alors, cette histoire de se retenir de taper les autres, pour qu'elle en parle autant.

Mon père, c'est pas un de ces types qu'on voit à la télévision ou dans la rue sur les affiches à propos des violences conjugales. On nous en a parlé en classe. Non, il est juste nerveux. Beaucoup moins aujourd'hui, surtout depuis qu'il y a Myrtille. On a habité chez tata Mathilde, quand ils se sont quittés. Ça a pris un peu de temps pour que mes parents rendent notre appartement. Je ne m'en souviens plus très bien, juste qu'il fallait qu'on prenne la voiture de maman le matin pour aller à mon école, qui n'est pas dans le même quartier que chez les Chambrette – j'adore leur nom ! Ça faisait tôt, pour se lever. Mais on était heureuses avec eux. Ils s'occupaient super bien de nous, et c'est toujours le cas quand on va dans leur appartement. On sent que c'est Mathilde l'aînée. Elle gère tout. Chez eux, c'est grand, il fait bien chaud et tout est super propre. Ma mère avait même une chambre pour elle. Je venais souvent la rejoindre, je crois que ça lui faisait du bien. Et puis une copine de ma mère, ou plutôt une collègue de son cabinet – ma mère n'avait pas trop de copines à l'époque, on ne voyait personne quand on vivait tous les trois –, a trouvé un petit appartement dans le 10e. Celui qu'on habite encore aujourd'hui. Je l'adore. On est tranquilles, toutes les deux. Surtout depuis qu'elle a arrêté le cabinet. Je sais qu'on a moins d'argent, même si elle continue encore un peu, mais elle est beaucoup plus souvent à la maison. Elle sourit davantage. On a une vie très cool.

Peut-être que Jérôme viendra bientôt habiter avec nous, qui sait ? Ça ne me dérangerait pas. Je me demande si maman peut encore avoir des enfants, ou si elle est trop vieille. J'en ai un peu marre d'être toute seule.

Violette

Elle a eu du mal à trouver. Pourtant, avec le GPS, tout est simple aujourd'hui ; mais pas pour Violette, qui ne cesse de se perdre partout où elle va. À Tours, à Paris, à Saint-Rémy, l'été, quand elle se réveillait chez des garçons rencontrés à la discothèque qui s'était ouverte derrière la maison pile lorsqu'elles avaient eu l'âge de sortir. Elle a passé son permis huit fois, comme aiment à le rappeler ses sœurs. Chacune a ses faiblesses, songe Violette, pourtant, il lui a toujours semblé qu'elle en avait plus qu'aucune autre.

En fin de journée, alors que Jeanne s'affairait sur le mur de derrière, qu'elle a entrepris de repeindre avec l'aide de ses petites-filles, elle s'est risquée à lui demander de lui prêter l'Audi. Elle était morte de culpabilité à l'idée de cette requête particulière, mais Louise avait pris sa Citroën pour sa visite chez le châtelain et tardait à rentrer. Depuis son arrivée, Violette ressent le besoin viscéral de voir son père. Ça fait plus d'un an maintenant qu'elles ont complètement cessé de lui parler, qu'il n'a pas de nouvelles de Clarisse, qu'il aurait tout aussi bien pu mourir ou partir au bout du monde sans qu'elles en aient rien su. Bien sûr, elles n'y avaient pas cru quand, l'été précédent, elles avaient trouvé Jeanne seule, en larmes, qui leur avait expliqué qu'Yves l'avait quittée. Après plus de quarante ans de vie commune ponctuée de joies et de peines, de disputes et de complicité, ça ne pouvait pas arriver. La plupart des parents de leurs copines avaient divorcé lorsqu'elles étaient adolescentes. La crise de la quarantaine, disait-on alors. Elle touchait les couples las de la monotonie familiale, qui regrettaient l'émerveillement des premières années. Jeanne et Yves, eux, avaient paru surmonter cette période. De l'avis général, les Carpentier étaient une famille forte et joyeuse, avec des bases solides. Et Mathilde, Violette et Louise avaient eu un mal fou à intégrer le fait qu'il ne reviendrait pas. Yves avait juste annoncé à Jeanne qu'il partait vivre chez Françoise ; c'était aussi bête que cela. Françoise tenait la grande pharmacie de Saint-Rémy, qu'elle avait depuis confiée à son fils. Elle passait cependant l'essentiel de son temps entre ces quatre murs qui constituaient le centre névralgique de la ville et de sa vie. Elle connaissait tous les secrets de la région – qui avait les intestins fragiles, qui achetait des préservatifs alors qu'il était en couple depuis des décennies, qui débutait un traitement pour la ménopause, qui achetait chaque mois, en vain, un test de grossesse, qui avait les racines grasses et les pointes sèches. Les mois d'hiver provençaux avaient manifestement eu la peau du couple Carpentier. Yves se rendait souvent dans cet espace agréable et plein de monde où il aimait venir bavarder avec la patronne, une vieille connaissance de son épouse. Avaient suivi des parties de bridge, auxquelles Françoise l'avait invité. Ils s'y retrouvaient tous les vendredis soir. Préférant la belote, Jeanne avait refusé de l'y accompagner, et puis, le vendredi elle regardait *Koh-Lanta* à la télévision – Clarisse lui avait refilé le virus.

— Je crois que je n'ai jamais été aussi heureux, déclare Yves après avoir bu une longue gorgée du thé glacé qu'il a proposé à sa fille cadette.

Le petit jardin de la maison de Françoise est charmant. Très fleuri, bien entretenu, avec un joli banc en bois et, au centre, une table ronde en mosaïque du Maroc entourée de deux chaises sur lesquelles Violette devine qu'ils prennent leurs repas, Françoise et lui. Il n'y a visiblement pas de place pour d'autres qu'eux dans leur couple, ça saute aux yeux. Son père a rajeuni de dix ans. Le teint hâlé, il s'est délesté des quelques kilos de trop qu'il traînait depuis son départ en retraite, et arbore une discrète barbe de trois jours que Violette juge à la fois ridicule et émouvante. Elle devrait se réjouir du bonheur qu'il affiche, parce que c'est ainsi qu'on le fait pour ses proches. Pourtant, tout dans cette scène la blesse, et la ramène aux douleurs de son enfance, lorsqu'elle remarquait la fierté de son père pour l'une de ses sœurs, incapable alors de le suivre dans ce sentiment légitime parce que la jalousie était trop forte, et la sensation de perdre son amour trop prégnante.

— Comment tu peux me dire ça, papa ?

— Te dire quoi ?

— Que tu n'as jamais été aussi heureux ? Et nos naissances, celles de Clarisse, de Pia, de Paul, ton mariage avec maman, et toutes les vacances qu'on a passées ici, ça ne signifie rien ? Ce n'est pas parce que tu es à nouveau… amoureux…

Elle a du mal à prononcer ce mot. Yves n'est pas un homme qu'on associe à l'amour. Et puis c'est son père, celui qu'elle n'a jamais imaginé dissocié de l'image de sa mère. Ils n'étaient qu'un, « les parents », ainsi que les trois sœurs les appellent depuis toujours. Cette entité à laquelle elles s'opposaient parfois. Et le jour où Louise est arrivée, elles ont été en surnombre face à eux, « les parents ». Ça, ça a changé pas mal de choses.

— Oui, je suis amoureux, que ça vous plaise ou non. Je sais que c'est difficile pour vous mais je ne peux pas refuser de vivre ma vie pour vous faire plaisir deux mois par an. J'aurais pu. Donner le change, voir Françoise en douce pendant l'année, et puis revenir sagement à La Garrigue pour les grandes vacances. D'autres le font. Je l'ai fait.

— Tais-toi.

— Mais j'ai choisi de vivre cet amour-là. Je vais avoir soixante-dix ans. Il me reste dix, vingt ans à vivre. Je suis encore en forme, je veux voyager avec elle, savourer chaque instant. On n'aime pas à mon âge comme à vingt ans, ni comme à quarante, après des années à élever une famille.

— Et maman ?

— Je n'ai rien contre ta mère.

— Encore heureux.

— Tu ne sais rien, ma chérie. Tu n'es plus une petite fille, non ? Es-tu consciente que ceux que tu considères comme « les adultes », malgré ton âge, sont des personnes compliquées ? Que les couples ont chacun leur histoire, que nul ne peut deviner.

— Vous vous êtes reparlé ?

— Elle refuse de me voir. Je la comprends. Il faudra bien, pourtant.

— Pour l'anniversaire de Mathilde ?

L'aînée des sœurs est née au mois d'août, le quinze. Cette date aurait selon elle dû être gravée dans toutes les mairies de France tant cet événement semblait représenter l'acmé de leur été. Très exigeante, Mathilde a des attentes inconsidérées concernant l'organisation de son anniversaire, qui doit chaque fois apporter des surprises dignes des espoirs qu'elle fonde en la capacité de ses proches à lui offrir une fête à sa mesure. Les frangines et leurs parents ont longtemps subi la pression de cette date qui clignote dangereusement dans leur calendrier estival, puis Raphaël a pris la relève, à leur grand soulagement à tous.

Yves est étonné par sa question. Il semble avoir tout oublié de leur vie d'avant, comme si tout son passé s'était effacé d'un coup de chiffon sur une ardoise d'écolier. Même la façon dont il la regarde semble avoir perdu de son intensité. Comme s'il l'observait à travers un voile, comme un lieu qu'on quitte à regret mais avec l'excitation d'en découvrir bientôt un nouveau. Violette retient ses larmes. Elle n'aurait pas dû venir, Louise avait raison. Qu'espérait-elle en se rendant ici ? Elle n'a fait que trahir les siens et recevoir en pleine figure la pâle condescendance de son père. Elle aurait voulu le secouer, lui faire entendre raison, l'aider à retrouver la mémoire. Il était tombé amoureux, ça, elle pouvait le comprendre. Elle-même avait bien quitté Michel. Pour d'autres raisons, certes. Lorsqu'un des deux n'est plus en mesure de vivre avec l'autre, personne n'y peut rien. Avait-elle abandonné Clarisse pour autant ? Sa fille était jeune, c'est vrai, et Violette allait avoir quarante ans, y avait-il cependant un âge où on lâche la main de ses petits ? Dans son cœur, elle a toujours huit ans, et aimerait se blottir dans les bras de son père, lui avouer que c'est dur, parfois, que si elle est sûre de ses choix, elle a encore peur. Ne va-t-il plus la protéger parce que Françoise prend désormais toute la place ?

Yves contemple la maison ocre aux volets verts, noyée sous la végétation. Perdu dans ses pensées, il ne regarde plus sa fille. À son poignet, Violette remarque un bracelet en cuir tressé qu'elle ne lui connaissait pas. Puis il tourne la tête vers elle, prend une grande inspiration et lâche :

— Il faut vendre La Garrigue. Françoise et moi voulons acheter quelque chose ensemble.

*

Elle fonce à toute allure sur la longue route bordée de platanes qu'elles aimaient tant parcourir enfants. Violette admirait alors la ressemblance et la régularité des intervalles qui les séparent. Qu'était-il advenu de ces années-là, est-ce que la rupture de leurs parents allait les emporter comme le mistral éparpillait les cartes de tarot pendant la sieste ? Violette gare l'Audi sur le bas-côté, coupe le moteur et, hébétée, écoute les cigales au-dehors, fenêtre ouverte. Que va-t-elle dire à ses sœurs, et à Jeanne ? Doit-elle attendre que leur père vienne lui asséner le coup de grâce, ou bien doit-elle préparer sa mère à cette blessure, pour ne pas ajouter à sa douleur celle de s'effondrer devant lui, auréolé de son bonheur tout neuf ?

Les amoureux sont cruels ; Violette a fini par l'oublier. Seuls au monde et indifférents au sort des autres. Elle se souvient de son amour insensé pour Michel, avant que tout s'enraye, que leurs disputes ne dégénèrent et que la peur s'installe peu à peu dans son quotidien. Avec Jérôme, elle est isolée des fureurs, des morsures de la jalousie, des brûlures dans le ventre lorsque l'autre n'est pas là. Jérôme ne réclame rien, Violette ne lui pose pas de questions. Qui il voit, où il va, elle refuse d'entrer dans ce cercle vicieux. En mai, il avait demandé à rencontrer Clarisse, et Violette a senti le piège se refermer sur elle. Un jour, elle a accepté qu'ils aillent tous les trois aux Tuileries, un dimanche. Ou plutôt, il les a retrouvées là-bas, « par hasard ».

« C'est idiot, maman. Pourquoi tu me racontes des salades ? Il est sympa, ton mec », a simplement dit Clarisse après avoir bavardé avec lui tout l'après-midi à l'ombre des vieux arbres.

Ensuite, ils ont déambulé dans Paris, tandis que Jérôme racontait à la jeune fille l'histoire des immeubles et celle de la capitale, pointait du doigt une corniche, une terrasse planquée, un immeuble à la destinée fantastique. Depuis ce jour, Clarisse souhaite devenir architecte, et ne jure plus que par Jérôme. Ça a rendu dingue Michel. Alors Violette a eu de nouveau peur.

« Mais tu ne vas pas passer ta vie toute seule parce que ton ex était fou à lier », lui a reproché Mathilde en accourant chez elle, comme chaque fois que le traumatisme revient et qu'elle se retrouve roulée en boule par terre, incapable de bouger.

Les cris, les éclats de voix dans le téléphone lui ont rappelé les colères d'alors qui partaient de rien, d'un regard ou d'une blague qu'elle pensait amusante mais qui, ce jour-là, ne passait pas. Mais Michel étant le père de Clarisse, Violette s'est toujours interdit de porter plainte, malgré les supplications de sa sœur. Et puis, de quoi se serait-elle plainte ? Il ne l'avait jamais touchée, après tout. C'était plus subtil. Comme une camisole qu'il aurait passée autour d'elle, et puis ces réflexions sur son physique, sa façon d'être mère, d'être elle-même. Elle avait fini par perdre toute estime, considérant même qu'il avait probablement raison, qu'elle ne valait rien. Qu'elle avait même de la chance qu'il s'intéresse à elle, une pauvre fille, bête comme pas permis, moche, mais moche, et qui ne sait même pas ranger correctement un frigidaire. Aujourd'hui, Violette veut seulement qu'il la laisse tranquille, et qu'il ne s'en prenne pas à Jérôme. Depuis Maryline, il n'a plus qu'un froid mépris pour elle, et c'est tant mieux. Ses emportements sont parfois féroces, souvent cruels, mais ils sont moins passionnés, moins effrayants. Et puis, il adore sa fille, qui n'a jamais fait les frais de ses foudres. Ces présentations ont demandé beaucoup d'abnégation à Violette, et Jérôme ne comprend pas ses angoisses. Pourtant, quand il aura franchi l'espace qui sépare La Garrigue de la route en zigzags qui y mène, elle ne pourra plus revenir en arrière. Il connaîtra les frangines au grand complet, et la maison de son enfance, c'est-à-dire une grande part de ce qui la constitue aujourd'hui. Impossible. Cette maison ne peut pas être vendue, conclut-elle.

Violette se cramponne au volant, ses épaules se mettent à trembler et elle éclate en sanglots désespérés. Seule, au milieu de cette nature si belle, épuisée par la chaleur et la tristesse, elle laisse se déverser des années d'émotions enfouies.

Mathilde

— Vous commencez à m'enquiquiner avec mon âge, je sais quand même de quoi je suis capable, et ce dont j'ai envie, s'écrie Jeanne. Regarde comme c'est joli, on a déjà fini de repeindre en blanc ce mur-là. Ça donne vraiment un coup de frais. J'aurais dû le faire depuis longtemps ! Je vais pouvoir attaquer les volets, comme cela on se rendra mieux compte de ce que ça donne en bleu.

— Hein ? Ah non, pas du bleu ! Maman, on n'est pas en Bretagne. C'était très bien, en marron. On a toujours connu la maison comme ça.

— Justement, l'idée c'est de changer, ma chérie. C'est fou comme vous êtes conservatrices, tes sœurs et toi. À se demander qui est la plus âgée d'entre nous.

— Moi, je trouve ça cool, en bleu, dit Clarisse, les doigts recouverts de peinture, un bandana enroulé autour des cheveux.

Mathilde l'observe avec circonspection. Si elle adore sa nièce, elle estime que l'éducation marginale que lui donne Violette ne lui rend pas service. Évidemment, avec une mère bobo céramiste convaincue que l'apprentissage des enfants passe avant tout par leur bonheur, elle ne serait pas étonnée que la gamine souhaite faire décorer la maison par des street-artistes. Pauvre Clarisse. À propos, où est passée Pia ? se demande Mathilde.

— Elle fait ses devoirs de vacances, la devance Clarisse, comme si elle pouvait lire dans ses pensées, ce qui angoisse fortement Mathilde, qui croit déceler dans le ton de sa nièce un soupçon de reproche.

— Tant mieux, réplique Mathilde. Elle a beaucoup de retard à rattraper. Sa classe avait un niveau catastrophique. J'ai eu beau demander à son instituteur de lui donner des exercices supplémentaires, il a refusé. Elle t'a dit qu'elle changeait d'établissement ?

— Ça veut dire qu'elle va perdre toutes ses copines ?

— Non, elles pourront toujours venir jouer de temps en temps à la maison. Mais elle s'en fera d'autres. L'école qu'on lui a trouvée est géniale. Il y a beaucoup d'activités, et le niveau est excellent. Tu devrais vraiment y réfléchir, ma chérie, pour qu'on te pistonne au collège. Maintenant qu'on a réussi à être acceptés, c'est complètement possible. Ça te ferait un peu de métro le matin, mais ça vaut le coup.

— Je suis très bien dans mon collège ! objecte Clarisse, habituée à ce genre de conversations.

Depuis que Violette l'élève seule, Raphaël et Mathilde ont toujours voulu jouer les parents de substitution avec elle, comme si sa mère était parfaitement incapable de s'occuper de sa fille, et que son père avait totalement disparu. Parfois, ça a des bons côtés, comme lorsque les Chambrette l'emmènent en vacances dans des clubs luxueux. Mais il est hors de question qu'elle quitte son quartier, ses amis, ses habitudes et la confortable petite vie qu'elles se sont construite, Violette et elle.

— C'est vrai, son collège est très bien. Pourquoi tu l'embêtes ? intervient Jeanne tout en examinant avec circonspection la charnière d'un volet qu'elle a entrepris de dégonder toute seule.

— Bien sûr, quand il s'agit de Clarisse, tout est toujours parfait !

— Pardon ?

Jeanne la toise avec sévérité, et Mathilde soutient son regard, jusqu'à ce que sa mère lui marmonne, lèvres serrées, dans l'espoir que sa petite-fille n'entende pas :

— Si tu as des reproches à me faire, je te prierai d'attendre que nous soyons entre adultes. C'est compris ?

Face à sa mère, Mathilde, que Clarisse n'a pourtant jamais vue courber l'échine devant quiconque, baisse la tête, serre les poings et répond d'une voix vibrante de colère contenue :

— Très bien, maman. Comme tu voudras.

Et elle tourne les talons, claudiquant sur le sol brûlant.

Sous l'auvent en tuiles qu'ils n'ont jamais remplacées par les tonnelles devenues à la mode dans les autres maisons de la région, Pia travaille en tirant la langue, la tête posée sur son avant-bras, visiblement peu concentrée sur les exercices d'anglais que Mathilde lui a donné à faire. Son petit nez retroussé a commencé à se recouvrir de taches de rousseur – la faute au soleil. Elle lui a pourtant demandé de mettre de l'écran total, mais Clarisse et elle n'en font qu'à leur tête. Évidemment, quand Mathilde et ses sœurs étaient petites, elles ne se souciaient guère de ces mises en garde. Elles prenaient beaucoup de coups de soleil, se protégeaient des insolations en passant le plus clair de leurs journées la tête dans la piscine et revenaient à Tours en fin d'été aussi bronzées que des sexagénaires cannoises.

Aujourd'hui, c'est différent, songe Mathilde, il faut que Violette et Jeanne le comprennent. On ne peut plus éduquer les enfants comme à leur époque. Pia sera parfaite, bonne élève, bien éduquée, et choyée par une mère qui ne distribue pas son amour comme dans des vases communicants. Mathilde s'approche de sa fille, les larmes aux yeux, et caresse ses longs cheveux blondis par le soleil. Puis elle repart avec son smartphone, bras tendu, en quête d'un décor qui fasse illusion pour ses réseaux sociaux. Exaspérée, elle cherche partout, fait des tests, visiblement peu satisfaite de l'état général de La Garrigue. Puis elle finit par s'allonger dans le hamac. Jeanne sursaute quand elle l'entend parler toute seule.

— Coucou, les mums ! Aujourd'hui, c'est détente en Provence avec ma tribu. Le stress, on le laisse à Paris. Je vous donne rendez-vous demain matin à 6 heures pour une séance de vinyasa au lever du jour, en direct, sur mon compte Instagram. N'hésitez pas à faire tourner l'info.

Puis elle visionne sa vidéo. Et reprend : « Coucou, les mums… » Une bonne dizaine de fois. Pia n'y prête aucune attention, visiblement habituée à ce cirque maternel. Clarisse sourit. Jeanne, elle, lève les yeux au ciel, et chuchote à l'attention de sa petite fille :

— Et dire que c'est moi, sa mum.

La Garrigue, douze ans plus tôt

Plus que quelques heures et elle y serait. Des mois de préparatifs avaient précédé ce moment, des heures de discussions, d'angoisse, d'excitation. Des week-ends entiers passés ici, avec papa et maman, et à sillonner la région pour réserver des hôtels, des chambres d'hôtes, goûter les vins, choisir le menu du soir, et celui du lendemain, l'orchestre, la décoration. Elle avait rencontré Raphaël un an plus tôt, et il l'avait sauvée. Grâce au regard qu'il avait posé sur elle, Mathilde avait fait la paix avec elle-même. Après sept ans d'errance. Sept ans pendant lesquels elle avait eu besoin de rompre le lien qui les unissait tous les cinq, qui l'avait étouffée jusqu'à ce qu'elle ne parvienne plus à s'approcher du clan, devenu toxique. Longtemps, les trois sœurs avaient prétendu que la famille passait avant tout, qu'elles étaient aussi amies, que les autres ne pouvaient pas atteindre la fusion des frangines Carpentier et de leurs parents, mais Mathilde avait fini par se rendre compte qu'elle s'était menti à elle-même. Louise était trop petite pour qu'elle lui en veuille vraiment, mais l'émancipation de Violette, l'amour inconsidéré de Jeanne pour elle, et le désintérêt de son père pour elle lorsqu'elle était sortie de l'enfance, et qu'elle n'était plus la ravissante fillette qu'il exhibait fièrement partout où il allait, ç'avait été trop. Le Conservatoire à Paris, lorsqu'elle avait atteint un niveau de danse acceptable, avait été la bonne excuse. À treize ans, elle avait quitté l'appartement de Tours et ne revenait plus que les week-ends. Là-bas, elle s'était fait des amies, devenues comme des sœurs, qui lui avaient apporté l'oxygène qui lui manquait quand elle était en famille. Elle avait oublié le désintérêt de sa mère qui lui signifiait que sa beauté remplacerait tout, que sa médiocrité scolaire et même son potentiel échec ne seraient jamais un drame, puisqu'elle possédait cet atout qu'elle semblait tant lui reprocher. Il y avait eu les étés, évidemment, et le soleil qui tempérait les sentiments, la certitude que tout allait rentrer dans l'ordre, sa complicité avec Violette qui ressurgissait à l'ombre des oliviers et dans la moiteur des amours estivales qu'elles vivaient ensemble, dans les nuits folles de leur adolescence. Jusqu'à Laurent.

Quand Raphaël lui avait fait sa demande en mariage, un matin doux dans sa maison du Touquet, nu sur le lit surplombant l'océan déchaîné, elle avait dit oui, dans un souffle, les yeux encore mi-clos de sommeil. Et la vision très précise de La Garrigue s'était aussitôt imposée à elle. Oui, ce serait là qu'elle s'unirait à cet homme, et qu'aurait lieu la réconciliation véritable avec les siens. Elle leur avait annoncé à tous un soir en Provence, après le dîner, alors que l'air encore chaud les avait poussés à se jeter une dernière fois dans la piscine avant de regagner leurs chambres. Les yeux de Jeanne avaient brillé de larmes qu'elle avait tenté de cacher dans la pénombre. Quant à Yves, il avait félicité Raphaël avant d'étreindre sa fille préférée qui, contrairement à ce qu'il avait toujours imaginé, lui revenait grâce à cette union. Violette et Louise s'étaient précipitées sur Mathilde pour reformer un câlin-sœurs mouillé autant par l'eau que par l'émotion de retrouver enfin leur aînée. Ça avait été une joyeuse soirée qui avait ouvert l'un de leurs plus beaux étés. Pendant des jours, il n'avait plus été question que de cela. Comment chacune s'habillerait, qui on inviterait, les cousins, les tantes éloignées, les amis de chacun, les gens du village. Mathilde avait demandé à ses sœurs d'être ses témoins à l'église, ce qu'elles avaient accepté, évidemment. L'année suivante, Raphaël et Mathilde avaient passé de nombreux week-ends avec Yves et Jeanne, et tous s'étaient rapprochés. Mathilde et sa mère avaient enfin trouvé le point d'équilibre de leurs relations qui n'avaient jamais été apaisées jusque-là. C'était comme si ce mariage avait enfin redonné à Jeanne sa place d'épouse d'Yves, et à Mathilde celle de fille qui fonde à son tour un foyer. Devant son miroir, Mathilde se contemplait enfin dans le rôle dont elle avait toujours rêvé. En costume. Elle avait demandé à la coiffeuse de nouer son épaisse chevelure blonde en un chignon tressé, piqué de lavande. Son bouquet reposait à son côté. Elle était allée elle-même le cueillir au matin, pendant que Raphaël dormait encore, et qu'elle peinait à rester au lit tant sa nervosité était grande. Elle s'était assise sur les marches qui joignaient les deux niveaux du jardin, sur lesquelles elles éclataient des amandes fraîches, enfants, armées de grosses pierres. Le tissu blanc de sa chemise de nuit contrastait avec sa peau dorée. À ce moment-là, Mathilde s'était dit qu'elle n'aurait pu être plus heureuse. Le soleil s'était levé fièrement derrière les anciennes écuries qu'ils avaient transformées en cabane à vélos, et puis Yves avait ouvert le volet de sa chambre. Il l'avait vue là, et était resté sans voix, parce que lorsqu'ils étaient ensemble ils n'avaient nul besoin de se parler. Puis il l'avait rejointe et prise dans ses bras en lui murmurant : « Alors ça y est, tu quittes ton vieux papa. » Ça n'était pas une question.

En entrant dans la chambre, Jeanne avait mis un terme aux pensées de Mathilde. Elle était toujours devant le miroir à observer son reflet irréel, et cette volumineuse robe blanche qui avait coûté si cher mais que son père avait insisté pour lui offrir. Jeanne s'était placée derrière elle et Mathilde lui avait souri, heureuse de voir leurs deux visages si proches, comme ils l'avaient rarement été. Jeanne avec ses cheveux châtains coupés court cette année-là et sa peau mate de fille du Sud. Mathilde, aussi blonde que diaphane, au point qu'il était difficile de croire que le ventre de Jeanne avait abrité cette enfant devenue femme. Il y avait eu un long silence pendant lequel Mathilde avait attendu que sa mère prononce quelques mots. Qu'elle lui dise qu'elle était jolie, qu'elle lui souhaitait beaucoup de bonheur, qu'elle l'avait toujours aimée malgré les disputes, les incompréhensions et la distance qui s'était installée entre elles depuis tant d'années. Oui, elle aurait voulu ressentir la caresse de l'amour maternel qui lui avait tellement manqué, parce que, selon Jeanne, Yves aimait tellement son aînée que cette dernière n'avait guère besoin de davantage, et elle avait décidé de reporter son affection sur Violette, le vilain petit canard. Avait-elle hésité, à ce moment-là ? Par la suite, Mathilde se repasserait mille fois cette scène, essayant de déceler sur le visage de sa mère une inspiration qui aurait révélé son envie de lui témoigner son amour. Mais Jeanne avait juste dit :

— Dépêche-toi, tes sœurs t'attendent dans l'entrée.

Jeanne

Comme d'habitude, elle est la première levée. Jeanne se souvient que ses grands-parents se réveillaient très tôt, tout comme ses propres parents devenus vieux, qui avaient expliqué à ses sœurs et elle que plus le temps passe, plus on peine à dormir tard. À l'époque, ça lui avait paru idiot de ne pas rester au lit quand on n'a pas école, elle pour qui sortir de ses draps avait longtemps été un véritable calvaire. Et pourtant, elle est devenue cette « senior » qui émerge aux aurores, ravie de pouvoir jouir de ce temps qu'elle sait aujourd'hui si fugace.

Comme chaque matin, elle fait ses longueurs, une cinquantaine pour garder la forme. Puis elle enfile une robe légère, accroche ses cheveux aujourd'hui mi-longs en une petite queue-de-cheval qu'elle noue au bas du crâne, comme le faisait sa mère.

Elle prépare du café, et du thé, deux différents – parce que ses filles prennent chacune une boisson particulière le matin. Elle dispose sur un grand plateau d'osier des tasses, des assiettes, sort le beurre et les confitures qu'elle a confectionnées avant l'été, et puis du miel. Elle emporte le tout dehors, et le dispose sur la grande table de bois brut qui est plus vieille que Louise. Puis elle découpe des tranches dans la baguette et les glisse dans l'antique grille-pain manuel qui permet de surveiller la cuisson des tartines. Louise, qui prétend que cet appareil lui brûle les doigts, lui en a offert un tout nouveau pour Noël, mais Jeanne ne s'en sert jamais.

L'odeur du pain grillé a toujours réveillé la maisonnée. Clarisse apparaît la première, les yeux encore ensommeillés, les cheveux emmêlés. Elle s'assied au côté de sa grand-mère, près de l'évier sculpté dans la pierre par Violette il y a des décennies, et pose sa tête sur son épaule.

— C'est ce soir qu'ils arrivent, Jérôme et Raphaël ?

— Absolument, ma chérie. Et dire qu'on n'a même pas commencé à repeindre la façade. J'aurais tellement aimé qu'ils voient La Garrigue aussi belle qu'elle peut l'être.

— Au contraire, Granny. On le fera tous ensemble, ce sera plus amusant.

— Dis-moi, il est gentil, ce Jérôme ?

— Très. Il est fou de maman. Elle, je ne sais pas.

— C'est souvent comme ça, l'amour. Il y en a toujours un qui aime plus que l'autre.

— Et toi, tu aimais plus Papi que lui ?

— Probablement. Il te manque ?

— Oui, beaucoup.

— Tu as le droit d'aller le voir, tu sais. C'est ton grand-père.

— Non, je n'ai pas envie. Après ce qu'il t'a fait.

— Tu sais, tu n'y es pour rien dans cette histoire. Ça ne te concerne pas.

— Je ne sais pas, je verrai.

Un vacarme interrompt cette douce conversation matinale, et Louise surgit comme un diable de sa chambre, son short enfilé sur une jambe, le tee-shirt froissé passé à la va-vite, ses clés de voiture à la main.

— Qu'est-ce qui se passe ?

— C'est Mme Adam, elle ne va pas bien du tout. Son fils vient de m'appeler, je vais l'emmener à l'hôpital.

— Mais, pourquoi c'est toi qui t'en chargerais ?

— Parce qu'ils ne connaissent pas la région, parce que je la soigne. Bref, parce que c'est mon métier, maman.

— Enfin, tu es en vacances…

Louise s'arrête dans sa course, plante ses yeux dans ceux de sa mère et lui lance :

— Maman… Petite, je ne savais même pas ce que ce mot signifiait te concernant. Tu te souviens du nombre de femmes que tu es partie accoucher en plein repas de famille, et même pour mon neuvième anniversaire ?

— Ah non, tu ne vas pas me reparler de cette vieille histoire !

— Pas si je fonce et que je vous laisse manger tranquillement vos tartines. À plus tard.

Elle colle un baiser sur la joue de sa mère puis fait un clin d'œil à sa nièce et replonge rapidement dans son inquiétude pour cette vieille dame qu'elle ne connaissait pas quelques jours plus tôt.

— C'est bien ma fille, conclut Jeanne en souriant, fière malgré elle de cette petite dernière à laquelle elle a toujours tout pardonné et parce qu'elle lui ressemble tant.

Alors que la Citroën quitte La Garrigue dans un nuage de poussière ocre, Mathilde surgit avec Paul dans les bras et l'air de fâcheuse humeur.

— Bonjour, ma chérie, tu as bien dormi ? s'enquiert Jeanne, une tasse de thé fumant dans la main.

— Très mal, réplique Mathilde. Paul a pleuré toute la nuit. On meurt de chaud dans ces chambres, même en ouvrant la porte-fenêtre. Sans parler des moustiques qui n'ont cessé de nous dévorer. Tu as vu mes jambes ? J'ai même été piquée sur la plante des pieds ! Je ne comprends pas pourquoi tu refuses de mettre la clim. Nous, on l'a même à Paris. En plus, j'avais ce yoga à 6 heures du matin, j'ai cherché les tapis partout. Impossible de mettre la main dessus.

Tout en parlant, elle essaye de visser la tétine du biberon de son fils, lequel commence à gémir, inquiet sans doute, agité par la tension de sa mère qui jette des coups d'œil alentour.

— Tu cherches quelque chose ?

— Oui, le Earl Grey. Tu n'en as pas fait ? Tu sais que le Breakfast, c'est Violette.

— Je le sais parfaitement. Ton Earl Grey est là. Allez, confie-moi le petit, je vais lui donner à manger. Prends une tartine.

— Tu n'as pas de yaourts ?

— Pour quoi faire ?

— J'évite le pain. Tu sais que c'est très mauvais de se bourrer de gluten. D'ailleurs, Clarisse ma chérie, tu ne devrais pas manger toutes ces tartines. Surtout avec la puberté. Ta mère avait une fâcheuse tendance à grossir, et elle s'est battue contre ses kilos pendant des années.

— Ah bon ? s'étonne Clarisse, la bouche pleine et les doigts dégoulinant de miel. Elle ne m'en a jamais parlé.

— Laisse-la tranquille, Mathilde. Fais-moi plutôt une liste de ce que vous voulez que j'achète, j'irai faire des courses après le petit déjeuner.

— On ne vient pas tous avec toi ? Tu sais que j'adore le marché de Saint-Rémy, et Pia aussi.

— Le marché, c'est le mercredi. Aujourd'hui, on ira juste chez le primeur et le boulanger. Il faudra aussi repasser au supermarché. Tu peux t'en occuper ?

— Maman, je n'ai pas de voiture.

— Ah, c'est vrai.

— Je demanderai à Louise de m'emmener.

— Ce n'est pas possible. Elle vient de partir en urgence chez sa patiente.

— Quoi ? Mais le stage de tennis de Pia, qui va l'y conduire ? Elle est vraiment irresponsable au possible. Je lui en avais parlé, pourtant. Je me demande vraiment comment elle fera quand elle aura des enfants. Et comment je me débrouille, maintenant ? J'ai passé des jours avec la prof au téléphone pour réserver les bons créneaux horaires en fonction de la chaleur. On a rendez-vous à 10 heures. Maman, pourquoi tu coupes toujours le pain dans ce sens, tu sais que je déteste. Plus personne ne fait ça, aujourd'hui…

— Salut tout le monde !

Violette s'assoit en face de sa sœur, moulée dans un joli maillot de bain rouge qui met en valeur sa poitrine généreuse qui a tant fait parler les garçons de la région, et sa sœur aînée qui s'est désespérée de ce présent imprévisiblement offert un jour par la nature à sa cadette jusque-là restée discrète. Mathilde lui jette un léger coup d'œil désapprobateur que seule Jeanne surprend.

— Je croyais qu'on ne se mettait pas à table en maillot de bain.

— C'est papa qui imposait ça.

— Oui, et donc ?

— Et donc comme il n'est plus là, j'ai pris la liberté de venir petit-déjeuner en maillot. Ça vous pose un problème ? Maman ?

— Pas du tout, ma chérie.

— Évidemment.

— Quoi, évidemment ?

— Bonjour, maman ! lance Pia en s'installant entre sa mère et sa cousine, avant de tendre la main pour attraper une tartine grillée.

Elle porte un ravissant une-pièce à volants dont Jeanne lui fait compliment. Mathilde se rengorge en marmonnant quelque chose d'incompréhensible.

— Demande à ton père, dit Jeanne en leur tournant le dos, d'une voix qu'elle a voulue calme.

Il faut bien que les filles continuent de le voir. La situation a assez duré. Elle sait qu'il est temps de leur signifier qu'elle a acté leur soutien. Ce séjour doit aussi être pour elles l'occasion de renouer avec Yves.

— Quoi ? dit Mathilde, la voix soudain adoucie.

— Pour le tennis. Il peut bien vous accompagner, il a une voiture. Celle de Françoise.

Ça lui fait mal de prononcer ce prénom. Elles ont été proches, autrefois, Françoise et elle. Jeanne la tenait pour amie, ou quelque chose d'approchant, quand Françoise s'était retrouvée seule, après le décès de son mari. C'est la première fois depuis un an qu'elle s'autorise à la nommer à voix haute. Même pour elle-même, elle dit « L'Autre » ou des mots qu'elle n'aurait jamais osé prononcer ailleurs que dans sa tête.

Violette regarde sa sœur et tente de lui faire « non » avec les yeux, pour la dissuader d'accepter cette proposition. Pourtant, Mathilde décide de ne pas y prêter attention.

— Tu es sûre que ça ne te dérange pas ? reprend-elle, la main déjà tendue vers son téléphone pour envoyer un message.

— Non, non. Comme je l'expliquais à Clarisse, le temps est venu de pardonner. Et ce qui se passe entre votre père et moi ne doit pas nuire à vos relations avec lui.

— OK, comme tu voudras, maman. Allez, Pia, finis ton petit déjeuner et va te mettre en tenue. Il ne faut pas être en retard. Vio, tu ne veux pas que je demande à la prof si elle a des créneaux pour Clarisse ? Ce serait bien qu'elle ait une activité sportive, c'est important.

Violette pousse un léger soupir et ne répond pas à sa sœur. D'ailleurs, Clarisse ne lui en laisse pas le temps.

— T'inquiète, tata. Je vais faire de la peinture, explique-t-elle avec son grand sourire habituel. Je te promets que ça fatigue au moins autant qu'une partie de tennis. Pas vrai, Granny ? J'ai même des courbatures d'hier.

— Si c'est si amusant, vous pourriez peut-être attendre Pia, non ?

Mathilde fixe sa mère avec intensité, la mettant manifestement au défi d'écarter une nouvelle fois sa seconde petite-fille, dont elle est infiniment moins proche que de la première.

— Bien sûr ! Ce matin, on ira faire les courses avec Vio et Clarisse. Et on attaquera les travaux cet après-midi avant de préparer notre gros dîner de bienvenue pour les hommes.

— Maman, on ne dit plus « les hommes ». Et leur arrivée ne doit pas faire l'objet d'un cérémonial particulier seulement parce que ce sont des… « mâles ». C'est fou comme papa et toi vous avez toujours insinué qu'on était des êtres inférieurs parce qu'on était des femmes, s'énerve Violette. Vous avez quand même eu trois filles !

— Tu dis n'importe quoi, réplique Jeanne, outrée.

— Si. Pas vrai, Mathou ?

— Carrément. Quand on invitait des mecs, vous étiez toujours aux petits soins avec eux. Alors que quand c'était des copines, on servait des tomates au thon et on ne sortait même pas le joli service pour les recevoir.

— Exactement ! Tu te souviens quand j'avais ramené Matthieu Rabiot à dîner ? Papa avait même mis sa chemise en lin, lui qui ne quittait jamais ses tee-shirts blancs de l'été. Et toi, maman, tu étais allée chez le coiffeur ! Avant ça, on ne savait même pas qu'il y avait un coiffeur à Saint-Rémy.

— Excusez-moi d'être polie avec vos prétendants. Ce serait exactement pareil si j'avais eu une belle-fille.

— D'abord, Matthieu Rabiot n'était pas mon prétendant, Dieu nous en préserve. Et tu es d'une parfaite mauvaise foi. Si tu avais eu une belle-fille, on l'aurait reçue en paréo, comme les copines.

— C'est totalement faux.

— Si ! répondent-elles en chœur, à nouveau complices à la faveur de ce face-à-face avec leur mère.

— De toute façon, on ne le saura jamais, conclut brusquement Jeanne, rendant avec humeur le petit Paul à Mathilde, avant de se mettre à ranger la table bruyamment.

— Allez, maman, arrête, soupire Violette en se levant pour lui passer une main dans le dos.

Comme Jeanne garde le silence, Mathilde baisse la tête. Lorsque sa sœur lui adresse un regard autoritaire et entendu, Mathilde murmure :

— Pardon, maman.

Clarisse les observe toutes les trois sans comprendre. Pia, elle, est déjà partie enfiler sa tenue. Paul se met à pleurer.

— Papa t'a répondu ? demande Violette à sa sœur.

— Oui, il sera devant le portail dans une demi-heure.

— Parfait, je vais avec maman et Clarisse au village, et toi, tu vas avec Pia et lui au tennis. On se retrouve pour le déjeuner. On te prend Paul ?

— Vous n'allez pas vous en sortir avec la poussette.

— On va le faire marcher, hein Paulo ? Et je vais nouer un drap pour le porter dans mon dos.

Mathilde lève les yeux au ciel.

— Ce que tu peux être bobo.

— C'est ça. Eh bien, la bobo, elle ne va en tout cas pas s'encombrer avec un engin à roulettes qui fait la taille d'une bagnole.

— Vous ne lui donnez aucune sucrerie, je vous fais confiance ? Je viens de lire un livre qui explique

que tout se joue avant trois ans. Le sucre assimilé par l'enfant avant cet âge-là peut influer sur sa santé pour toute la vie…

Violette suit sa sœur en hochant la tête, un sourire moqueur sur les lèvres, et se retourne vers les autres en roulant des yeux. Les guêpes, qui ont investi la table du petit déjeuner, se jettent avec délices sur les restes de tartines de confiture dans les assiettes, plongent dans les tasses de chocolat, contournant habilement les pièges préparés la veille par les enfants. Ça fait un bruit pas possible, à peine couvert par le chant des cigales qui monte des collines alentour. En fermant les yeux, Jeanne revoit tous les étés qui ont précédé celui-ci, ceux des premiers temps, celui où elle avait été grand-mère pour la première fois – statut qui l'avait tout d'abord déconcertée, comme s'il ne la concernait pas –, et ceux des immenses douleurs qu'elle s'interdisait de partager avec les siens, parce qu'à La Garrigue, sous le soleil de Provence, on s'en délestait en montant dans l'Audi chargée à bloc, avant de glisser dans la radiocassette les airs des vacances.

Mais cette année-là, ça avait été si difficile.

Aire de pique-nique de Montélimar, trente-trois ans plus tôt

Ça faisait trois mois aujourd'hui, et il semblait qu'à part elle personne ne s'en souciait plus. Yves l'avait soutenue, on ne pouvait pas dire le contraire. Il avait été doux, présent ; ses amies aussi. Violette avait beaucoup pleuré, et elle avait un temps dormi dans leur lit. Jeanne n'avait pas su dire non. La chaleur de sa peau, les vibrations de son petit corps si vivant contre elle avaient été comme un radeau de survie auquel elle s'était agrippée, de tout son être comme privé d'air, vidé de toute substance.

Pourtant, elle était là. Chaque matin, elle se levait, habillait les filles, préparait le café qu'elle regardait couler doucement depuis le filtre. Chaque soir, elle sortait les ingrédients du frigidaire, un par un, de manière automatique. Elle les disposait dans la poêle, attendait, immobile, qu'ils roussissent dans le beurre, pendant que Mathilde et Violette bavardaient dans la cuisine, lui racontaient leurs journées, leurs petites histoires d'écolières, les disputes avec leurs copines, les fêtes à venir, les vacances. Bercée par le brouhaha, elle ne les écoutait pas vraiment, elle se concentrait sur le vide qu'il avait laissé. Yoann. Ils lui avaient donné les mêmes initiales qu'Yves, qui en était si fier. Il était si petit, quand il avait fallu lui trouver une sépulture. Il s'était envolé comme un ange, sans prévenir. Le seul garçon de la famille. Elle l'avait retrouvé un matin, à cinq mois, dans son petit lit, endormi pour toujours. Les médecins avaient prétendu qu'on n'y pouvait rien, que c'était comme ça. Et Jeanne, qui croisait des familles toute la journée, des femmes brisées par les fausses couches, savait cet espoir qui s'éteint en une seconde. La malédiction avait une nouvelle fois frappé. Dans sa famille, elles étaient également trois sœurs. Jacques avait disparu un soir de mai, fauché par une voiture à six ans. Son portrait avait toujours orné les murs de la maison familiale, et hanté les esprits de chacun. Le frère. Après la mort de Yoann, Jeanne s'était promis de ne pas faire revivre à ses filles ce que ses sœurs et elle avaient dû supporter. Ce modèle du mâle de la tribu, idolâtré par leurs parents inconsolables, celui qui aurait dû porter le nom, le transmettre à son tour à un fils, les avait accablées toute leur vie. Mathilde et Violette ne devaient pas subir cela. Alors Jeanne avait enfoui la douleur, réprimé l'arrachement viscéral, colmaté la béance dans son cœur, qui se rappelaient chaque jour en elle avec la même acuité, alors qu'elle s'efforçait de rester debout. Yves avait lui aussi souffert. Ils s'étaient contentés de se soutenir mutuellement en silence. Ils avaient toujours fonctionné comme ça.

Dans le secret des toilettes publiques de ce lieu de fête familiale, tandis que les rires des enfants résonnaient au-dehors, elle avait croisé son reflet et le chagrin l'avait submergée. Elle aurait aimé gueuler aux parents qui grondaient leurs gamins de profiter d'eux, de les couvrir de baisers. Elle aurait voulu leur dire combien était fragile ce bonheur simple d'avoir des enfants en vie. Et puis Mathilde était entrée, l'avait regardée intensément. Jeanne avait rapidement essuyé les larmes, aspergé son visage d'eau glacée, grimacé un sourire qu'elle avait espéré convaincant. Mathilde avait paru réfléchir du haut de ses sept ans. Elle s'était avancée vers sa mère, et Jeanne avait vu l'armure se fendre. Elles allaient enfin s'étreindre, après des semaines passées à se fuir. Ensuite la porte s'était ouverte sur Violette, vêtue d'un tee-shirt trop court qui moulait son petit ventre replet.

— Vous faites quoi ? On vous attend.

Alors Mathilde avait suivi sa sœur sans se retourner, avant que leur mère leur emboîte le pas pour rejoindre la table de bois planquée sous les arbres sur laquelle Yves, de méchante humeur, avait disposé le contenu entier de la glacière.

Ce soir, ils seraient à La Garrigue, s'était dit Jeanne, et tout irait mieux. Il le fallait.

Violette

La boutique a beaucoup changé. Avec le nombre incalculable de nouvelles enseignes pour touristes, qui vendent toutes le même tissu provençal, les mêmes huiles d'olive et autres paniers garnis, celle-ci avait également cédé aux exigences des amoureux d'un Midi de carte postale – il fallait bien vivre. Autrefois, Violette y venait au petit matin avec son père et ses sœurs pour acheter les journaux, le pain et quelques viennoiseries qu'elles mangeaient sur place. Bien sûr, elles n'en parlaient pas à Jeanne, qui aurait reproché ce régime, surtout en ce qui la concernait. Elle qui prenait un kilo juste en regardant une tarte alors que ses sœurs pouvaient avaler n'importe quoi sans prendre un gramme. Longtemps, Violette ne s'était guère souciée de ses rondeurs que les adultes regardaient avec tendresse. Alors, elle n'hésitait pas à passer à la boutique, qui proposait la plus belle sélection de bonbons qui leur ait jamais été donné de voir.

En tournant la tête, elle aperçoit Clarisse penchée, comme elle le faisait à l'époque, sur les paniers d'osier qui couvrent le trottoir. Paul, bien trop lourd pour ses épaules, dort paisiblement dans son dos. Soudain, Violette sursaute en entendant une voix à l'intérieur du magasin. Un homme est en train de prendre des nouvelles de Chantale, la propriétaire. Il a toujours ce léger accent du pays, et cette voix grave qui l'a si souvent fait frissonner. Violette garde les yeux fixés devant elle, ses mains tremblent. Elle pourrait tout aussi bien se cacher derrière les rayons, ou sortir cinq minutes en attendant son départ. Heureusement, elle a changé, il ne va pas la reconnaître. Et lui, à quoi ressemble-t-il aujourd'hui ? Si c'est bien lui. Violette ne peut s'empêcher d'observer discrètement le grand amour de sa jeunesse, parce que maintenant, c'est sûr, il s'agit de Laurent dont le parfum a envahi le petit espace. Ses larges épaules sont moulées dans un tee-shirt blanc, et il porte un jean qui a vécu. Violette remarque que ses cheveux sont toujours aussi épais et bruns, et que seuls quelques fils blancs témoignent du passage des ans.

— Maman, je peux prendre celui-là ? Il est trop beau ! Et peut-être le même pour Pia ?

— Hein ? Oui, oui, chérie.

— Pourquoi tu chuchotes ?

Elle a beau essayer de baisser le ton, ça résonne dans la boutique.

— Violette ?

La voilà obligée de s'arracher à l'examen du rayon épices pour lui faire face. Il est aussi beau que dans son souvenir – peut-être davantage. Les années ont laissé quelques traces sur son front et autour de ses yeux, mais sa peau mate et son regard noisette ont gagné en maturité et, injustice de la nature, lui ont conféré un charme supplémentaire. Sans le vouloir, Violette sent le rouge gagner ses joues, son front et même la pointe de ses oreilles, qui se mettent à bourdonner comme lorsqu'elle avait douze ans. Se maudissant de ne pas s'être arrangée ce matin, elle n'ose imaginer l'état de son visage pas encore hâlé. Et cet enfant qui pendouille contre son corps. Heureusement, sa récente coupe courte la rassérène. Son cœur bat fort sous son caraco léger, et les mots peinent à sortir de sa gorge nouée.

— Ah, tiens, salut. Ça va ?

— C'est incroyable, vous êtes toujours dans la région ? s'étonne-t-il.

— Oui, à La Garrigue, comme avant. Et toi, ça fait des années qu'on ne t'avait pas vu. Mais peut-être est-ce qu'on ne s'était tout simplement pas croisés.

— Saint-Rémy est petit, et les frangines Carpentier inratables. Non, je suis passé côté basque pendant beaucoup d'étés. Ma femme est de là-bas.

— Ah, c'est joli aussi. Il y a la mer.

— Voilà, c'est exactement ce qu'elle disait. Mais on ne change pas si facilement un Provençal. On s'est séparés. Alors, je suis revenu, pour mon plus grand plaisir. L'odeur, et puis ces montagnes…

— Je sais. Je n'ai jamais réussi à passer un été ailleurs. J'ai essayé une fois, et j'ai eu l'impression d'avoir sauté les grandes vacances.

— J'aime les filles qui disent « grandes vacances », ça me donne l'impression que rien n'a vraiment changé depuis le collège.

— Pourtant, pas mal de choses ont changé, à commencer par moi.

— En bien, je trouve, précise-t-il en plongeant son regard dans celui de Violette, avant de découvrir

Paul, juste en dessous. Ce petit garçon a l'air vraiment heureux contre sa maman, commente-t-il alors.

Violette ne comprend pas immédiatement de quoi il parle. Puis elle répond, un peu trop vivement :

— Ah non, ce n'est pas le mien ! C'est le fils de… Mais, en revanche, je ne t'ai pas présenté ma fille. Clarisse. Laurent, un vieil ami de maman. Et de tata, ajoute-t-elle après une seconde d'hésitation.

— Si je l'avais croisée, j'aurais parié que cette jolie rouquine était de toi. Enchanté, jeune fille.

Clarisse lui sourit, jugeant cette réponse amplement suffisante. Que peut-elle ajouter ? Elle ne sait pas si elle doit l'appeler « monsieur », lui tendre la main ou l'embrasser. Elle déteste quand sa mère croise des inconnus dans la rue. En revanche, cet homme-là l'intrigue. Déjà parce qu'il semble mettre sa mère dans un drôle d'état. Ensuite parce qu'il est plutôt beau – enfin, pour un vieux : il ressemble un peu à l'acteur de *Mission impossible*.

— Vous êtes toutes les trois à La Garrigue avec tes parents ? Comme au bon vieux temps ?

— Oui, enfin, non. Mes parents sont… séparés.

Ça lui fait tout drôle de prononcer cette phrase. Elle avait imaginé qu'Yves reviendrait aux beaux jours, la tête basse et les bras chargés de fleurs, comme il le faisait autrefois lorsqu'il se disputait avec Jeanne. Quand, à Pâques, Clarisse a retrouvé sa grand-mère seule dans le grand mas familial, Violette a bien dû se rendre à l'évidence. Il ne reviendrait pas. Et sa récente conversation avec lui a achevé de la convaincre du caractère inéluctable de cette séparation. Une situation qui va s'envenimer, songe-t-elle, lorsque Yves annoncera son désir de se débarrasser de leur passé commun.

— Ah bon ? Comment est-ce possible ? Tes parents ont toujours représenté le couple parfait. C'est arrivé quand ?

— L'année dernière. Il faut croire qu'on ne sait jamais vraiment ce qui se passe dans l'intimité des gens, même ceux qui nous sont les plus proches. Mais peut-être qu'on peut parler de tout cela ailleurs ?

Elle désigne du menton Chantale, qui ne perd pas une miette de leur conversation. Saint-Rémy est un petit village, et ceux qui y vivent à l'année sont peu nombreux. La séparation surprise des Carpentier, très vite suivie de l'officialisation de l'idylle d'Yves et Françoise a, depuis, largement alimenté les conversations. Laurent acquiesce et fait un clin d'œil à Violette.

— Je t'attends dehors ?

Violette décide de prendre son temps pour se diriger vers la caisse et redonner à sa respiration un rythme plus naturel. Elle passe une main dans ses cheveux et sort ses lunettes de soleil de son sac. Elle en profite pour consulter son téléphone. Elle a plusieurs appels manqués ainsi que des textos. Jeanne a essayé de la joindre. Elles avaient prévu de se retrouver devant la boulangerie, sa mère doit se demander où elle est. Mathilde a également essayé de la joindre, et a doublé son message vocal d'un texto.

« Rappelle-moi tout de suite, c'est quoi cette histoire avec papa ? Et pourquoi tu ne m'en as pas parlé ? »

La catastrophe est proche. Maintenant que Mathilde a été mise au courant des projets de leur père, la nouvelle ne tardera pas à se propager et il y a fort à parier que les talents de tragédienne de sa sœur aînée ne manqueront pas de faire éclater ce bel imbroglio familial. Qu'est-ce qui a pris à papa de lui en parler ? songe Violette. Il a vraiment perdu la boule. Ils ont acheté et retapé cette maison ensemble, et il doit mettre Jeanne au courant très vite. Si Louise l'apprend, ce sera un drame. Déjà qu'elle ne veut plus entendre parler de lui.

Dehors, Laurent l'attend, ses sacs de courses sous le bras, le sourire aux lèvres, plein de son insouciance coutumière. Il est en train de discuter avec Jeanne.

— Granny est là-bas. Tiens, elle aussi elle connaît le monsieur ?

— Il ne manquait plus que ça.

— Quoi, maman ?

— Rien…

Violette inspire un bon coup et sort de la boutique en s'efforçant de sourire, sans franc succès.

— Ah, ma chérie, tu es là ? Je te cherchais partout. Tu n'as pas vu que je t'avais appelée ? Laurent m'a dit que vous vous étiez croisés. Tu sais qu'il a une entreprise de rénovation ? C'est formidable. Je lui ai demandé de venir à La Garrigue, pour me faire un devis. Vous avez raison, je n'y arriverai jamais sans aide. Et maintenant que je suis seule, j'ai envie de tout refaire à mon goût à moi. Un nouveau look, pour une nouvelle vie, comme on dit à la télévision. Oh, je suis si excitée !

— Euh, maman. Tu te souviens que Raphaël et Jérôme arrivent ce soir ? Ce n'est peut-être pas le moment de…

— Évidemment, je ne suis pas folle. Et ce pauvre Laurent n'est peut-être pas disponible immédiatement. Demain, tu peux ?

— Je ne sais pas… Vio ?

Laurent cherche des yeux Violette, qui évite ostensiblement de croiser son regard. Cette situation devient intenable, d'autant qu'il n'est a priori plus question de faire des travaux. Et puis demain, il y aura Mathilde. Violette n'est pas certaine de supporter qu'ils se retrouvent tous les trois au même endroit. Elle est surprise de sa réaction. Ça remonte à si longtemps… C'est ridicule. Elle est adulte, maintenant, et mère de famille. Elle a près de quarante ans et un homme dans sa vie, qu'elle va retrouver ce soir, pour le présenter à ses sœurs, ses neveux, son beau-frère, sa mère. Oui, Jérôme sera là demain avec elle. Il est peut-être temps de tirer définitivement un trait sur cette histoire qu'elle n'a visiblement pas soldée.

— Vois ça avec maman. Je ne sais pas si on sera là, mais viens, oui. Pas de problème.

Elle farfouille dans son sac pour se donner une contenance, puis propose à Clarisse, ravie, de faire un tour dans une boutique de maillots de bain.

— Attendez, toutes les deux. Je vous accompagne. Parfait, Laurent, passe quand tu peux. Je ne bougerai pas. C'est vraiment gentil. Tiens, prends mon numéro, enchaîne Jeanne, sans se soucier de la mine exaspérée de sa cadette.

Laurent finit par s'éloigner en souriant, et replace sa grande mèche brune en arrière, comme il a toujours eu l'habitude de le faire. De dos, Violette admire une nouvelle fois sa haute silhouette et hume son parfum qui flotte dans son sillage.

— Quel bel homme ! s'enthousiasme Jeanne.

— Maman, est-ce que je dois te rappeler ce qui s'est passé ?

— Quoi ? Qu'est-ce qui s'est passé ?

— Tu le sais très bien.

Violette roule des yeux en direction de Clarisse pour signifier à sa mère que ce n'est pas le bon moment pour avoir cette conversation.

— Maman ne veut pas que vous en parliez devant moi, traduit Clarisse à l'attention de Jeanne.

— Mais pas du tout.

— Violette, ça fait des années. Je ne pensais pas que… Bon, j'ai compris, on n'en parle pas. Tu préfères que je lui demande de ne pas venir ? Je peux m'adresser à quelqu'un d'autre. Même si je ne connais personne, et qu'il se proposait si gentiment de se déplacer.

— Non, maman. Fais comme tu le sens. De toute façon, c'est fait.

— Oh, la peau de vache !

— Pourquoi tu dis ça ? Je viens de te dire de faire ce que tu veux.

— Non, derrière toi. Viens !

Jeanne attrape sa fille par la manche et l'entraîne dans une ruelle. Clarisse les suit, affolée, mais ne pose pas de questions.

— Qu'est-ce qu'il y a, maman ?

— Françoise !

— Quoi, Françoise ?

— Elle était derrière toi, à me regarder avec ses petits yeux méchants. Comme si ça ne lui suffisait pas de m'avoir volé ton père. Il faut en plus qu'elle parade dans les rues de *ma* ville. Cette femme est insupportable. Pourquoi ils ne quittent pas le pays ? Je croyais qu'elle en avait fini de sa pharmacie toute pourrie. En plus, elle s'habille tout en lin, ça m'énerve mais à un point. Je ne supporte plus cette matière. Tiens, il faudra que j'en parle à ta sœur qui a toujours toute une collection de chemises, ça me révulse. Tu sais qu'elle a invité les Perrin à dîner ?

— Qui ça, Louise ?

— Non, Françoise. Avec ton père. Ils les ont reçus chez elle, dans son abominable bonbonnière. C'est Isabelle qui me l'a dit, comme ça, naturellement, alors qu'on papotait un matin au téléphone. Ça, je te jure que c'est la dernière fois qu'on s'appelle !

— Mais tous vos amis ne peuvent pas arrêter de le voir, quand même.

— Et pourquoi pas ? Isabelle n'est pas l'amie de ton père, que je sache. À moins qu'avec elle aussi il ait eu une histoire. Qui sait ? Pardon, Clarisse, ma chérie. Je ne devrais pas parler comme ça devant toi. Mais il faut pourtant qu'on trouve une solution. Saint-Rémy est trop petit pour nous trois.

— Et tu n'envisagerais pas de partir ? Je veux dire, de trouver un appartement fonctionnel, rien qu'à toi. Peut-être dans une autre ville, plus loin, voire de revenir en Touraine ?

— C'est une plaisanterie ? Enfin, ma chérie, je suis née ici, j'y vieillirai et j'y mourrai, heureuse. Chez moi. J'ai travaillé toute ma vie dans cet objectif. On a toujours loué, ailleurs. Cet achat, pour ton père et moi, ça représentait toute une vie. La Garrigue, c'est un peu de moi, et aussi de vous. Qu'est-ce qui te prend, je croyais que tu aimais cette maison comme nous tous ?

— Oui, maman, c'est n'importe quoi. Pourquoi ce serait à Granny de partir ?

— Je posais juste la question. Évidemment, que j'adore cette maison. Vous le savez bien.

Violette tourne la tête. Autour d'elle, les passants, heureux, bronzés et reposés, déambulent gaiement, ouvrant des yeux ébahis devant les étals des petites boutiques, prenant place en terrasse pour une première mauresque à l'ombre des cyprès.

Violette ferme les yeux derrière ses lunettes de soleil, et se force à inspirer et expirer doucement pour apaiser son angoisse. Elle doit se retenir de plonger la main une nouvelle fois dans son sac pour se saisir d'un petit comprimé qui la calmerait tout à fait. Après Michel, elle en a consommé quotidiennement. Mais elle ne veut plus de cet état de douce léthargie qui l'exclut du monde. Dans quelques heures, Jérôme sera là. Avec lui, elle tient debout, droite, sans avoir peur. Les frissons ont déserté son corps, elle respire enfin. La peur l'a quittée, et la douleur aussi.

La Garrigue, vingt ans plus tôt

— Tu ne vas quand même pas mettre un décolleté pareil ? On voit tes seins.

— Tu trouves ? Moi j'aime bien. Et puis quand je montre mes seins, on regarde moins mes fesses. J'ai encore pris deux kilos. C'est tous ces melons, aussi.

— Ou plutôt les gâteaux que maman et Louise font tous les jours, non ?

— Bon, je l'enlève ? Tu es sûre ? Laurent l'adore.

— Et depuis quand on s'habille pour les garçons ?

— Il ne s'agit pas de « garçons ». Lui, c'est spécial.

— Tu ne disais pas ça quand les parents nous forçaient à l'inviter avant. Tu te souviens de ses lunettes atroces ? Et de sa coupe de cheveux !

— Toi, tu le rejetais. Moi, je l'ai toujours bien aimé.

— Tu as eu le nez creux, il est devenu vraiment pas mal, j'avoue.

Dans le miroir, Violette jeta un coup d'œil à Mathilde. Elle portait une robe blanche légère à manches bouffantes, longue et très près du corps, qui mettait en valeur sa silhouette élancée de danseuse, et arborait un chignon tressé qui soulignait la grâce de son port de tête. Assise sur le lit de sa sœur, elle posait sur ses cils du mascara, en pinçant les lèvres, pour agrandir encore ses yeux bleus de chat. En revenant à son reflet, Violette perdait l'enthousiasme qui l'avait gagnée lorsqu'elle avait passé son bustier. À côté de sa sœur aînée, elle se sentait banale, pour ne pas dire ingrate. Ses cuisses étaient épaisses, ses cheveux roux trop secs et incoiffables, sa peau trop blanche. Pourtant, depuis peu, ses rondeurs harmonieuses et le léger hâle qui parvenait miraculeusement à rehausser son teint en été l'avaient semblait-il fait passer dans la catégorie des filles attractives – elle qui appartenait autrefois à la catégorie des rigolotes, accompagnait sa sœur partout avec une parfaite insouciance, recueillait les confidences des amoureux transis, désireux d'atteindre la déesse. Cet été tout particulièrement, celui de ses dix-huit ans, Violette savourait le plaisir de voir les têtes des jolis garçons se dévisser sur son passage à elle, la cadette Carpentier. Tous les soirs, Mathilde et elle se rendaient à la discothèque qui jouxtait la maison. Elles pouvaient y aller à pied, ce qui rassurait leurs parents. Parfois, on les forçait à emmener Louise, onze ans, dont la présence mutine les encombrait atrocement, sans compter qu'elles la soupçonnaient de jouer les agents secrets pour le compte des parents.

Elles y arrivaient vers 23 heures, sur leur trente et un, maquillées, coiffées, parfumées, prêtes à prendre dans leurs filets un nouveau jeune homme qui les embrasserait sur la piste, près du bar où l'alcool coulait à flots, ou sur le petit chemin de terre qui longeait la boîte, dans la pénombre de ces chaudes nuits d'été où les notes de musique résonnaient au loin. Et puis, cet été-là, il y avait Laurent. Après les flirts sans conséquences, les étreintes pleines d'ivresse et de jeunesse avec des vacanciers de passage, des fils de famille ou des gars de la région, Violette connaissait son premier amour. Laurent Belfin était un enfant de Saint-Rémy, le fils de Fabienne et Alain, qui habitaient un appartement en ville, au-dessus des Variétés, que les parents de Fabienne avaient eux-mêmes tenu toute leur vie. Laurent avait fait ses classes au village, à l'école publique, avant de partir poursuivre ses études à Avignon. Durant leur enfance, les filles avaient pris l'habitude de jouer avec ce joyeux garçon à lunettes un peu poupin. Les deux couples s'étant liés d'amitié, Violette et Laurent avaient pris l'habitude de construire des cabanes, qu'ils occupaient des après-midi entiers, de jouer aux cartes et d'organiser des goûters de grenadine glacée et de tartines beurrées pour Mathilde, Jeanne et Yves. Ils aimaient jouer au papa et à la maman de Louise qui acceptait docilement les rôles que ces parents de substitution lui distribuaient lorsqu'ils toléraient sa présence. Sur les albums de famille qui traînaient sur la table en bois du salon, le visage rond et souriant de Laurent apparaissait plus d'une fois. Il avait peu à peu intégré la famille et était devenu ce fils qui lui manquait, voire plus. Yves, qui adorait Laurent, l'emmenait partout, lui avait appris à conduire sur les chemins de terre, à choisir les vins aux Baux-de-Provence, à tailler des haies, à entretenir la piscine. Et puis Violette et Laurent avaient grandi, et la puberté les avait éloignés. La poitrine naissante de la jeune fille, le duvet noir qui ombrait la lèvre de Laurent, et puis cette voix chevrotante et ces boutons qui envahissaient leurs épidermes respectifs avaient créé une barrière invisible qui les avait séparés. Laurent s'était mis à traîner plus souvent avec ses copains de classe, même pendant les vacances. Un jour, il avait montré à Violette les revues sexy qu'il regardait avec eux, et l'adolescente avait décidé de rompre tout échange. L'enfance avait semblait-il gardé en son sein les sentiments de ces deux-là. Jusqu'à cette chaude soirée d'août où Laurent avait réapparu sous les lumières clignotantes qui habillaient le ciel, et s'était avancé vers elle. Les boutons avaient disparu, et le regard tendre et malicieux du gamin qu'il avait été avait ressurgi. Ils avaient longuement discuté, s'étaient remémoré les années passées, les éclats de rire, leurs secrets. Et la complicité était revenue d'un coup. Toute la soirée, Laurent avait délaissé les amis qui l'accompagnaient. Mathilde, elle, embrassait à pleine bouche un jeune bourgeois en polo bleu ciel, lequel ne cessait de passer son bras autour de sa taille fine en un geste de propriétaire répugnant. Violette n'avait pas fait attention à eux deux, Laurent et elle avaient bu des dizaines de gin tonics, les yeux dans les yeux, accoudés au bar, aussi seuls au monde que s'ils s'étaient trouvés dans la cabane de leur enfance. Lorsqu'elles étaient rentrées à La Garrigue cette nuit-là, elle n'avait pas parlé de Laurent à Mathilde, qui ne s'était d'ailleurs guère intéressée à ces retrouvailles.

Le lendemain, cette dernière avait préféré l'invitation du bourgeois en polo qui était passé la prendre en cabriolet noir pour l'emmener dîner. Et Violette était retournée à la discothèque chaperonnée par Louise, trop heureuse de cette sortie inespérée pour protester lorsque sa sœur lui avait glissé un billet de vingt francs contre son silence et l'assurance qu'elle la laisserait seule avec son revenant. La benjamine les avait observés, assise à la table devant laquelle Violette l'avait installée. Vers 1 heure du matin, il avait bien fallu partir car la petite s'était endormie la tête entre les bras. Alors Laurent les avait raccompagnées à l'entrée de La Garrigue, au bout du chemin qui menait à ses souvenirs enfuis. Louise était partie devant, non sans protester d'une voix ensommeillée qui trahissait son besoin impérieux de rejoindre son lit.

Avant cela, Violette et Laurent s'étaient assis sur le petit muret érigé par Yves près de la boîte aux lettres. Au loin, résonnaient le tube de l'été et les cris des fêtards enthousiastes qui l'accueillaient. La peau de Laurent exhalait un parfum bon marché très viril qu'elle avait tout de suite aimé, malgré les sarcasmes de Mathilde, l'arbitre des élégances familiales. Violette avait été surprise par ce désir qu'elle sentait monter en elle pour le petit gamin qui dormait autrefois dans sa chambre. Mais lorsque, après un temps qui lui avait semblé interminable, il avait fini par se décider à l'embrasser, elle avait alors vécu l'instant le plus intense de sa courte existence. Comme si leurs lèvres avaient finalement scellé un lien qui ne demandait qu'à l'être. Depuis toujours. Elle en aurait presque pleuré. Longtemps, Violette s'était demandé si tout cela serait arrivé si Mathilde n'avait pas suivi le garçon au polo bleu ce soir-là. Si cette expérience de l'amour véritable, qu'elle avait touchée du doigt pendant les quelques semaines qui avaient suivi ce baiser inaugural, lui aurait été donnée. Probablement pas. Et cela aurait peut-être mieux valu.

Mathilde

Et encore une assiette ébréchée. Mathilde les a toutes sorties pour mettre le couvert. Jeanne et Violette ne sont toujours pas revenues du marché et il est déjà 12 h 30. Paul doit mourir de faim. À moins qu'elles ne l'aient gavé de pain. Aucune ne répond à ses appels. Elle n'aurait jamais dû le leur confier. Elle enrage. C'est important, les horaires. Ici, on dirait que tout le monde s'en fiche et pourtant, qu'est-ce qu'on fait sans cadre, sans structure ? Surtout quand on est sept dans une maison. Bientôt neuf. Si chacun part où il veut, sans dire quand il rentre, comment on s'en sort ? On n'est pas à l'hôtel, tout de même ! Et vu l'état des assiettes, ça semble compromis. Mathilde ne comprend pas pourquoi Jeanne ne se rachète pas un service. Celui-ci était déjà là quand elles étaient enfants. Un service, ça doit pouvoir se trouver pour pas cher, non ? Il fait misérable, songe-t-elle. Comme le reste de la maison, d'ailleurs. Mathilde a remarqué qu'avec le temps les vieilles personnes ne voient plus le délabrement des choses. Elle espère sincèrement qu'il en est de même pour leur corps, ou leur visage. Au moins cette cécité serait utile – pour penser que, sous prétexte qu'ils sont peu ou prou à la même place qu'il y a vingt ans, la peau, les cheveux, les jambes n'ont pas bougé et que dans le flou d'un miroir piqué et d'une salle de bains sans ampoule adéquate, le reflet paraît sensiblement identique.

Dans la cuisine, rien n'a bougé non plus. Les couverts sont dans un tiroir loin de tout, laissés là parce que le jour de l'emménagement, quelqu'un avait décidé qu'on les rangerait ici. Les plaques de cuisson sont un peu grasses, les carreaux des fenêtres voilés. Pourtant, Mathilde aime cette cuisine de guingois et, malgré les conseils de Raphaël qui aimerait remplacer le gaz par de la vitrocéramique, recarreler le sol et les murs et condamner les immenses chambres froides de l'ancien restaurant qui servait de garde-manger, elle n'en changerait pour rien au monde. Elle ne l'avouera jamais. Non, devant les autres, elle abonde toujours dans le sens de son mari. Pas par soumission, mais parce qu'on attend d'elle qu'elle choisisse la raison, la modernité, le confort avant les sentiments. La nostalgie, la sensibilité, c'est le créneau de Louise, voire de Violette. Pas le sien.

D'un œil, Mathilde surveille son téléphone en même temps qu'elle se déplace avec humeur, de la cuisine vers la table du jardin, pour apporter les couverts, l'eau, les serviettes avec leurs ronds en bois idiots et leurs prénoms à tous, gravés au laser. Elle repense à Yves, et à ce qu'il lui a annoncé. Ils étaient dans la voiture de Françoise, une Mini rouge un peu ridicule pour une personne de son âge, a pensé Mathilde, malgré son plaisir de se déplacer enfin dans un véhicule propre et élégant. Elle ne l'avait pas revu depuis l'été dernier, ça lui a fait bizarre.

Même s'il a eu l'air de trouver ça normal qu'ils se retrouvent comme ça tous les trois un matin d'été dans la bagnole d'une étrangère pour aller au tennis. Sans maman. Il avait mis la clim et la radio s'était enclenchée toute seule. Tout dans cette voiture fleurait la bourgeoisie de province, l'argent amassé grâce aux petits maux et grandes misères des villageois. Les parents de Françoise étaient pharmaciens eux aussi, et leur fille avait repris le commerce comme l'ont fait ses fils par la suite. Quelle originalité ! Décidément, cette bonne femme aimait bien mettre ses pas dans ceux des autres. Yves ne l'avait pas complimentée comme il avait coutume de le faire. « Tu es belle, ma fille », « ma jolie », « quelle allure »... Lorsqu'ils se retrouvaient, il avait chaque fois un petit mot qui confirmait à Mathilde qu'elle était encore la plus jolie. Cette fois, elle s'est soudain sentie lasse et vieille. Visiblement, il était content de voir Pia, il lui a proposé de venir dans leur maison, dit qu'ils avaient une chambre d'enfants où dormaient les petits-fils de Françoise, lorsqu'ils les gardaient – ce qui semblait assez habituel dès lors qu'ils habitaient eux aussi à Saint-Rémy. Mathilde s'est demandé comment se déroulait la vie de son père. Avait-il remplacé ses filles par ces grands gaillards aux larges paumes et aux corps carrés dont ils s'étaient toujours moqués ? Pourquoi arborait-il cet air jeune, pimpant, exempt de toute culpabilité ? Quand on construit une famille, il faut se tenir à ses engagements, non ? Continuer la course jusqu'à la ligne d'arrivée malgré la fatigue, la soif, l'envie de tout envoyer valser, parce que, sinon, à quoi ça sert, tout ça ?

Le téléphone de Mathilde vibre. Ce n'est malheureusement ni Jeanne ni Louise mais Raphaël, dont le visage apparaît en gros plan sur l'écran. Doit-elle répondre ? Elle est énervée et sent qu'elle n'aura pas la patience de l'écouter alors qu'il est certainement sur la route pour les retrouver. Elle redoute qu'ils se disputent. Elle fait néanmoins glisser le bouton de déverrouillage sur l'écran, par habitude, puis met le haut-parleur et continue de préparer ce qu'elle peut du repas.

— Je rapporte quoi ?

— Quoi ?

— À ta mère, je lui rapporte quoi ?

— Bonjour.

— Hein ?

— Je dis « bonjour », d'abord.

— Ah oui, bonjour. Euh, chérie, je suis en double file, là, dans la rue commerçante. Alors, des chocolats, un parfum, un bouquet de fleurs ? Un livre ?

— Laisse tomber.

— Quoi, laisse tomber ? Je ne vais quand même pas arriver les mains vides ?

— Tu as déjà envoyé le matériel de sport, non ?

— Oui mais c'est pour vous et les enfants. Vous vous en êtes servis, d'ailleurs ?

— On vient d'arriver. Et puis, je ne sais même pas où est le paquet. Je parie que ça ne lui a pas plu. Nos cadeaux ne lui plaisent jamais. Pas vrai, Pia ? Attends, où est Pia ? Pia, chérie ? Pia ?

Mathilde sent le souffle lui manquer. Sa gorge se serre. Elle se met à courir.

— Chérie qu'est-ce qui se passe ? Où est la petite ? Tu n'es pas avec ta mère et tes sœurs ?

— Attends !

Elle se précipite vers la piscine sur laquelle le soleil fait briller des guirlandes scintillantes qui ondoient drôlement. Il fait vraiment chaud. L'atmosphère est comme saturée par cet air de fin du monde qu'ont les milieux de journée en Provence, lorsque tout le monde fait la sieste et que tout se tait, sauf les cigales qui se dandinent ou le vent qui se plaint. Quatre marches brûlantes mènent à la piscine. Mathilde les escalade tandis qu'elle entend Raphaël qui gueule, les klaxons en bruit de fond et les sursauts du réseau. L'eau est claire, le fond bleu ciel des petits carreaux ébréchés bien visible. Il n'y a rien.

— Maman ? Qu'est-ce qui se passe ?

Pia est sur le seuil de sa chambre, les cheveux mouillés, propres, joliment peignés en arrière. Elle porte une jolie robe en voile blanc qui lui donne l'air d'un ange. Mathilde se rue sur sa fille.

— Ma chérie mais je t'ai cherchée partout ! Tu étais où ?

— Eh bien, là. Dans ma douche. Elles font quoi, les autres ?

— MATHILDE ! Je fais quoi, alors ?

Elle entend les pneus qui écrasent la terre sèche, en haut du chemin, et le bruit du moteur. L'Audi avance doucement. Jeanne, qui est au volant, donne trois coups de klaxon, comme le veut la tradition familiale, pour dire « on est rentrées ».

— Arrête de crier enfin !

— Mais ça fait une plombe que tu ne me réponds pas. Où est Pia ? Et qu'est-ce que vous faites ?

— Tout va bien. Maman, Violette et Clarisse viennent de rentrer, je vais devoir te laisser. Tu es là dans combien de temps ? Et tu ne roules pas trop vite !

— En plein chassé-croisé, ça ne risque pas.

— Ça n'existe plus, le chassé-croisé, tu le sais bien. Aujourd'hui, plus personne ne part en juillet.

— Oui, eh bien le chassé alors, parce que tout le monde ira dans mon sens. J'espère arriver en fin d'après-midi. Je passe prendre quelque chose à Saint-Rémy ? Vous avez prévu quoi pour le dîner ? Un barbecue ?

— Chéri, viens directement. On t'attend.

— Il arrive à quelle heure, l'autre gus ?

Pia est partie aider sa grand-mère et sa tante à décharger la voiture.

— De qui tu parles ?

— Du mec de Violette. Il arrive bien ce soir ?

— Ah oui. Aucune idée. Bon, je vais te laisser. Sois prudent. Bisous.

— Mathilde ?

— Quoi ?

Elle a déjà commencé à avancer vers le parking. Il est si tard, et ils auront bien le temps de parler ce soir.

— Tu as reçu une lettre. De l'hôpital.

— Ah. Tu l'as ouverte ?

— Non. J'ai préféré te l'apporter. J'ai bien fait ?

Mathilde hésite. Elle regarde Paul qui court vers elle.

— Oui. Tu as bien fait.

— Je t'aime, tu sais ?

— Moi aussi.

Mathilde glisse le téléphone dans la poche de sa robe. Elle prend son fils dans ses bras et observe la maison. L'épisode de la piscine l'a chamboulée. Et puis la lettre. Elle fait un détour par sa chambre et coupe un petit bout des médicaments qu'elle cache au fond de son sac à main, dans une petite boîte turquoise. Elle le glisse sous sa langue et repart vers la voiture que sa mère, sa sœur et sa nièce sont en train de décharger. Leurs sourires effacent ses angoisses.

— Ah te voilà, t'étais où ? Aide-nous, on a acheté à manger pour une colonie de vacances.

— Tiens, tu ne sais pas qui on a croisé à Saint-Rémy ?

Violette est de dos lorsqu'elle dit ça, penchée sur le coffre ouvert, attrapant vigoureusement une grande cagette de melons trop mûrs.

— Non, qui ?

— Laurent. Il est revenu.

Louise

Elle referme doucement la porte. Dans le couloir, ça sent le propre et la peur. Les chariots crissent sur le sol en lino. Louise a réussi à obtenir un lit pour Mme Adam. Elle a appelé Agnès, une voisine dont elle est devenue proche à la faveur de l'hiver et de leur célibat respectif. Elle est médecin en gériatrie au centre hospitalier d'Arles. Louise est à la fois soulagée d'avoir pu aider sa patiente grâce à ses contacts dans la région, et triste de devoir reconnaître que sans cette aide, tout aurait été compliqué pour elle, pour eux. La médecine fonctionne comme cela, elle le sait. Elle est certes accessible à tous et, plus que quiconque, Louise tente de s'en convaincre, mais elle sait que, comme partout, il y a des passe-droits, et qu'un coup de fil peut bouleverser un destin. Guillaume et sa mère sont restés seuls. Lisa, sa femme, a voulu les accompagner. Elle est montée à l'avant de la Citroën pendant que son mari soutenait sa mère à l'arrière. Pendant le trajet, elle s'est contentée de regarder obstinément la route, les mâchoires serrées, sans rien dire. Et puis, lasse de ce silence qui ne servait à rien d'autre qu'à angoisser tout le monde, Louise s'est mise à plaisanter. Elle a sorti ses meilleures anecdotes d'infirmière à domicile, celles qui font écarquiller les yeux, jaillir les « non mais, c'est pas possible, les gens sont quand même incroyables ». Alors Lisa s'est détendue et a tourné vers elle ses deux yeux noirs aux paupières presque invisibles, solidement plantés dans son visage très blanc, sous des sourcils fournis et joliment dessinés. Même Mme Adam a esquissé un maigre sourire malgré son état. Elle doit rester en observation, ont déclaré les médecins. Elle a perdu beaucoup de poids, son état nécessite de rester sous surveillance médicale constante.

— Vous retournez à Saint-Rémy ? s'enquiert Lisa, restée sur le seuil de la chambre.

— Quelle heure est-il ?

— 14 heures.

— Hein ? Mes sœurs vont me tuer ! Oh là là, douze appels manqués. Je dois foncer. Je peux vous laisser ? N'hésitez pas à m'appeler si vous le souhaitez. Je prendrai des nouvelles tout à l'heure quoi qu'il en soit. Agnès m'en donnera aussi.

— Vous pouvez m'avancer ?

— Vous avancer ?

— Jusqu'en ville. Après, je me débrouillerai.

— Mais, vous ne restez pas avec votre mari ?

— Non, je préfère les laisser tous les deux. Les autres m'attendent, sans parler des enfants.

— Eh bien… Si vous voulez.

Louise patiente un instant pour permettre à Lisa de les prévenir. Peut-être ont-ils convenu de cela avant tous les trois ? Oh et puis, après tout, c'est leurs affaires, se dit-elle. Pourquoi cherche-t-elle toujours à fourrer son nez partout ?

— On y va ?

Louise fait ronfler le moteur, clipse son téléphone au-dessus de l'autoradio, règle son rétroviseur, vieux réflexe de bonne élève d'auto-école, sourit à Lisa et prend la route, toutes fenêtres ouvertes – il fait une chaleur de bête dans la voiture. Puis elle compose le numéro de Mathilde qui l'engueulera sans doute moins, occupée par mille tâches et préparatifs.

— Allô ?

— Oui, Mathou.

— Oh toi, quand tu m'appelles comme ça, c'est que tu as quelque chose à te reprocher. Ou que tu as un problème. C'est le cas ?

— Non, pas du tout ! Tu peux prévenir Vio et maman que j'aurai du retard pour le déjeuner ?

Mathilde éclate de rire.

— Quoi ?

— Autant te dire qu'on ne t'a pas attendue. Mais qu'est-ce que tu as fichu ? Maman est folle d'inquiétude. Tu es partie il y a des heures, et tu ne répondais même pas à ton téléphone. C'est dingue ! Tu fais ça tout le temps, elle a raison. Je ne comprends pas à quoi ça te sert d'avoir un portable, si on ne peut même pas te joindre.

— Tu as fini ?

— Oui. Enfin non, tu es où ?

— Je reviens d'Arles. J'ai emmené ma patiente à l'hôpital.

— Mais, ça n'est pas à toi de te charger de ça ! Il y a des ambulances, des taxis…

— Je fais ce que je veux !

— Pas quand on t'attend toutes.

— Je vais raccrocher, Mathilde.
— Oh, tu me soûles. Je te passe maman.
— Non !
— Allô, ma chérie, mais où étais-tu ?
— Hé, mais vous allez me lâcher ? J'ai trente-trois ans !
— Et alors ?
— Et alors je peux quand même m'occuper d'autre chose que vous pendant trois heures sans que ça fasse un drame national, non ?
— Mais je m'inquiétais.
— Maman, il faut que tu cesses de t'inquiéter constamment pour moi. Ce n'est pas sain. Ni pour toi, ni pour moi.
— Tu comprendras quand tu auras des enfants.
— C'est ça. Allez, bon appétit tout le monde. Je serai là dans trente minutes, ça vous va ? Vous voulez une confirmation par texto quand je suis en approche, ou peut-être suivre mon trajet par géolocalisation ? Allez, salut.

Louise jette rageusement son kit mains libres. À son côté, Lisa se tait. Elle a la politesse de garder la tête tournée vers la fenêtre pour observer le paysage qui défile à toute allure. Le silence emplit l'habitacle mais ça n'est pas gênant. Louise ne se sent pas obligée de le combler, ni de s'excuser pour la dispute à laquelle sa passagère n'aurait pas dû assister. Après tout, elle-même a surpris les tensions de son couple. Elle a été le témoin de leurs différends, leur chagrin, leurs hésitations derrière les murs épais de la propriété. Alors, elle peut bien s'engueuler avec sa famille devant cette inconnue, elle s'en fiche. Elle en a assez de tout masquer sous des sourires de façade, de se planquer derrière la gamine que tous continuent de voir en elle.

— Vous n'avez pas d'enfant ?

Lisa a posé la question avec douceur. Louise a horreur qu'on aborde ce sujet avec elle. Et Jeanne ne manque jamais une occasion de le faire, elle qui aimerait tant avoir au moins un de ses petits-enfants près d'elle et pas seulement pendant les vacances scolaires, comme elle aime à le rappeler. Mais, cette fois-ci, ça ne la dérange pas. Peut-être, justement, parce que Lisa ne la connaît pas, qu'elle n'a pas d'attente, seulement une curiosité bienveillante, dénuée de tout jugement.

— Non. C'est compliqué pour moi.

— Vous ne pouvez pas en avoir ?

— Si, mais… Oui et non. Je… J'aime les femmes.

Elle trouve toutes les expressions mièvres, brutales ou surannées, comme celle qu'elle vient d'utiliser pour expliquer que, depuis longtemps, elle sait qu'elle ne formera jamais une jolie petite famille comme la sienne. Qu'elle ne sera jamais comme tous ces gentils parents qui illustrent les boîtes de jouets, les livres pour enfants ou les publicités.

— Pardon. Je… je ne savais pas.

— Ne vous excusez pas, ce n'est pas une maladie. Et quand bien même, ce ne serait pas de votre faute, ironise Louise, tout en faisant les gros yeux à un automobiliste qui lui bloque le passage. Ma famille n'est pas au courant, même mes sœurs. Seulement quelques amies proches et les femmes qui ont traversé ma vie.

Lisa tressaille, sans que Louise sache si c'est parce qu'elle est gênée ou dégoûtée. Peut-être devrait-elle se taire mais après tout, elle n'avait qu'à pas lui poser de questions. Mais Louise a trop besoin de parler. Depuis longtemps.

— Je sais, ça peut sembler idiot. On est en 2019, et il y a plein de belles actrices qui assument leur homosexualité. Même si chez les femmes, ça reste assez tabou. Comme quoi, on aura toujours du retard, même là-dessus. Mais je n'arrive pas à en parler à ma famille. Comment aborderais-je le sujet ? Chaque fois que je suis décidée, je ne trouve jamais le bon moment. Dans les instants de joie ? Je me dis que ce serait idiot de tout gâcher en amenant ça sur le tapis. « Hé, vous savez quoi ? Je suis lesbienne. Tu me repasses du fromage ? » Pendant les engueulades ? Ce serait plus simple. J'ai déjà failli. Mais on est rarement ensemble. Alors, les chamailleries, je les ai avec ma mère tous les jours, mais je ne veux pas en rajouter. Elle se remet à peine de la séparation d'avec mon père. Et puis, si mes sœurs apprenaient que j'ai mis maman au courant avant elles, ça ferait toute une histoire. Non, je préfère le garder pour moi. Finalement, tout le monde ne détaille pas sa vie sexuelle à ses proches, pas vrai ? Ses préférences, ses petits vices, ses expériences.

— Mais c'est un peu plus que cela, non ?

— Plus que quoi ?

— Que… le sexe.

Lisa a rougi en prononçant le mot « sexe », telle une adolescente qui se risquerait à aborder le sujet avec des adultes. Quel âge peut-elle avoir ? se demande Louise. Une grosse trentaine, comme elle ?

Tout en gardant un œil sur la route, elle détaille rapidement le profil de la jeune femme. Chaque fois qu'elles se sont croisées, Lisa était occupée, à la piscine avec ses enfants, ou en train de ranger. Elle est sans cesse en mouvement. Sans doute par timidité, elle ne semble jamais s'attarder auprès des autres. Le huis clos de la voiture doit être un calvaire pour elle, songe Louise. D'ailleurs, son genou droit tressaute. Un klaxon rappelle à l'ordre, le panneau indique que Saint-Rémy n'est plus qu'à quelques kilomètres.

— J'ai failli en parler, l'année dernière. J'étais tombée amoureuse, pour la première fois. Avant, j'avais trop honte pour ça. C'est idiot, n'est-ce pas ? Les femmes avec lesquelles je couchais, je n'assumais pas de les voir au grand jour, pas même de les embrasser au petit matin pour leur dire au revoir. Alors, me promener dans la rue main dans la main, vous pensez… Il y en a eu beaucoup, pourtant. À croire que ça leur plaisait, à ces filles, que je ne m'attache pas. La nature humaine est étrange, vous ne trouvez pas ? La première fois, c'était au lycée. Ma meilleure amie s'appelait Annie. On était tout le temps fourrées ensemble. Elle dormait à la maison au moins une fois par semaine, quand ce n'était pas le contraire. Mes deux sœurs parties, je me sentais très seule. Alors, les parents accueillaient Annie aussi souvent que je le souhaitais. Ils comprenaient bien que de se retrouver fille unique, comme ça, du jour au lendemain, ça n'était pas simple. Violette avait rejoint Mathilde à Paris. Et moi, je les imaginais arpentant les trottoirs chic de la capitale, vêtues de beaux vêtements, entourées d'une foule de prétendants. Très rapidement, elles ont chacune suivi leur chemin, mais ça c'est une autre histoire… Quand Violette est partie, j'ai fait une petite dépression. Ma mère travaillait beaucoup, à l'époque. Mon père s'était pris de passion pour la pêche, on le voyait peu. L'appartement était devenu silencieux après toutes ces années de vacarme permanent. Annie m'a sauvée. On passait des heures dans ma chambre, sur mon lit, à refaire le monde. On évoquait notre avenir, le jour où on irait rejoindre mes sœurs à Paris. Nous étions tout l'une pour l'autre. Et puis un après-midi, les choses ont dérapé. On s'est embrassées. Le reste a suivi. Ça a été une déflagration dans ma vie. J'avais déjà eu quelques expériences guère convaincantes avec les garçons – mais quand on est jeune, je crois que c'est assez fréquent. Là, c'était différent. Tout de suite après, j'ai demandé à Annie de partir. Notre amitié s'est arrêtée net. Je sais qu'elle en a beaucoup souffert.

Les rues de Saint-Rémy sont vides. Les familles sont rentrées déjeuner. Les boutiques ont pour beaucoup rangé les portants et fermé leurs portes pour quelques heures de sieste.

— Vous pouvez me déposer devant la mairie, suggère Lisa, gênée par ces considérations logistiques, fort éloignées de la conversation qu'elles viennent d'avoir.

— Comment allez-vous rentrer ?

— Je vais appeler un taxi.

— Un taxi ? À cette heure-ci ?

Lisa sourit franchement, pour la première fois depuis qu'elles ont quitté l'hôpital.

— Laissez-moi vous raccompagner jusque chez vous.

— Vous en avez déjà assez fait. Et votre famille qui vous attend ?

— Au point où j'en suis.

Louise ne lui laisse pas le temps de protester et s'engouffre rapidement dans une ruelle pour rejoindre la route qui mène au château. À l'arrière de la voiture, les outils font un boucan de tous les diables. Lisa continue de sourire et bredouille un « merci » presque inaudible avant de reprendre :

— Et la femme dont vous parliez, celle dont vous êtes tombée amoureuse ?

— Agnès ?

— Je ne sais pas. Vous disiez que l'année passée, vous aviez failli en parler à vos proches, parce que l'histoire devenait sérieuse.

— Oui, c'est elle. Le docteur qui soigne votre belle-mère.

Lisa ne peut s'empêcher de tressaillir. L'image de ces deux mondes se télescopant, celui de la maladie, des blouses et des soins, avec celui de la fièvre des corps, et notamment celui de sa voisine, la trouble.

— Ne vous inquiétez pas, elle n'en est pas moins un excellent médecin, plaisante Louise.

— Bien sûr. Pardonnez-moi. Je ne juge pas, c'est juste… nouveau pour moi. Je n'ai jamais… Enfin, dans mon entourage, il n'y a pas…

— De femmes comme moi ? Détrompez-vous. Pourquoi est-ce qu'il y en aurait moins que chez les hommes ? C'est juste que, une fois de plus, nous prenons sur nous pour nous conformer à ce que la société attend de nous. Et moi la première.

— Ah, vous croyez ?

— Je ne crois pas. J'en suis sûre.

Lisa laisse filer le silence tandis qu'elles approchent de la bastide. Manifestement passionnée par ce que Louise lui raconte, elle semble s'être peu à peu débarrassée de ses appréhensions.

— Et qu'est-ce qui s'est passé ? Avec la doctoresse ?

— Elle a rencontré son futur mari.

— Quoi ? Mais…

— Non, dans son cas, ça n'était pas par obligation. Elle est simplement tombée amoureuse de lui. Peut-être que, pour une fois, j'étais plus attachée qu'elle.

— Mais elle aime les femmes, n'est-ce pas ?

— Vous savez, Lisa, la sexualité, c'est plus compliqué que cela. Aujourd'hui, beaucoup de jeunes disent qu'ils tombent amoureux d'un être humain, pas d'un homme ou d'une femme. Au gré de leurs vies, de leurs rencontres. Tout peut arriver. C'est quand même bien plus joli de raisonner comme ça, non ?

— Oui, oui. Bien sûr. Ah, c'est ce que les jeunes disent ? Et vous, vous pourriez aimer un homme ?

— Je ne sais pas. Ça n'est jamais arrivé, mais cela m'arrangerait. Les autres me lâcheraient la grappe.

Elles sont arrivées devant le grand portail de la propriété. Louise ne veut pas entrer. Elle a beau fanfaronner, elle ne souhaite pas non plus déclencher une guerre civile à La Garrigue. D'autant que Raphaël et Jérôme arrivent dans quelques heures, ce qui signifie qu'elles ne seront bientôt plus seules, entre sœurs.

— Merci, Louise. Je ne sais pas ce qu'on aurait fait sans vous. Et merci aussi pour Guillaume et Rose. Et puis, pour m'avoir raconté tout ça.

— C'est moi qui vous remercie, ça m'a fait du bien.

Lisa maintient la portière de la Citroën ouverte et se penche à l'intérieur du véhicule en ajoutant :

— Vous devriez leur dire. On a tous nos secrets. Mais celui-ci est trop important pour le cacher à ceux qu'on aime. Ça vous allégerait, non ? Je sais, je ne suis rien pour vous, et vous pouvez bien décider de votre vie, mais c'est aux inconnus qu'on se confie le mieux, et c'est peut-être leur rôle à eux d'oser dire les choses. J'espère que vous ne m'en voudrez pas.

— Mais non. Allez, je dois y aller. La prochaine fois, on parle de vous. Je n'ai pas l'habitude de m'épancher de cette manière. D'ordinaire, c'est à moi que les gens se confient, répond Louise avec un sourire.

— Avec plaisir. À demain. Ah non, vous ne venez pas, c'est vrai. Eh bien, on se tient au courant.

Louise la regarde sonner au portail. Sous sa tenue typique de maman bourgeoise, Lisa a une belle silhouette.

Elle se retourne et lui adresse un petit sourire. Louise met aussitôt la musique à fond. Il est tard. Elle va prendre cher, ainsi que l'avertit Clarisse dans le message qui apparaît sur son téléphone au moment où elle démarre, immédiatement suivi par un smiley clin d'œil.

— Tu ne veux pas mettre quelque chose de plus léger ? Tu dois mourir de chaud, fait remarquer Violette.

— Je suis bien, comme ça, répond Mathilde, le nez plongé dans un album de photos très abîmé, qu'elles ont regardé des millions de fois.

Le déjeuner a été très gai. Mathilde a probablement voulu rendre cet instant doux pour sa mère, avant qu'elle n'apprenne la nouvelle de la vente. Pourtant, il le faudrait. Elle a donc revêtu ses plus beaux atours, et elle est redevenue le temps du repas la flamboyante reine Mathilde, moqueuse et si drôle. Cette Mathilde-là, Violette la connaît mieux que personne, pour l'avoir pratiquée toute son enfance, lorsqu'elles n'étaient que toutes les deux. Dans ces moments-là, lorsque les regards admiratifs du monde extérieur exigeaient d'elle une certaine tenue, elle faisait tomber le masque, et redevenait cette fille impitoyable et extravagante qui imitait les adultes comme personne, organisait d'inénarrables concours de pets ou transformait en quelques minutes une chambre d'enfants en salle de bal féerique.

Jeanne a ri à s'en faire mal au ventre. Clarisse en a recraché son eau par les narines, sans que Mathilde ne trouve à y redire. Pia les a toutes regardées avec un mélange d'effarement et d'admiration. Violette a joué le Monsieur Loyal, renvoyant la balle à sa sœur pour que son numéro soit plus brillant encore. Un bonheur brut et authentique a pour un temps réinvesti les murs de La Garrigue. Toutes ont oublié ce qu'elles taisent pour se consacrer aux autres. Et puis les enfants sont allés se reposer dans leur chambre, laissant les adultes finir de ranger et faire la vaisselle. Jeanne a allumé le poste de radio, qui diffusait des vieux tubes des années 1990. Violette s'est trémoussée en rinçant les casseroles dans le gros évier cabossé, Mathilde a continué de balancer mille anecdotes sur leurs cousines, les mamans de son école, leurs connaissances communes. Jeanne souriait et demandait : « Qui, qui ? » La plupart du temps, elle ne sait pas de qui il s'agit. Unetelle a quitté son mari pour son stagiaire, une autre a la peau des cuisses pleine de trous après sa quatrième liposuccion, un ami de Raphaël a fait un lifting et changé de lunettes pour détourner l'attention. Personne n'a plus reparlé de Louise qui exagérait avec ses patients et ses mystères. Ça avait occupé une bonne partie des discussions d'avant le repas où, tenaillé par la faim, chacun avait bien failli enfreindre les lois élémentaires de la cohabitation saisonnière en partant discrètement se faire un sandwich en solo dans la cuisine. Et puis Violette a fait chauffer de l'eau, qu'elle a versée dans la vieille machine à piston qui lui fait si peur. Elle a appuyé jusqu'au bout, écrasant courageusement l'épais coussin de café. Puis, elle a posé le tout sur un petit plateau en fer aux bords dentelés qu'elle a apporté dans le jardin. Jeanne en a bu une tasse avec ses deux aînées et est partie se reposer en demandant qu'on la réveille une heure plus tard pour commencer à préparer le couscous qu'ils mangeraient le soir avec du vin rosé rapporté du château d'Estoublon. Raphaël en raffole.

Violette et Mathilde ont souri. Ce souci d'anticipation culinaire de leur mère a toujours été sujet à plaisanterie. On a toujours très bien mangé chez Jeanne, et elle n'a manifestement aucune envie que cela change. Et surtout pas ce soir.

À présent, les deux femmes sont installées sur des transats en toile beige à l'ombre de l'abricotier. Il fait trop chaud pour se mettre au bord de la piscine, et aucune des deux ne semble avoir envie de s'isoler dans sa chambre. Violette joue du bout des orteils avec la bride de ses sandales. Ses ongles brillent au soleil. Mathilde contemple ces pieds bombés et délicats qu'elle a toujours enviés à sa sœur. Elle qui a déformé les siens avec la danse.

— Tu étais au courant ? demande-t-elle finalement à voix basse.

— De quoi ?

— Arrête ! Pour papa. Et Françoise. La maison. Tu étais au courant ?

— Je l'ai su hier.

— Oui, il m'a dit. Il m'a aussi raconté que tu étais allée chez eux.

— « Chez eux… » Françoise n'était pas là. Il fallait bien qu'on se retrouve quelque part. Et puis, j'avais besoin, peut-être, de visualiser là où il habite. Et de le voir, bien sûr. Ça fait un an, quand même. C'est notre père, Mathou.

— Oui, enfin, pour ce que ça représente pour lui… Bon, je dois t'avouer quelque chose.

— Quoi ?

— Je l'ai eu au téléphone, plusieurs fois, cette année. Disons que je n'ai pas complètement coupé les ponts.

— T'es gonflée. Pourquoi tu ne m'as rien dit ?

— Parce que Louise et toi, vous étiez tellement… remontées. On a fait ce pacte débile, l'été dernier. De ne plus jamais entendre parler de lui. Comme des gamines. Mais la vie, ce n'est pas comme ça. On n'est pas dans un feuilleton ou dans un roman de la Bibliothèque rose. Lui et moi, on a toujours été très proches. Ma psy m'a conseillé…

— Tu as une psy ?

— Comme tout le monde, non ?

— Euh… non. Moi, je n'ai pas de psy.

— Eh bien, tu devrais.

— Pourquoi, tu trouves que j'en ai besoin ?

— Comme tout le monde. On ne fait pas du sport pour maigrir mais pour s'entretenir, être en bonne santé. Il ne faut pas forcément attendre un point de non-retour pour aller voir un psy. Moi, ça me fait du bien, en tout cas.

— Mais, ça fait combien de temps ?

— Oh mais tu m'embêtes ! Je ne sais pas. Un an. Peut-être plus.

— Un an ou plus ?

— Oh, un an. Ça va ? Tu es contente ?

— Pourquoi je serais contente ? Moi, c'est toi mon psy. C'est à toi que je raconte tout. Je pensais que c'était réciproque. Enfin, si on excepte ta merveilleuse meilleure amie Annabelle qui est de si bon conseil.

Violette appuie sur chaque syllabe en souriant. Sa jalousie un peu feinte envers l'autre confidente de Mathilde reste un sujet de plaisanterie entre elles. Sa sœur lui rend son sourire, et fait mine de la boxer « pour de faux » avant de reprendre :

— Bon, mais on va faire quoi ? On en parle à maman ?

— Je ne pense pas que ce soit à nous de lui annoncer, mais plutôt à lui.

— S'il met autant de temps à le faire qu'il en a mis à lui dire qu'il partait avec Françoise…

— Comment ça ? C'est quoi cette histoire ? Tu es au courant de quelque chose ?

— Non, pas vraiment. Mais tu connais des couples qui ne se trompent jamais ? Ça faisait combien… presque cinquante ans qu'ils étaient ensemble ? Il fallait bien que ça arrive. Après, je n'aurais jamais pensé qu'il passerait à l'acte. Généralement, les hommes n'osent pas. Et puis, c'était pratique pour lui. Ses après-midi à la pharmacie, ses soirées bien au chaud à La Garrigue à manger les bons petits plats de maman…

— Mais il t'en avait parlé ?

— Un peu. Pas frontalement.

— C'est dingue, ça ! Et pourquoi seulement à toi ? Vous avez toujours eu vos petits secrets, lui et toi. Je ne comprends pas comment on peut faire des distinctions comme ça entre ses enfants. Je suis bien contente de n'en avoir qu'une seule. Si c'est pour faire souffrir les autres et leur donner le sentiment d'être rejeté dès leur plus jeune âge…

— Tu charries. Et moi, alors ? Maman ne m'a jamais adressé la parole que pour me faire des reproches ou me parler de vous deux. Tu crois que ça n'est pas difficile ?

— N'importe quoi. Elle nous a toujours bassinées avec sa belle Mathilde qui était danseuse à Paris pendant que nous autres, pauvres provinciales, on subissait le quotidien sans broncher.

— Ah bon ? À moi, elle ne disait rien. On s'appelait à peine. J'ai toujours pensé qu'elle s'en fichait complètement. Et puis, quand je revenais les week-ends et pendant les vacances, vous sembliez tous si proches. Vous parliez d'événements auxquels je n'avais pas participé, vous faisiez des plaisanteries que je ne comprenais pas. C'était compliqué pour moi.

— Pour nous aussi. Surtout après. Quand tu es partie…

Mathilde baisse les yeux et triture le tissu de sa jupe en formant un rond avec sa bouche, l'air de dire « oh, ça… ». Violette, elle, continue de la fixer, les sourcils froncés.

— Il va bien falloir qu'on parle de lui. Maman l'a invité à la maison. Elle veut qu'il l'aide pour ses travaux de rénovation.

Mathilde relève brusquement la tête, l'air désemparé.

— Oui, je parle de Laurent, insiste Violette. Suffisamment d'années ont passé pour qu'on puisse à nouveau prononcer son nom. Tu ne penses pas ?

— Si, bien sûr, marmonne Mathilde.
— Pourquoi tu as fait ça ?
La Citroën de Louise fait son apparition en haut de la colline. On entend les pneus écraser les cailloux qui jonchent le terrain. La conductrice klaxonne gaiement, trois coups, en leur faisant un petit signe de la main qu'elles perçoivent à peine, à cause du soleil qui tape en biais sur le pare-brise, et de la saleté accumulée un peu partout sur le véhicule.
— Oh, elle va réveiller Paul ! On voit bien qu'elle n'a pas d'enfant, râle Mathilde.
Puis elles perçoivent le couinement du frein à main que Louise tire énergiquement, la portière qui claque, et la voix grave, puissante, de leur jeune sœur qui les appelle, tandis qu'elle apparaît, échevelée, rouge et souriante, fagotée comme l'as de pique, sa frange brune éclatée comme un pinceau qu'on aurait oublié de rincer. En la voyant, Mathilde et Violette ne peuvent s'empêcher de sourire devant cette furie aussi sensible qu'indélicate en apparence, qui a un beau jour redistribué les cartes de leur couple de sœurs.
— J'ai la dalle ! J'imagine que vous avez déjà tout mangé ? commente-t-elle en se laissant lourdement tomber sur un transat, enfonçant énergiquement ses dents très blanches dans un morceau de pain de campagne récupéré en chemin.
— Ah, Milou… Milou…, fait Mathilde, balançant sa tête de gauche à droite.
— Quoi, « Milou, Milou » ? bafouille-t-elle la bouche pleine.
Violette et Mathilde se lèvent au même moment et collent leurs têtes sur celle de la benjamine, qui

proteste pour la forme, postillonnant des miettes en même temps qu'elle éclate de rire.

— Ah non, pas de câlin-sœurs ! Non, attention, mon pain ! Arrêtez !

Derrière elles, une voiture moutarde s'engouffre dans l'allée.

La Garrigue, vingt ans plus tôt

Son visage était à contre-jour, si bien qu'elle distinguait mal ses traits. Elle voyait juste ses boucles épaisses qui scintillaient dans la lumière, et les muscles de ses épaules nues, bandés par l'effort de se tenir au-dessus d'elle. Depuis combien de temps étaient-ils ici, à l'abri du reste du monde, nus l'un contre l'autre ?

Avec Laurent, Violette ne comptait plus. Les heures, les calories, les temps d'exposition au soleil, les verres de vin. Cet été était devenu un tourbillon dans lequel elle s'était volontiers laissé emporter, lâchant prise avec tout le reste, heureuse d'être ainsi ballottée par grand vent dans des émotions qui la laissaient exsangue lorsque, rarement, elle reprenait haleine. Depuis la nuit du muret, et leurs langues qui s'étaient entremêlées, tout le reste avait disparu. Violette ne voyait plus que lui, Laurent. Sa bouche, sa voix douce, les grains de beauté qu'elle comptait sur sa peau, ses sourcils drus, bruns, qu'il fronçait sous le soleil, l'odeur de café et de cigarette qu'il déposait dans sa bouche, les baisers qu'il abandonnait sur sa peau, et qui la faisaient frissonner jusqu'au bout des oreilles. Leurs corps s'étaient trouvés. Ils étaient au supplice lorsqu'ils étaient contraints de se tenir sagement l'un à côté de l'autre, habillés. Vite, ils couraient se jeter l'un sur l'autre, n'importe où, se souciant peu du danger d'être découverts, trop avides de ce besoin qui leur était devenu vital. Cinq, six fois, jusqu'à dix un certain jour dont ils se souviendraient longtemps, ils découvraient ensemble la félicité d'un amour naissant, des sens qui emportaient tout, des cris qui déchiraient le silence de la sieste.

Comme ce jour-là, où ils avaient trouvé refuge dans un grand champ de tournesols qui leur piquaient la peau mais les laissèrent libres de hurler leur plaisir. Ils étaient en train de rouler pour rejoindre La Garrigue. Jeanne et Yves auraient sûrement été heureux de savoir leur fille avec Laurent, mais ils préféraient taire leur liaison pour le moment. Par peur de l'abîmer, de mettre des mots sur le bel indicible. Ils avaient beau avoir exploré la moindre parcelle de leurs corps respectifs, il restait chez chacun la gêne d'avoir réalisé l'inconcevable avec l'ami d'enfance. Devant l'entrée de la propriété, alors que Laurent continuait de faire tourner le moteur, triste d'avoir à la quitter pour quelques heures, Violette avait remonté sa jupe sur ses cuisses fermes, constellées de taches de rousseur. Il lui avait dit « non, non », faussement suppliant, incapable, déjà, de résister à l'envie de plonger son visage entre ces chairs rondes et chaudes, dont l'odeur le rendait fou. Alors il avait fait demi-tour et ils s'étaient précipités dans les champs de fleurs jaunes, retirant leurs vêtements avec frénésie, emportés par ce désir brûlant qui s'emparait d'eux.

— Tu te souviens quand, petits, on avait dormi sous la tente, et que tes parents, morts d'inquiétude, nous avaient découverts au petit matin ? On s'était pris une de ces soufflantes.

— Ça, tu peux le dire. Ils nous avaient même menacés de ne plus dormir l'un chez l'autre de l'été. Heureusement, ils n'ont pas tenu parole.

— Ça te plaisait déjà de passer la nuit près de moi, pas vrai ?

Violette essaya de se dégager, mais Laurent la tenait solidement par les poignets, pesant contre son bassin.

— Laurent, on était des gamins ! Et puis, je t'avoue qu'à l'époque... Enfin, disons que tu as pas mal changé.

— Tu me trouvais moche ?

— Mais non ! Un peu... poupin.

— Gros ? Saleté, va. Moi, je t'ai toujours trouvée sublime.

— Menteur. J'étais horrible. Avec mes cheveux qui frisottaient et ma peau qui rougissait, j'étais atroce. Tu bavais devant Mathilde. Comme tout le monde.

— Faux. Ta sœur était une chipie qui nous gâchait la vie.

— Ça ne t'empêchait pas de la reluquer chaque fois qu'elle passait en tutu.

— C'est dans ta tête, tout ça, ma chérie.

— Comment tu m'as appelée ?

— Quoi ?

— Je ne sais pas. Ça fait bizarre. C'est comme ça que s'appellent mes parents.

— Mon calisson. Ma petite brioche.

— Arrête !

Violette continua de se débattre. Laurent plongea la tête entre ses seins blancs qui remuaient joliment tandis qu'elle repoussait ses hanches pour le faire basculer.

— Tu as la plus belle poitrine du monde.

— Ah, c'est donc ça qui t'intéresse ! Tu es bien comme les autres.

— Quels autres ? Parce qu'il y en a eu d'autres ? fit Laurent, faussement choqué mais franchement blessé.

— Tellement, si tu savais.

— Donne-moi leurs noms, je vais tous les embrocher un par un. Il est hors de question que subsiste en ce monde un seul individu autre que moi qui t'ait vue nue.

— Au secours ! Aidez-moi ! Ce type est fou.

— Fou de toi.

— Ah bon ?

Violette cessa soudainement de gigoter et planta ses yeux dans ceux du jeune homme. Quelques petites feuilles s'étaient plantées dans ses cheveux ébouriffés. Ça lui donnait un air assez comique. Son teint était halé, leurs deux peaux l'une à côté de l'autre était si différentes que c'en était presque drôle. Soudain, ses yeux noisette dans lesquels quelques stries d'or ondoyaient arrêtèrent de rire, et ses lèvres charnues cessèrent elles aussi de sourire. Puis Laurent enfouit son visage dans le cou de Violette, qui gloussa bêtement parce que ça la chatouillait et aussi parce qu'elle était gênée.

Pourtant, elle l'entendit très distinctement lorsqu'il chuchota contre son oreille, et qu'alors la chaleur dans son ventre et entre ses cuisses fut si intense qu'elle crut mourir. Oui, elle l'entendit mais ne parvint pas à lui répondre, parce que son souffle était devenu trop court. Car en cet instant, cette première fois dans une vie de femme qu'elle avait fantasmée depuis qu'elle était toute petite, l'émotion était trop forte.

La voix de Laurent avait tremblé lorsque, sans la regarder mais avec tout le courage du monde, il lui avait murmuré :

— Je t'aime.

Jeanne

Elle a tiré les volets pour conserver la fraîcheur de sa chambre. Quand Yves était encore là, c'est lui qui avait instauré le rituel de la sieste. Il adorait ça, cette liberté de se reposer après le déjeuner, après toutes ces années à travailler. Lorsque les filles étaient petites, ils ne se l'autorisaient qu'en vacances, à La Garrigue. Alors, ils faisaient l'amour en chuchotant pendant que les trois sœurs faisaient semblant de dormir, enfermées dans leur chambre. Le reste de l'année, ils étaient souvent fatigués, le soir, lorsqu'ils se retrouvaient. Et les week-ends, il fallait emmener l'une à la danse, l'autre à l'équitation, faire les allers-retours aux anniversaires de copines, les courses, les comptes, le ménage. Alors l'été, pendant la sieste dans leur chambre coupée du monde, c'était comme si leur jeunesse rejaillissait brusquement après ces mois de gentille routine physique. C'est dans cette chambre qu'ils avaient conçu Louise.

Durant les premières semaines, l'absence d'Yves dans le lit lui avait été intolérable. Parce que sa chaleur lui manquait, et puis parce que son corps avait perdu l'habitude d'être seul sous les draps. Après ces décennies de vie commune à supporter un autre que soi jusque dans les moindres recoins de son intimité, son départ est un deuil. Tout lui manquait. Même ses ronflements auxquels elle s'était accoutumée, ses bras autour d'elle lorsqu'il la rejoignait la nuit, ses pieds chauds contre lesquels elle collait les siens, glacés, leurs conversations endormies au petit matin, ses grognements faussement intéressés, le soir, lorsqu'elle lui racontait sa journée, son corps toujours là après ces années, qu'elle avait vu changer sans y prêter attention, parce que le temps qui coulait sur eux deux était une telle évidence que cette inéluctabilité ne l'avait jamais effrayée.

Lorsqu'il était parti, Jeanne avait cru qu'il reviendrait vite. Ils avaient trop en commun. Les souvenirs, les enfants, les joies et les peines passées, la maison, et ce projet de vieillir ensemble. C'était absurde, ils n'allaient pas se séparer à leur âge. Et puis, ils s'aimaient. Elle n'avait jamais cessé de l'aimer. Lorsqu'ils avaient eu quarante ans, l'un puis l'autre, les couples autour d'eux s'étaient peu à peu désunis. Même les plus solides, ceux sur lesquels tout le monde aurait parié qu'ils finiraient leurs jours ensemble. En général, c'était l'époux qui avait décampé, rattrapé par ce qu'on appelait alors le « démon de midi », expression absurde que tout le monde brandissait comme une réponse à toutes les questions que se posait alors Jeanne, comme une fatalité de leur époque et de la nature des hommes.

« Il a chopé le démon de midi, que veux-tu. Les hommes sont comme ça, il leur faut des jeunettes, des petits culs, de la chair fraîche », lui disaient ses copines, qui avaient su « garder » leur homme, et les autres, celles qui avaient été abandonnées pour une secrétaire, une collègue.

Bientôt, dans leur bande d'amis, il n'en était plus resté que deux. Un autre couple qui, sans afficher de passion commune ostentatoire, ne semblait pas enclin à bouleverser son organisation. Et eux. Pourtant, Jeanne n'avait jamais eu peur. Qu'Yves regarde ailleurs, qu'il soit lui aussi tenté par l'exemple de ses copains qui lui vantaient une vie sexuelle ragaillardie, une énergie recouvrée, et l'admiration dans les yeux de leur nouvelle compagne, qui contrastait avec des années de regards las, de reproches, d'indifférence. Jeanne avait pris note de cela. Le bilan des hommes, celui des femmes, dont certaines avaient elles aussi décidé d'en finir avec la vie de couple, le linge sale, les enfants à s'occuper toute seule, le dîner à préparer pour monsieur qui pensait être le seul à bosser dans cette maison. Elle s'était promis de tout faire pour que ni Yves ni elle ne nourrissent cette frustration, ni cette fureur qu'elle avait remarquée chez les autres. Alors elle s'était efforcée de l'écouter, lorsqu'il allait mal, ou bien de s'intéresser à ses soucis malgré ceux des filles, sans parler des siens. Elle avait mis un point d'honneur à demeurer élégante, coiffée, maquillée, féminine en toute occasion. Pas par soumission féminine – ce n'était pas son genre –, mais parce qu'elle s'était dit que si elle commençait à le considérer comme un partenaire plutôt qu'un amant, il ferait de même avec elle. Yves l'avait toujours regardée avec gourmandise, et n'hésitait pas à manifester sa tendresse, même devant leurs amis ou les enfants, lui volant des baisers entre deux portes. Elle avait été fière de cette complicité physique, de leur bonheur, leur gaieté que tout le monde leur enviait – ils riaient de tout. Que s'était-il passé ? Elle aurait dû sentir l'éloignement insidieux des derniers temps, l'indifférence tiède qui s'installe sans bruit, doucement, entre les silences du petit déjeuner et les soirées grises. Elle aurait dû lutter contre cette routine qui avait fini par s'installer pendant l'hiver à La Garrigue. Ils auraient dû voyager, comme ils l'avaient prévu, découvrir de nouveaux paysages, faire des rencontres à l'autre bout du monde, plonger dans des mers chaudes, photographier des terres sublimes qu'ils auraient montrées à tous au retour. Ils auraient dû trouver des activités communes, s'inscrire à des cours de danse, aller au bal, jouer, bridger ensemble, débattre après des spectacles, rire avec leurs amis communs jusqu'au bout de la nuit parce que plus rien ne les en empêchait.

Jeanne s'en veut. Longtemps, elle a ressassé ces pensées sombres, s'accusant d'être en partie responsable du désastre qui avait dévasté leur vie à toutes les quatre. Et puis le temps a passé. Louise l'avait beaucoup aidée, dormant à La Garrigue, pansant ses blessures, supportant l'image de sa mère hébétée, incapable de se préparer à manger, de prendre soin du jardin, de parler d'autre chose que de ce départ voulu par Yves, de son indifférence, surtout. « Non mais tu te rends compte, il ne m'appelle même pas pour prendre de mes nouvelles », s'indignait-elle alors.

Il lui avait tout balancé d'un coup, comme ça, au premier matin des vacances. Puis il avait attendu quelques jours avant l'arrivée des filles. Il voulait que la famille soit réunie à La Garrigue pour la soutenir, avait-il expliqué, ajoutant que de toute façon, il n'y avait jamais de bon moment. Il avait pris un ton désolé pour dire ça, un peu comme on décommande une réservation au restaurant. Et puis il y avait eu cet été cauchemardesque qui s'était déroulé sans lui.

Allongée sur son lit, Jeanne mesure le chemin parcouru. Elle est toujours triste, bien sûr. À la détresse a succédé la rage. Contre Yves, contre Françoise, aussi, qu'elle a connue à l'école communale. Cette période a cependant permis de comprendre qu'elle n'est pas coupable de ce qui lui est arrivé. En revanche, il a fallu à ses amies et à cette pauvre Louise des trésors de patience pour supporter les heures passées au téléphone à l'entendre déverser sa colère. Mais tout ça l'avait maintenue debout et ces instants-là l'ont aidée à parvenir au bout du chemin. Jeanne ne sait pas bien si elle y est vraiment arrivée mais elle sent qu'elle va mieux, qu'elle s'est délestée des questions, que l'enquête qu'elle menait sans relâche dans ses souvenirs est enfin close. Aujourd'hui, elle est en paix. Sans savoir pourquoi, Jeanne a la certitude que malgré son âge, et ce pan de vie qui est derrière elle, il lui reste des bonheurs. Pas seulement ceux d'être heureuse en famille, en bonne santé, aimée des siens – ce qui est déjà une chance immense. Non, elle a le sentiment que son histoire n'est pas complètement finie, que le destin lui a gardé un ou deux rebondissements à venir. Est-ce qu'elle se fait des idées ? Est-ce son incorrigible optimisme qui l'en persuade ? Mais après tout, qu'est-ce que cela change ? L'important, c'est qu'elle y croie. Car elle a décidé de faire confiance au destin.

Les yeux clos, Jeanne se sent sombrer dans le sommeil quand elle entend le bruit d'un moteur qui se tait. D'un bond, elle se relève, prend le temps de vérifier son reflet dans le miroir, de défroisser sa robe et entrouvre un volet de sa chambre. Un instant aveuglée par le soleil, elle découvre vite Mathilde et Louise, de dos, qui rient sous cape.

— Qu'est-ce que vous faites là ? Qu'est-ce qui se passe ? demande-t-elle.

Les deux filles sursautent et poussent un hurlement. Mathilde se tient la poitrine des deux mains comme si son cœur venait de faire un salto arrière.

— Maman, mais tu es folle !

— Folle de quoi ? Je pousse juste un volet. Qu'est-ce que c'est que cette voiture atroce ?

— Chut, c'est le mec de Vio.

— Marlone ?

— Jérôme, maman. Tu le fais exprès ?

— Oh, moi, les prénoms d'hommes…

— Eh bien, fais un effort.

— Qu'est-ce qu'il fait là à cette heure-ci ? Rien n'est prêt. Il devait arriver dans la soirée.

— On sait. Nous non plus on n'est pas prêtes. Et je crois que Violette est furax.

Les trois femmes chuchotent en faisant de grands gestes avec leurs mains – de loin, leur conciliabule coincé sous la tonnelle doit être plutôt comique car Violette et Jérôme les regardent, surpris. Conscientes du ridicule, elles s'avancent rapidement vers eux avec l'air penaud de trois enfants prises en faute.

Jérôme a la bonhomie des hommes un peu trapus dont on sent qu'ils ne boudent pas les plaisirs de la vie. Un large sourire éclairant son visage rond et hâlé, et un crâne passablement dégarni viennent confirmer cette impression favorable : cet homme-là ne fera pas souffrir Violette. Pour preuve, le regard énamouré qu'il pose sur elle, qui le dépasse d'une bonne tête et baisse les yeux pour ne pas croiser le regard de ses sœurs. Avant d'arriver jusqu'à eux, Louise a le temps de chuchoter à Mathilde :

— Mais ça n'est pas du tout son genre de mec !

— Maman, je te présente Jérôme, mon ami. Jérôme, ma mère, annonce timidement Violette.

Sans hésiter, Jérôme attrape Jeanne par les épaules, l'étreint avec vigueur, et lui claque deux belles bises après lui avoir faussement demandé la permission.

— Ah, enfin ! Ravi de vous rencontrer, madame. Allez, pour la peine, on s'embrasse !

Puis c'est au tour des deux sœurs de récolter la bonne humeur du nouvel arrivant, sur chacune de leurs joues et de manière bien sonore.

— C'est superbe, ici. Violette ne m'avait pas menti. Désolé d'être en avance mais mon chantier s'est finalement achevé ce matin. Du coup, j'ai voulu te faire la surprise, chérie. J'ai loué une bagnole et je suis venu direct. Je ne vous dérange pas, au moins ? Je peux revenir plus tard, ajoute-t-il avant d'éclater d'un rire tonitruant devant les trois femmes que cette soudaine énergie a rendues muettes, tandis que Violette, rouge pivoine, ne sait plus où se mettre.

— Pas du tout, au contraire. Vous êtes le bienvenu ! répond Jeanne, reprenant la première ses esprits. Vous avez des bagages ? Allez, les filles, aidez-moi à accueillir notre hôte.

— Mais c'est hors de question ! Dites-moi où me garer, et puis j'apporterai mes affaires dans notre chambre. Je ne veux surtout rien changer à votre programme. Faites comme si je n'étais pas là.

— Louise, finis au moins de débarrasser les tiennes, pour laisser à monsieur le loisir de s'installer.

— Ah non, pas de monsieur ! Appelez-moi Jérôme ! Je sais qu'on a l'air d'avoir pratiquement le même âge, tant vous faites jeune, mais je vous en prie, pas de ça entre nous.

Jeanne ne peut réprimer un petit sourire, tandis que Mathilde lève très légèrement les yeux au ciel, ce que seule Louise remarque.

— Eh bien, appelez-moi Jeanne, alors. Je vous sers quelque chose à boire ?

— Volontiers ! Ça n'est malheureusement pas encore l'heure de l'apéro, mais il faut bien s'hydrater par cette chaleur. Vous permettez aussi que je fasse un petit plongeon dans la piscine ?

— Vous êtes ici chez vous, Jérôme, souligne-t-elle en se tournant vers ses filles, tellement elle est fière de ne pas s'être trompée. On est toutes si heureuses de vous rencontrer enfin. Violette est très secrète, ajoute-t-elle avec un regard tendre pour sa cadette.

Jérôme prend sa compagne par la taille, et acquiesce en la contemplant.

— C'est Violette, que voulez-vous ! On l'aime comme ça.

— Arrête, souffle-t-elle, terriblement gênée. Bon, je vais t'aider à aller chercher tes trucs. À tout à l'heure, vous autres, lance-t-elle pour mettre un terme à cette pénible conversation dont elle fait l'objet.

Restées seules, Mathilde, Louise et Jeanne gardent le silence en observant cet étonnant binôme. Mathilde esquisse la première un immense sourire moqueur, ouvre la bouche pour parler, mais Louise l'interrompt avant qu'elle ait pu commencer.

— Pas ici ! Debrief chez maman !

— Pourquoi chez moi ? râle Jeanne.

— Maman, je te rappelle que ce soir tu auras mes culottes, ma brosse à cheveux et mes jolies fesses dans cette pièce que tu considères être la tienne. Je rectifie donc : debrief dans *ma* nouvelle chambre.

En gloussant, elles investissent toutes les trois la pièce qui a conservé l'obscurité de la sieste, ce qui lui donne un caractère un peu inquiétant.

— On peut ouvrir ? C'est sinistre, ici.

Sans attendre la réponse de sa mère, Louise pousse les volets des trois ouvertures de la chambre parentale, qui occupe l'angle de la maison. Alors, la lumière s'engouffre dans la pièce, ainsi qu'une légère brise. Les murs sont dénudés. Un lit double minuscule et hors d'âge, un petit miroir rond et une armoire normande trop imposante meublent l'espace. Dans un angle, un bureau est placé en biais – celui d'Yves, auquel Jeanne n'a visiblement jamais osé toucher. Dessus, il y a toujours son pot à stylos fabriqué par Mathilde quand elle était petite – un cylindre informe en poterie sur lequel apparaît la marque de ses petits doigts maladroits, ainsi que des chemises multicolores pleines de documents administratifs, que Louise trie et gère une fois par mois lorsqu'elle vient aider sa mère. Rien n'a changé depuis le départ du patriarche. Mathilde et Louise savent très bien que ses vieilles vestes multipoches et les chemises aux cols élimés pendent toujours dans l'armoire. Il a presque tout laissé.

— Vous êtes d'accord que ce n'est pas du tout son style ? commence Mathilde.

— Chut, tu parles hyper fort, chuchote sa sœur, en gloussant.

— Ah non, vous n'allez pas commencer toutes les deux ! Après, on s'étonne que personne ne veuille présenter personne.

— Non mais il a l'air très bien, très... gentil, reprend Mathilde en retenant difficilement un ricanement.

— Je sais ce qui te chagrine, ce sont ses cheveux ! reprend Louise en riant franchement.

— Quels cheveux, je te prie ?

— Ah non ! Arrêtez, hein. Il a l'air très bien, ce monsieur.

— Arrête de dire « monsieur », maman !

— Oui, arrête avec les « monsieur » ! Ça, c'est à cause de sa... coupe, que tu dis ça.

— Michel avait une très belle santé capillaire et ça n'en faisait pas pour autant un homme meilleur. Bien au contraire. Dois-je vous le rappeler ?

— Un point pour toi. Non mais, du moment que Violette est heureuse, moi, tout me va.

— Eh bien, c'est parfait. Et je te demanderai de l'accueillir poliment et sans mépris.

— Comment ça, « sans mépris » ? répond Mathilde, vexée.

— D'accord. Alors, poliment.

— Non, tu as ajouté « sans mépris ». Tu penses que je suis méprisante, c'est ça ?

— Pas du tout, ma chérie. S'il te plaît, on ne va pas se disputer.

— Milou, tu me trouves méprisante ?

— Oh, moi, vos histoires.

— Ah toi, la Suisse, c'est sûr que, dès qu'il faut donner son avis, il n'y a plus personne.

— Non mais, laissez-moi, je n'ai rien fait ! En plus je suis crevée, j'ai passé la matinée à l'hosto, j'ai fait des kilomètres en bagnole, je viens d'arriver et on me tombe dessus.

— Et moi, je n'ai rien fait, peut-être ? Tu sais que la vie a continué pendant que tu sauvais le monde ? Ah, d'accord, la vie de famille, ça n'est pas vraiment important pour toi, peut-être.

— Tata, Granny, y'a le monsieur de la boutique, dans le jardin.

— Hein ? Quel monsieur ?

Clarisse est à son tour entrée dans la chambre de sa grand-mère. Elle porte une brassière rouge à paillettes et un pantalon de survêtement brillant que Mathilde détaille avec la plus grande perplexité.

— Tu sais, le vieux beau. Le copain de maman et tata qui doit venir faire des travaux.

— Quoi ? Laurent ? Mais je lui avais dit de passer demain !

Machinalement, Jeanne se tourne vers le miroir et pose une main sur ses cheveux. Son reflet semble littéralement l'affliger.

— Laurent ? Laurent Belfin est là ?

— Bah… ouais, on dirait bien, leur répond Clarisse en se tournant à nouveau vers le jardin.

Collant sans aucune discrétion leur visage contre le volet, les trois femmes distinguent nettement la haute silhouette du petit garçon qui, trente ans plus tôt, gambadait avec insouciance sur cette même terre desséchée.

— Mais qu'est-ce qu'il fout là, celui-là ? s'enquiert Louise, alors que Violette, derrière elles, les fait sursauter.

— Qu'est-ce que vous faites ?

Clarisse

Ça ne pouvait pas être pire. Je sais bien que maman redoutait par-dessus tout ces présentations. Et c'est vrai que, quand elle est avec Jérôme, elle est différente. Jérôme, elle l'a rencontré à l'école. Il donnait des cours de dessin pour les ateliers bleus. Je crois que c'est un copain du directeur ou quelque chose comme ça. C'était l'année dernière, avant mon entrée en sixième. Elle ne venait jamais me chercher à l'époque, elle travaillait encore beaucoup à son cabinet. Mais elle était venue à la fête de fin d'année. C'était une tradition. D'habitude, Louise l'accompagnait. Elle venait exprès de Saint-Rémy. Mais cette fois, elle n'avait pas pu. À moins qu'elles se soient embrouillées pour quelque chose, mais je ne crois pas. Maman et Louise s'embrouillent rarement. C'est plus fréquent avec tata Mathilde, même si on la voit tout le temps, et que ça ne dure jamais longtemps. Maman répète qu'avec des sœurs on peut dire les choses, parce qu'une sœur ça reste toujours là. Que ça n'est pas comme une copine, qui peut s'envoler du jour au lendemain. Ça m'est arrivé avec mon ancienne meilleure amie. On était hyper proches. Elle dormait tout le temps à la maison. D'autant que je n'en ai pas, moi, de sœur. À part Myrtille, qui est encore un bébé. Pour l'instant, ça ne compte pas. Je sais que maman comprend que ça n'est pas facile, même si elle n'y est pour rien. Alors, j'ai toujours le droit d'inviter qui je veux à la maison. Mes copines adorent ma mère, qu'elles trouvent trop cool. Bref, avec mon ex-meilleure amie Élise, on s'est disputées à cause d'un garçon. Une histoire sans intérêt, quand j'y repense. N'empêche qu'on ne s'est plus jamais adressé la parole. Je pensais qu'on se rabibocherait un jour, quand je ne serais plus énervée contre elle, et réciproquement. Alors, je n'y ai pas prêté plus attention que ça. Et puis un jour, elle a déménagé. Si on avait été sœurs, on aurait bien été obligées de se retrouver à Noël, aux anniversaires, et puis l'été dans notre maison de famille. Parce que c'est comme ça que ça se passe. Du moins, chez nous.

Et donc, à la fête de l'école, j'ai bien vu que maman essayait de s'intégrer au groupe des autres parents. Ils se connaissent très bien – je suis dans la même école primaire depuis le CP. Mais comme maman travaillait beaucoup, elle n'avait jamais le temps de devenir copine avec les autres parents, d'aller prendre des cafés après m'avoir accompagnée, de traîner aux anniversaires pour papoter. En fait, je crois que ça la gonflait. Et je la comprends, même si j'aurais bien aimé qu'elle soit un peu plus intégrée parce que, ce jour-là, elle me faisait de la peine avec son gobelet en plastique qu'elle remplissait de rosé tiède, et son petit sourire forcé qui ressemblait à une grimace. Jusqu'à ce que Jérôme vienne s'incruster à leur table.

Il est comme ça, Jérôme ; jamais gêné de rien, toujours de bonne humeur. Il s'est rapidement intéressé à maman, qu'il faisait beaucoup rire. Moi, ça m'a soulagée. Du coup, j'ai pu partir jouer avec mes copines l'esprit tranquille. Ils sont restés à discuter toute la journée. Pour une fois, on n'est même pas parties au bout d'une heure comme les autres années.

Sur le chemin du retour, quand on est rentrées à la maison, maman me tenait par la main, comme souvent. À l'époque, j'acceptais encore qu'elle le fasse. C'est fini aujourd'hui, je suis en sixième. Je sais bien que ça la rend triste mais vraiment, plus personne ne fait ça. Elle m'a posé quelques questions sur Jérôme, auxquelles je n'ai pas su répondre. Je ne suivais pas ses cours. J'ai cru comprendre qu'ils s'étaient revus une fois pour dîner, pas longtemps après. Il était à bloc. Forcément, maman est très belle, et très bien foutue. Elle a des seins énormes, et des fesses à la Kardashian. Pourtant, elle ne fait aucun sport, c'est tellement injuste. Moi, je suis plate comme un iPhone, de face, de dos et même de profil. C'est pas très grave, mais j'espère que plus tard, comme elle, je connaîtrai une métamorphose soudaine. C'est tata Louise qui m'a expliqué ça. Heureusement qu'elle est là pour me raconter les choses, parce que maman ne me dit rien, mon autre tante Mathilde me parle comme à un bébé et Granny a trop peur que ses filles se disputent alors elle répète toujours qu'elle préfère ne pas « rentrer là-dedans ». Dans quoi ? Mystère... Toujours est-il que Louise m'a raconté que quand elles étaient petites, Mathilde et maman étaient très différentes. Mathilde était très belle, comme aujourd'hui, en mode première de la classe, fan de danse, toujours un pied dans la main et prête à faire un entrechat – je déteste ce genre de filles, je pense que je l'aurais tuée si je l'avais connue à l'époque. Maman, elle, était la petite sœur sympa et rigolote. Et puis, à l'adolescence, un peu du jour au lendemain, elle est devenue sublime comme elle est aujourd'hui, ce qui a moyennement plu à Mathilde. Louise, qui était encore petite à l'époque, un peu comme aujourd'hui, ça la faisait marrer. Je crois aussi qu'elle était heureuse pour maman, qu'elle aimait beaucoup parce qu'elle a toujours été très gentille avec elle. Plus que Mathilde, qui avait autre chose à faire que de s'occuper d'un bébé quand elle a débarqué dans leur famille.

Elles ont beau se disputer souvent et se critiquer toutes, dès qu'elles se retrouvent deux par deux, ça se voit qu'elles s'aiment beaucoup. Quand elles sont toutes les trois, elles parlent de leurs parents. Avant que Papi quitte Granny, c'était pour dire qu'ils étaient gonflés d'être allés s'enterrer en Provence si loin de nous, que ça n'était pas pratique au niveau des gardes, comme s'ils étaient des nounous ou quelque chose du genre. Ça m'a toujours paru bizarre, parce que je n'ai jamais entendu d'histoires où maman et ses sœurs auraient passé du temps avec leurs grands-parents, que je n'ai jamais connus, d'ailleurs. Les parents de Granny sont morts tous les deux le même jour, dans un accident de voiture, avant la naissance de Louise. C'est comme ça que Granny a hérité d'un peu d'argent et qu'ils ont pu acheter La Garrigue. En revanche, si j'ai bien compris, c'est aussi à cause de ça qu'elle ne parle plus à ses sœurs. Elle en a deux, elle aussi.

Décidément, je suis la seule qui n'ait pas de chance. À cause de l'héritage et de l'argent, je crois, Granny a perdu d'un coup toute sa famille. Enfin, sa famille d'enfant, parce qu'elle avait déjà la sienne d'adulte. C'est peut-être pour ça qu'elle a toujours peur que ses filles se disputent. Parce qu'alors ça serait vraiment la débandade tout autour d'elle. Surtout depuis le départ de Papi. Il me manque, mais je reste solidaire des autres. « Dans notre famille de femmes, on se serre les coudes. » Et puis, quand je repense à l'été dernier, j'ai du mal à lui pardonner. Granny et Papi avaient l'air bien ensemble. Ils ne se disputaient jamais. Quand je venais pour les vacances, on jouait à plein de trucs, ils me parlaient de leur vie d'avant, on faisait beaucoup de jardinage, des confitures, du bricolage, et du cheval avec Louise. On ne s'ennuyait jamais. Ils étaient heureux. Peut-être que c'était seulement quand j'étais là. Mais se séparer quand on est grands-parents, c'est vraiment « loufoque ». C'est ce que disent maman et mes tatas. Je les ai entendues en parler plein de fois.

C'est après l'été dernier que maman a décidé de quitter son travail. Et qu'elle a rappelé Jérôme. Je ne suis pas sûre qu'elle l'aurait fait si tout ça n'était pas arrivé. Maman dit qu'elle aime les hommes un peu « bad boys ». « Toxiques », dit tata Mathilde. Des types qui rappellent rarement. Pas ceux qui vous accompagnent le samedi après-midi à la Foire du Trône. Ce qu'a pourtant fait Jérôme dès leur deuxième rancard après la rentrée. Il avait l'air tellement heureux de venir nous chercher en bas de la maison. Il souriait jusqu'aux oreilles. On aurait dit qu'il était présenté à Rihanna ou je sais pas qui. Alors que c'était seulement moi. J'avoue qu'il est parfois un peu relou, parce qu'il veut tellement bien faire. Je vois bien, aussi, que maman est super gênée quand il l'embrasse devant tout le monde, la tripote de partout, la regarde comme si elle était Jennifer Lopez. Quand elle est avec lui, elle devient toute timide, alors qu'elle est si marrante quand on est toutes les deux. Un peu insolente, sûre d'elle et de son charme. Avec Jérôme, peut-être parce qu'il fait écran entre elle et le monde, avec toute son attention agglutinée, on dirait qu'elle redevient une petite fille qui se laisse porter. Peut-être qu'elle avait besoin de ça.

En tout cas, ce que je remarque, c'est que depuis qu'il est là elle ne prend plus ses médicaments contre l'angoisse. Je ne la retrouve plus sur le canapé du salon le matin, enroulée dans le petit plaid Ikea, endormie après des heures à réfléchir à toutes ces choses qui l'empêchent de dormir. Alors, je ne sais pas si on peut appeler ça de l'amour, mais je trouve qu'elle est mieux avec lui que sans lui.

Mathilde

Depuis combien de temps ne se sont-ils pas vus ? Vingt ans ? Un peu plus ? Mathilde a la nausée. Quand elle l'a aperçu dans le jardin, c'est monté d'un coup. Comme une envie de vomir, les organes qui se bousculent, l'air qui manque. Non qu'il lui fasse un quelconque effet. Il ne lui en a jamais fait. Mais sa présence à La Garrigue ravive le souvenir. Celui de sa honte à elle, et de la douleur de Violette. Celui de leur rupture. De leur rupture de sœurs. De son départ, de tout ce que ça a changé dans leurs vies, cette erreur, finalement. Alors qu'elle est si sûre d'elle-même d'habitude, elle n'ose pas sortir, l'affronter. Elle se dirige vers la chambre de Paul pour se donner une contenance, pendant qu'elle entend la voix enjouée de sa mère dans le jardin.

— Mais Laurent, quelle surprise, qu'est-ce que tu fais là ?

C'est vrai ça, qu'est-ce qu'il fabrique ici, celui-là ? Est-ce qu'il est venu remuer le passé ? Il le sait bien, qu'elles sont toutes là, en famille, comme chaque été. Qu'est-ce qu'il cherche ? À vérifier son potentiel de séduction ? À rendre Violette malheureuse ? À lui rappeler combien elle a été orgueilleuse, bête, irresponsable et immensément égoïste, comme il le lui a jeté à la figure autrefois. Pourtant, elle n'était pas toute seule, dans cette histoire. Elle le lui avait bien rappelé : « Et toi, alors ? »

— Maman, on peut manger des glaces pour le goûter ?

Pia vient d'entrer dans la chambre de sa mère. Elle n'a pas fait la sieste, ça se voit. Et puis elle a de légères marques de bretelles, ce qui contrarie beaucoup Mathilde. Elle lui a pourtant acheté un tee-shirt anti-UV, sur les conseils de son dermatologue. Vraiment, c'est trop difficile de tout maîtriser hors de son environnement, se dit Mathilde. En vacances et au contact d'autres familles, même s'il s'agit de proches, les enfants ont des fréquentations pas toujours idéales pour eux, pense-t-elle. Clarisse passe ses journées le nez dans l'écran de son téléphone, se gave de pâte à tartiner et ne s'adonne à aucune activité hormis faire des plongeons dans la piscine. Hélas, elle est l'idole de sa petite cousine, et chaque été, Mathilde passe des semaines à la remettre dans le droit chemin. Mais allez faire des réflexions sur l'éducation que les autres donnent à leurs enfants. Les gens ne supportent pas. C'est vraiment dommage, parce qu'elle s'y connaît.

— Non, chérie. Vous avez déjà pris un gros dessert à midi, et on sort à peine de table. Va chercher un fruit à la cuisine.

Violette et son Jérôme sont sortis de leur chambre. Ils sont en pleine conversation avec Laurent et Jeanne. Tout ça est affreusement gênant. Et Jérôme qui rigole ! Il lui taperait presque dans le dos… Quel numéro, celui-là. Laurent n'a pas tellement vieilli. La vie est injuste, les hommes beaux le restent bien souvent. Contrairement à Jérôme, il semble avoir encore plus de cheveux qu'à vingt ans, et ils sont toujours aussi bruns. Un instant, Mathilde se demande s'il se les teint. Ça la dégoûte un peu, les hommes qui se teignent les cheveux. Comme une féminité qui s'immisce. Elle déteste ces « nouveaux mâles » qui se rasent les aisselles ou les testicules, et assument de pleurer quand le cœur leur en dit. Non, Laurent ne fait pas partie de cette catégorie.

— Mais maman ! T'es pas cool !

— Quoi ? Ah non, non, je ne suis pas cool, je te le confirme. Je suis une maman, pas une copine, moi. Je suis là pour te guider, te donner un cadre, de l'amour et des limites, pas pour être « cool ».

Mathilde mime des guillemets de ses longs doigts manucurés, en même temps qu'elle tourne la tête vers la fenêtre en marmonnant :

— Mais qu'est-ce qu'ils font ?

— Maman ?

— Quoi ?

— Il va faire pipi, je crois.

— Qui ça ?

En même temps qu'elle s'interroge, Mathilde tourne la tête vers Paul, cul nu, qui se soulage en riant sur le sol en coco de la chambre d'enfants.

— Non, non ! Paul ! Quand est-ce que tu vas être propre, mon chéri ? Tu rentres à la maternelle dans un mois, tu te rends compte ?

— Je ne sais pas s'il se rend compte, maman.

— Mais si ! Les enfants comprennent tout. Ce sont des éponges ! C'est une erreur de penser le contraire.

Ça doit être un refus d'obstacle, une manière de nous faire comprendre qu'il ne veut pas entrer dans la société.

— Hein ?

— Rien. Bon, maintenant, il va falloir nettoyer. Comme si je n'avais que ça à faire, non mais je vous jure, quelle journée ! Tiens, prends ton frère, toi. Et va rejoindre mamie. Je m'occupe du reste.

— Et pourquoi tu ne l'emmènes pas, toi ?

— Parce que, parce que… je dois aller chercher de l'eau à la cuisine. Écoute, fais ce que je te dis !

Mathilde pousse Pia, très étonnée de cette soudaine indépendance qui lui est offerte – elle qui a à peine le droit d'aller à la salle de bains seule pour se laver les dents. Puis elle se glisse discrètement dans la cuisine afin que personne n'ait l'idée saugrenue de la héler pour qu'elle vienne saluer le petit groupe dont elle espère qu'il se séparera rapidement – elle ne va quand même pas passer l'après-midi enfermée par cette chaleur !

— Je mourais de soif !

Mathilde pousse un petit cri en descendant les marches de la cuisine.

— Tu m'as fait peur !

— Calme-toi, t'es folle ou quoi ? Tu as vu ta tête ?

— Quoi, quelle tête ?

— Je ne sais pas… C'est Laurent qui te met dans cet état-là ?

— Qui ça ?

— Arrête, pas avec moi. J'étais petite, d'accord, mais pas tant que ça. Je me rappelle très bien les cris, les pleurs, de maman qui s'affolait et de papa qui ne disait rien. Et puis, tu ne me feras pas croire que ton éloignement n'a rien eu à voir avec ce qui s'est passé à cette époque-là.

Louise porte un grand verre d'eau à ses lèvres. Elle l'avale d'un trait et reprend :

— Qu'est-ce qui s'est passé au juste ?

— Rien. Enfin, tu sais bien. J'imagine que Violette a dû te raconter.

— Oui, mais j'aimerais ta version. On n'est jamais totalement objectif lorsqu'on parle de soi. Tu l'aimais ?

— Même pas…, soupire Mathilde.

Elle s'assoit sur l'unique chaise en paille de la cuisine, glissée sous la minuscule table où Jeanne prend son petit déjeuner, l'hiver, quand il fait trop froid pour se tenir dehors. Mathilde cale ses cuisses fuselées l'une contre l'autre, aligne ses pieds sur les tomettes, lève le buste et prend une grande inspiration. Louise, elle, s'installe sur les marches. Au loin, résonnent les modulations d'une conversation un peu surjouée, et les cris des enfants qui courent vers la piscine.

Paris, vingt ans plus tôt

— Alors, c'est là que vous habitez ?

— Oui, comme tu peux le voir. C'était censé être provisoire. Vio est venue s'incruster sur mon canapé quand elle a débarqué « à la capitale », après m'avoir certifié qu'elle chercherait rapidement une solution. Elle n'est pas encore partie.

— Tu as envie qu'elle s'en aille ?

— Franchement ? Non. Tu me connais, je l'aurais déjà mise à la porte. Tu sais, ça fait des années que je vis toute seule ici. Avant, c'était à l'Opéra et je rentrais les week-ends. Mais quand tout ça s'est terminé, j'ai pris ce studio, que je paye en faisant des spectacles par-ci par-là. Et puis j'ai commencé les photos. C'est assez lucratif. J'ai aussi repris mes études, je te l'ai dit ? Je fais de la communication. Bon, je n'ai pas toujours le temps d'aller à la fac mais j'espère bien valider mon année cette fois-ci. Je ne suis pas idiote, malgré ce que vous avez toujours pensé. Ce n'est pas parce que j'ai fait de la danse que je suis moins brillante que Violette.

— Je n'ai jamais pensé ça.

— Mais si, voyons. Toi, mes parents, les tiens aussi. Mais vous allez voir, je ne suis pas celle que vous croyez connaître. Tu veux un verre ?

— Euh… Ça dépend de l'heure à laquelle arrive Violette. Je suis venu directement de la gare de Lyon. Elle m'a dit de la retrouver ici. Je pensais qu'elle serait là.

— Elle m'a laissé un mot ce matin, me demandant de t'accueillir. Elle devait réviser un TD avec des copains. À mon avis, la connaissant, elle ne va pas arriver tout de suite.

— Ah, bon. Alors d'accord, qu'est-ce que tu as ?

Mathilde se leva. Elle était tellement gracieuse qu'elle semblait glisser sur le sol pourtant très encombré. L'espace, très petit, de ce studio de la rue de la Harpe était plein d'objets empilés les uns sur les autres. Plusieurs tapis clairs, persans et berbères, recouvraient un parquet probablement très abîmé, ainsi qu'en témoignaient les rares endroits où apparaissaient des lattes fendues. Laurent s'enfonça dans un sofa profond et trop mou – celui dont Violette avait fait son lit. Une table basse orientale, ronde en métal placée juste devant, l'empêchait d'allonger tout à fait ses jambes. Dessus, traînaient un tas de revues, de boîtes de biscuits vides et de cendriers pleins. Au mur, quelques affiches punaisées surchargeaient encore plus la pièce, qui dégageait néanmoins une atmosphère chaleureuse. Pour Laurent, qui n'était venu à Paris qu'en de rares occasions, ce gentil appartement avait tout du fantasme germanopratin qu'il nourrissait. De la fenêtre ouverte montait la rumeur de la rue. Des touristes qui déambulaient, de la musique, des voix qui gueulaient plus fort à mesure que le jour faiblissait. Dans la minuscule cuisine, le jeune homme aperçut Mathilde qui nettoyait laborieusement deux verres à moutarde exhumés de l'évier encombré de vaisselle sale. Et lui qui avait toujours pensé que les femmes étaient des êtres ordonnés et très propres. Une autre porte entrouverte dévoilait une chambre, celle de l'aînée, guère plus spacieuse que le matelas posé au sol qui la meublait.

Et dire que pour le même loyer, à Avignon, Laurent disposait d'un appartement deux fois plus grand ! Il se promit d'essayer de convaincre Violette de venir poursuivre ses études dans le Sud, avec lui. Ils y seraient bien tous les deux, près de chez ses parents, des Alpilles et de leurs souvenirs d'enfance. Si elle refusait, il était prêt à la rejoindre ici. Non qu'il rêvât de vivre parmi ces citadins pressés de tout, désagréables et particulièrement inhospitaliers, ainsi qu'il avait pu s'en rendre compte dans le métro, mais que n'aurait-il pas fait pour Violette ? Il l'aimait tellement. Être séparé d'elle entre son départ fin août et ce vendredi, où il devait enfin la rejoindre pour le week-end, avait été une torture. Il ne voyait vraiment pas comment ils allaient faire toute cette année. Depuis leur premier baiser, tout dans sa vie avait été bouleversé. Lui qui avait toujours été si déconnecté des choses de l'âge adulte, seulement intéressé par les filles, les samedis soir entre copains et les après-midi passés à aider ses parents au café des Variétés s'était mis à envisager un avenir avec Violette. Il devait coûte que coûte valider sa première année d'études. Puis les suivantes. Il devait offrir à Violette la vie qu'elle méritait, lui proposer de l'épouser, vite, avant qu'un autre lui dérobe la femme de sa vie. Il était plein d'excitation, de peur autant que d'espoir en des projets qu'il imaginait communs, jusqu'à leurs enfants qu'il visualisait en secret, courant dans les champs de lavande avec leurs cheveux roux, le bonheur en bandoulière.

— Tequila, ça te va ?

— Euh… tu n'as rien d'autre ?

— Non, répondit Mathilde qui tenait entre ses doigts deux verres et un bol de citrons tranchés, une grosse bouteille dans l'autre main et un paquet de sel coincé sous son bras.

Sans aucune délicatesse, elle déposa tout son attirail sur la table en métal, qu'elle dégagea d'un revers de la main, faisant valser la pile de magazines. Puis elle dévissa le bouchon avec un plaisir manifeste, remplit leurs deux verres, lécha la languette de peau située entre son pouce et son index, y versa un peu de sel, le lapa d'un grand coup de langue toute rose, but son shot cul sec, aspira un quartier de citron vert et émit un son étonnant.

— Ah, ça réveille ! Tu ne bois pas ?

Laurent sourit franchement. Jamais il n'aurait imaginé la très chic Mathilde Carpentier en tailleur, pieds nus sur un sol douteux, s'envoyer des rasades d'alcool fort avec un tel naturel. Il l'imita, et le liquide coula, brûlant, délicieux, dans sa gorge. À peine avait-il reposé son verre qu'elle les resservait.

— Alors, ça te fait quoi d'être à Paris ?

— Froid.

— T'as jamais quitté la Provence ?

— Si, bien sûr. Pour partir en colonie. Ou en Angleterre avec l'école.

— Non, je veux dire. Tes parents et toi, vous avez toujours vécu dans le Sud ?

— Toujours. Je suis né à la maternité de Cavaillon, et cinq jours après, j'étais dans mon couffin au milieu du café. Enfin, c'est ce que m'ont raconté mes vieux. Tu les connais, ils adorent fabriquer des légendes et tricoter un peu le réel. Ha ! C'est fort. Tu en veux un autre ?

— Avec plaisir. Depuis que j'ai arrêté la danse, je peux enfin profiter de la vie et de ses excès.

— C'était dur ?

— Tu plaisantes ? C'était l'Armée rouge.

— Mais c'est ce que tu voulais, non ? Tes parents ne t'ont pas forcée.

— C'est vrai. Chaque année, papa rêvait même que je fasse partie des malheureuses qui restent sur le carreau. Ce qui a fini par arriver, d'ailleurs. Non, j'adorais ça. La discipline, les privations, la compétition, la minceur, l'odeur de sueur, le pensionnat, les bruits des chaussons qui glissent sur ce maudit parquet, les petits matins d'hiver où on partait toutes s'entraîner à l'aube, minuscules et squelettiques, gainées dans nos collants, les cheveux tirés à l'extrême, perdues dans nos grands manteaux. J'ai tout aimé de cette époque, même la tristesse d'être loin de chez moi. Ça m'enivrait. Ceux qui n'ont pas connu le sacerdoce ne peuvent pas comprendre le plaisir qu'on peut tirer de la souffrance. C'est merveilleux comme sensation. Presque incomparable. Tu me passes les citrons ?

— Bien sûr. Incomparable ?

— Oui, je ne suis pas sûre que la vie offre tant d'émotions aussi extrêmes que cela. Il y a quoi ? La drogue, certainement. La maternité, à ce qu'en disent certaines. La mort, probablement. Et puis, quoi ? Le sexe ? C'est tellement décevant.

— Ah non, je ne peux pas te laisser dire ça ! Je pense au contraire qu'il n'y a rien de plus extrême. Peut-être même que ça réunit tout cela en un seul acte, surtout s'il est accompagné d'amour.

— Oh non, un romantique ! La pire espèce d'hommes !

Laurent eut une petite moue vexée.

— Pourquoi tu dis ça ?

— Parce que c'est ce que je pense. Ainsi que pas mal de filles. Non, franchement. Ne me dis pas que tu n'as pas rendu folles toutes celles auxquelles tu ne faisais pas attention ? Je t'ai regardé, au club. Elles te tournent toutes autour, mais ça, c'est parce qu'elles ne savent pas que monsieur est accro à l'amour.

Mathilde partit dans un grand éclat de rire, et se resservit un verre, faisant tomber un peu d'alcool sur le tapis.

— Zut, j'y vois plus rien, moi. Bref, ce que je suis en train de t'expliquer, c'est que vous ne devriez pas tomber là-dedans, Violette et toi. Vous êtes jeunes, vous êtes beaux. Vous n'allez pas vous encroûter à votre âge pour l'éternité. De toute façon, vous n'habitez même pas dans la même ville. Et puis, si vous devez vous retrouver, ça finira bien par se faire. Attention, ça ne signifie pas que vous ne devez pas vous amuser.

— Je ne suis pas d'accord. Et puis, quoi ? On n'a rien prévu pour le moment. C'est un peu tôt, en effet.

— À la bonne heure ! Ah, je ne sais pas où j'ai entendu cette vieille expression. C'est tout moi, ça.

Ce n'est pas comme ça que je réussirai enfin à devenir une vraie Parisienne. Pourtant, je m'entraîne depuis des années.

— Tourangelle !

— Méridional ! Attends, je préfère être une Tourangelle qu'un Cacou. Provençal en dehors des congés d'été ? Ça ne devrait même pas exister ! Quand j'étais petite, je pensais que Saint-Rémy fermait en dehors des vacances scolaires. Que les magasins tiraient le rideau de fer, que les piscines étaient vidées, que les gens partaient ailleurs en attendant notre retour.

— Ça ne m'étonne pas vraiment venant de toi. Et moi ? Tu pensais que j'allais où ?

— Eh bien, figure-toi que je ne me suis jamais posé la question. Je crois que je ne pensais pas à toi quand tu n'étais pas avec nous, c'est tout.

— Chipie !

— Oh, tu exagères. Et toi, tu pensais à nous peut-être ?

— Tout le temps ! Vous étiez mes déesses de l'été. Passer tout ce temps avec vous, tu n'imagines pas combien ça a changé ma vie. Et tes parents, je les trouvais tellement formidables. À côté, les miens étaient ternes, sans fantaisie, et ils s'engueulaient tout le temps. Et puis, n'oublie pas que je suis fils unique. Une famille unie et nombreuse comme la vôtre a généré tellement de fantasmes chez un gamin comme moi. L'hiver, je retournais à mes devoirs, mes jeux vidéo et mes copains d'école, mais je gardais précieusement mes souvenirs ensoleillés dans le cœur. Souvent, j'espérais que vous m'emmeniez avec vous.

— Je crois que mon père aurait bien aimé ! Ça lui changeait tellement la vie, ta présence… « masculine ».

En disant cela, elle laissa échapper un petit ricanement.

— Pourquoi tu prends ce ton moqueur ? Allez, donne-moi cette bouteille.

— Mais parce que tu avais dix ans, idiot ! Tu étais un gamin, pas un homme.

— Ça, c'est ce que tu crois. De toute façon, tu ne me voyais même pas. Je peux te le dire, maintenant, il y a prescription. Qu'est-ce que j'ai pu fantasmer sur toi.

— Ah bon ?

Mathilde se redressa légèrement, soudainement rappelée à sa féminité.

— Ne te méprends pas, c'était des trucs de gamins. Mais tu imagines pour un minot de dix ans, passer ses étés avec des jolies filles comme vous, dont une a la grâce d'un cygne ?

— Ah, tais-toi, je ne veux même pas imaginer ce qui se passait dans ta tête, moi qui te voyais comme mon petit frère ! Enfin, petit frère… plutôt un cousin de province.

— Saleté ! Repasse-moi la bouteille. Qu'est-ce que fiche Violette ? Tu es sûre qu'on ne peut pas la joindre ?

— Comment veux-tu ? Elle refuse de prendre un portable.

— Elle a raison. Ces machins-là, ça ne sert à rien. Mais elle ne t'a pas donné le numéro de la fille chez qui elle devait bosser ? Elle sait que je devais arriver ce soir. C'est fou, ça. On ne s'est pas vus depuis des semaines…

Laurent commençait à s'échauffer. La tête lui tournait, il eut soudain l'impression d'étouffer dans ce minuscule appartement. Pourquoi Violette se montrait-elle indifférente ? Mathilde avait peut-être raison, il s'était emballé. Après tout, ils ne sortaient ensemble que depuis cet été. Est-ce qu'elle ne voyait en lui qu'un petit copain de vacances, qu'on ne fréquente que sur les lieux du crime ? Peut-être qu'elle redoutait de le voir ici, à Paris, dans sa nouvelle vie ? À bien y réfléchir, elle n'avait pas eu l'air très emballée, quand il l'avait appelée juste avant de monter dans le train. Elle semblait distante et n'avait parlé que de son foutu TD à préparer. Elle avait même refusé de prévoir un programme pour leur soirée. Ils verraient bien, avait-elle répliqué d'un air dédaigneux qu'il ne lui connaissait pas. Comme si son enthousiasme et son excitation à l'idée de ce week-end en amoureux dans la capitale avaient quelque chose de ridicule. Il eut soudain un peu honte. Il se vit comme un gamin humilié. Alors qu'il était un garçon séduisant, que toutes les filles de la région venaient reluquer au café. On lui parlait de sa grande taille, de sa carrure de rugbyman, de son beau visage, de son air à la fois doux et volontaire qui faisait son charme. Et ce je-ne-sais-quoi de brutal, qui donnait l'impression constante qu'il venait de tirer un coup dans les bois, doublé d'un sourire à faire fondre la bonne du curé.

Mathilde ouvrit la fenêtre. Dans les derniers rayons du jour, Laurent remarqua sa silhouette qui se dessinait à contre-jour sous sa longue jupe fluide. Ses jambes fuselées, immenses, ses fesses musclées, minuscules, qu'il aurait pu tenir dans une seule de ses larges paumes. La cambrure de ses reins et son dos noueux moulé dans un justaucorps de couleur chair. Elle titubait un peu, dodelinant de la tête, à moins qu'il ne s'agisse de mouvements de danse qu'elle imprimait à son corps, se calant sur une musique qu'elle seule pouvait entendre. Le jeune homme ne sut s'il était ivre ou non. Il l'était probablement. Pourtant, en bon fils de brasseur, il avait coutume de dire qu'il tenait bien l'alcool. Les troisièmes mi-temps avaient elles aussi habitué ce solide gaillard aux perfidies de la picole. Il examina la bouteille avec attention. Elle tanguait elle aussi et lui filait le mal de mer. Elle avait été entamée aux trois quarts. Sur la table, les vestiges de leur beuverie expresse – citrons mâchouillés jusqu'à la peau, sel éparpillé, coquilles de pistaches disséminées – gisaient lamentablement. Et puis Mathilde se retourna d'un seul coup, telles les petites danseuses des boîtes à musique qu'un camelot vendait sur le marché de Saint-Rémy. Il sembla même à Laurent que sa jupe avait virevolté. Toute cette scène était irréelle. Le décor était presque surnaturel. Il n'y avait plus que cette silhouette, gracieuse et tentatrice, qui chaloupait dans les dernières chaleurs d'un automne qui s'enfuyait. Laurent se releva à grand-peine. Son corps lui semblait peser une vie. Mathilde éclata de rire en le regardant faire.

— Eh bien, le rugbyman, on a trop bu ? Tu tiendrais moins bien l'alcool qu'une pauvre petite Parisienne légère comme une plume ?

— Comme une plume, ça reste à prouver.

Il avait ce sourire plein de désir auquel étaient habituées les filles de l'été. Celui qui se dessinait sur son visage aux premières heures de la nuit lorsque, après quelques verres et plusieurs pas de danse, il repérait celle qui allait lui donner du plaisir ce soir-là. Il avait aimé goûter toutes les filles, les femmes aussi. Les pulpeuses, les maigrichonnes, les juvéniles, les mûres, les excentriques, les timides, les faciles, les coriaces. Jusqu'à Violette, le domaine amoureux, qu'il avait découvert à quinze ans, se limitait aux corps à corps sans conséquence, toujours joyeux et insouciants en ce qui le concernait. Oui, sa découverte du corps féminin avait été un nouveau terrain de jeu, presque aussi amusant que ceux qui l'avaient précédé dans son existence somme toute assez simple de jeune homme séduisant et sans histoire.

Dans les yeux de Mathilde, il perçut le défi. Tu n'oseras pas, disaient-ils. Tu es un garçon correct, un romantique rangé des voitures. Ce petit frère que je n'ai jamais considéré autrement que comme le fils des voisins, un garçon sans fantaisie qui ne pourra jamais me goûter. Entre eux, il y avait Violette, bien sûr. Cet interdit qui les empêchait de céder à ce qui ressemblait pourtant à de l'attirance. Mais Violette n'était pas là. Elle ne l'avait pas attendu, alors qu'il venait de si loin. Elle l'avait laissé seul avec le fruit défendu. Laurent chassa rapidement la vision de Violette, comme horrifié par l'association de ces deux éléments totalement incompatibles. Au lieu de cela, son regard fut attiré par le corps sec de Mathilde qui buvait au goulot le reste de tequila. Entre deux gorgées, elle riait aux éclats en le défiant du regard pendant que, pataud, les bras ballants, il sentait néanmoins le sang affluer dans son corps, l'excitation monter, les barrières tomber une à une sous les excuses que son subconscient lui soufflait. Et puis, d'un coup, il céda. Il agrippa la bouteille qu'il reposa furieusement sur la table, prit la jeune femme par la taille et la colla contre lui. Il tira fort sur ses cheveux pour qu'elle cesse de rire, et lui demanda, en grognant presque, sans reconnaître sa voix :

— À quoi tu joues ? Hein ?

— À quoi *toi*, tu joues, répondit Mathilde qui ne chercha pas à se libérer de son étreinte.

La pièce tournait autour d'eux. Il faisait horriblement chaud. Laurent sentit très nettement l'instant de bascule où, les yeux rivés sur les lèvres ourlées de la jeune femme, le bassin gonflé de désir, il aurait pu choisir de faire un pas en arrière. D'éclater de rire, de faire comme s'il ne s'était rien passé, car il ne s'était techniquement rien passé à cet instant-là de leurs vies. Oui, il aurait pu reculer d'un foutu pas, passer sa main dans ses cheveux, laisser la fièvre s'en aller, ouvrir grand la fenêtre, sortir faire un tour, n'importe quoi plutôt que de céder à cette envie aussi forte qu'absurde de glisser sa langue dans la bouche de Mathilde, d'en connaître le goût, de venger une fois pour toutes le petit garçon dodu qu'il avait été pendant leur enfance. Son hésitation ne dura qu'une seconde. Peut-être deux. Et puis la digue céda et, dans un feulement animal, Laurent colla sa bouche à celle de Mathilde. D'abord surprise – elle ne pensait pas qu'il aurait le courage, qu'il succomberait pour eux deux, au risque de perdre Violette –, elle répondit rapidement à ce baiser venu de si loin qu'il explosa littéralement. Leurs langues se cherchèrent avec sauvagerie, leurs dents s'entrechoquèrent, tant l'ardeur qui grondait au fond d'eux les dominait. Rapidement, le jeune homme glissa ses mains sous le tissu léger de la jupe de Mathilde. Sa peau était si douce, Laurent eut l'impression de n'en avoir jamais touché de telle. Sous l'épiderme tendu, il sentait rouler sous ses doigts ses muscles fermes, acquis après des années de discipline. Tandis qu'il pétrissait cette chair délicate qu'il aurait voulu mouler contre son corps, il tentait dans un effort ridicule de la plaquer plus encore contre lui parce qu'il n'osait pas la pénétrer. Ses deux paumes posées sur les fesses de Mathilde, chacune sur un globe qu'il écartait de l'autre, il imprima un mouvement désespéré de va-et-vient contre son bassin. Mathilde laissa échapper un gémissement de plaisir, rejeta la tête en arrière, les yeux clos.

Soudain, au bruit de clé tournant dans la porte d'entrée, ils se détachèrent d'un coup, comme s'ils s'étaient mutuellement brûlés.

Violette

— Jérôme, enchanté !

— Jérôme est l'ami de Violette, il vient d'arriver d'Arles, annonce fièrement Jeanne.

Elle espère ainsi rattraper sa maladresse d'avoir convié Laurent, en lui déclarant tout de go, et devant l'assemblée entière, que Violette a un amoureux, et qu'en tant que mère elle approuve cette union.

— Laurent, ravi !

— Laurent est un vieil ami de la famille, précise Jeanne à son hôte, qui n'en sourit que davantage. Nous l'avons croisé ce matin au marché et il a gentiment proposé de m'aider dans mes travaux.

— Ah, vous êtes architecte vous aussi ? s'enquiert Jérôme sans malice.

— Non, dans le bâtiment. Disons que j'ai une affaire de travaux dans la région.

— Formidable, nous sommes complémentaires. D'ailleurs, ça peut m'intéresser. En cc moment, je suis sur un chantier pas loin. Et j'en aurai peut-être d'autres dans le coin. C'est une si belle région, et ça me change des appartements parisiens où tout le monde veut la même chose – une cuisine ouverte, un îlot central, un mur de papier peint, sans parler de la sempiternelle verrière.

— Volontiers, je vais vous donner ma carte, alors.

— Allez viens, Laurent, on s'apprêtait à prendre un thé pour fêter l'arrivée de Jérôme. Joins-toi à nous.

Violette fait les gros yeux à sa mère, qui hausse les épaules l'air de dire « je ne vais pas le mettre dehors, maintenant qu'il est là ». Et puis elle paraît se réjouir de la situation – selon elle, Jérôme et Laurent ont l'air d'être faits pour s'entendre. Violette connaît sa mère, et sa faculté de se convaincre de ce qui l'arrange. Au fond, Jeanne sait sûrement qu'elle a merdé. Que Laurent n'a rien à faire là, pas plus qu'elle n'est obligée de faire appel à lui pour ses fichus travaux – qu'elle ne fera probablement jamais, puisque Yves ne va pas tarder à venir déposer sa boule puante estivale. Préférant filer dans sa chambre et laisser Jeanne avec ces deux mâles égrillards, Violette profite de l'arrivée inopinée de Paul et Pia pour faire diversion.

— Bah qu'est-ce que vous fabriquez là tous les deux ? Et toi, qu'est-ce que tu fais en zizi ?

— Il a fait pipi par terre. Maman a demandé que je vienne vous voir, répond Pia.

— Comme c'est étonnant, murmure Violette.

— Qu'est-ce que tu dis, tata ?

— Rien. Bon, je vais m'occuper de vous. Maman, je te laisse à tes invités ? À tout à l'heure, mon chéri.

Jérôme et Laurent tournent la tête en même temps vers Violette, qui pique un léger fard en prenant la direction de la chambre des enfants, ravie de cette chance qui lui est offerte de laisser Jeanne se débrouiller. En avançant dans la pénombre du couloir, elle tombe sur Clarisse, immobile, penchée vers la porte de la cuisine.

— Qu'est-ce que tu fais, ma chérie ? demande-t-elle un peu trop fort.

Clarisse sursaute et pousse un cri.

— Maman, t'es folle ! Tu m'as fait hyper peur !

— C'est toi qui es bizarre. Il se passe quoi, ici ?

— Rien, répond Clarisse en s'approchant vivement de sa mère et de ses cousins. Qu'est-ce qu'il fait à poil, lui ?

— Il a fait pipi dans la chambre, explique Pia.

— Hein ? Dans la chambre ? Mais c'est dégoûtant ! commente Violette.

En disant cela, elle entre dans le dortoir avec Paul dans les bras. Elle ouvre les fenêtres en grand et constate les dégâts – une grande tache sombre sur le sol, qui a commencé à sécher. Elle prend une couche dans le placard de son neveu pour la lui enfiler.

— Maman interdit qu'il en porte la journée sinon il ne sera jamais propre, intervient Pia.

— Il n'est manifestement *pas* propre. Et comme ta mère n'est pas là pour nettoyer, je prends la responsabilité de protéger notre maison. Non mais oh, elle commence à m'enquiquiner, celle-là !

— Qui ça ? s'étonne la fillette.

— Personne, ma chérie. Bon, tous les trois, ça vous dirait d'aller à la piscine ? Je mets mon maillot et je vous surveille ?

— Ouais ! Trop bien ! Et le goûter ?

— Ah, pas de goûter ! On est sortis de table très tard, et ce soir c'est gros dîner avec votre papa. Allez ! Rendez-vous là-bas dans dix minutes chrono et personne ne va dans l'eau tant que je ne suis pas là, d'accord ?

— D'accord. Dis, tata, c'est lequel ton amoureux ?

— Quoi ?

— Dans les deux monsieurs ? Ton amoureux c'est le beau ?

— Hein ? Euh... Je ne comprends rien à ce que tu dis. Je vais voir ta mère pour la tache, et j'arrive. Ça vous va ?

Sans laisser à sa nièce le temps de répondre, Violette se précipite vers la cuisine avec la ferme intention de passer un savon à sa sœur aînée. Pour une fois, elle ne redoute pas son ire. La présence de Laurent, sa fuite à elle et cette odeur d'urine insupportable lui ont donné le courage qui semble lui avoir toujours manqué.

Mais découvrir Louise et Mathilde en train de discuter augmente son irritation. Elle a toujours tenu à sa position de « jusqu'à », comme elles disaient quand elles étaient petites, et que Jeanne présentait ses filles en les désignant de l'index « de l'aînée jusqu'à la petite ». En tant que « jusqu'à », Violette a toujours été le trait d'union entre ses deux sœurs. Du coup, lorsqu'elles ont des interactions sans elle, ce qui est rare, elle ressent une jalousie irrationnelle, l'impression farouche d'être inutile. Alors, en débarquant dans la cuisine, elle gueule bien plus qu'elle ne l'aurait voulu. D'autant que de la voir surgir ainsi semble terrifier ses deux sœurs.

— Non mais qu'est-ce que vous fichez là, toutes les deux ? Mathilde, ça ne te dérange pas de laisser pourrir la pisse de ton fils sur la moquette familiale ?

Franchement, on ne peut pas compter sur toi ! Et toi, Louise ? Tu pars toute la matinée et ensuite tu me laisses seule avec maman et l'autre Laurent, là, qui débarque d'on ne sait où ? Franchement, vous êtes monstrueuses !

— Oh, mais tu te calmes ! J'allais la laver, la tache ! Ça ne va pas, de crier comme ça ?

— C'est ça, oui… Donc c'est moi la folle ? Super. Bon, je vous laisse.

Consciente du pathétique de sa réplique, Violette ne peut que tourner les talons parce que les larmes lui montent aux yeux, comme chaque fois que l'émotion est trop intense – c'est-à-dire chaque fois qu'elle sort de la réserve qu'elle s'inflige au quotidien, sauf avec Clarisse. Elle baisse la tête en repassant par la chambre des enfants, son menton tremble, alors que les filles dansent toutes nues devant la fenêtre ouverte sur les champs dorés. Elle a tout juste le temps de filer dans la sienne, puis elle s'effondre sur son lit et se met à pleurer, la tête enfouie dans l'oreiller blanc qu'elle recouvre d'un mascara prétendument waterproof.

Elle sait qu'elle a peu de temps – même ça, c'est minuté. Dans quelques minutes, Louise et Mathilde vont venir s'excuser, ou lui répéter combien elle a pété les plombs. Jérôme, lui aussi, peut entrer pour déballer ses affaires, ou pour la chercher. Alors elle s'accorde encore quelques secondes pour tout lâcher, la morve, les sanglots, le trop-plein de questions, de sentiments, et les souvenirs qui remontent avec la maison, la région. Et puis lui, qui lui balance son odeur à la figure, toujours la même depuis ses dix-huit ans.

Elle finit par se relever, se passe le visage sous l'eau froide – la chambre est pourvue d'un minuscule lavabo, qui trône drôlement dans un coin de la pièce toute blanche, seul, mais bien pratique pour les soifs nocturnes et les sanglots longs. Elle arrange ses cheveux, et se choisit un maillot avec soin. Si elle était honnête avec elle-même, elle s'avouerait que le fait de passer devant Laurent – parce qu'elle va devoir passer devant lui – n'y est pas étranger. Elle opte pour le plus sexy, celui qui couvre mal ses seins et dont la culotte échancrée arrondit joliment ses fesses. Elle chausse ses lunettes de soleil pour masquer ses yeux rougis et enfonce un large chapeau de paille sur sa tête. La maison en est remplie ; accrochés à tous les portemanteaux, dans toutes les pièces, ils font le charme de La Garrigue.

Elle inspire un grand coup et sort par la porte qui donne sur la table du jardin. Alors que tous les yeux se tournent vers elle, elle se félicite de porter des verres fumés qui dissimulent non seulement sa gêne mais aussi sa fierté, car les deux hommes qui lui font face la regardent avec les yeux du loup de Tex Avery. Sans leur laisser le temps de réagir, elle rompt tout de suite le malaise :

— Les enfants sont passés où ? J'espère qu'ils n'ont pas commencé sans moi, je leur ai interdit !

— Ils viennent tout juste de sortir. Je crois que Paul cherchait ses brassards.

— Top ! Bon, à tout à l'heure ! Jérôme, n'hésite pas à nous rejoindre à la piscine. Tu n'es pas obligé de faire la cour à ma mère tout de suite, on a tout le week-end pour ça, s'esclaffe-t-elle en s'éloignant, fière de son petit ton guilleret.

Puis elle monte sur la pointe des pieds les quelques marches qui mènent à la piscine et tire un transat sur lequel elle se laissc choir, à bout de souffle, heureuse d'avoir contourné une nouvelle fois l'obstacle.

Louise

Ça ne sent pas bon, cette histoire, songe Louise qui redoute que le fragile équilibre qui s'est installé dans la famille depuis la naissance de Clarisse vacille. Pourtant, elle se souvient mal de cette période. Finalement, avant l'âge adulte, Mathilde n'a jamais vraiment été là pour elle. Quand elle était enfant, cette grande fille très belle et distante faisait peu attention à elle, obnubilée qu'elle était, déjà, par sa propre personne et ses chaussons de danse. Puis elle était partie en pension à Paris, pour ne revenir que les week-ends, pendant lesquels elles partageaient des repas mais guère plus. Mathilde baragouinait des secrets à Violette en anglais, pendant que Louise pleurnichait d'être ainsi mise à l'écart, le nez dans ses poissons panés tandis que ses aînées riaient sous cape. Bien sûr, il y avait les étés. Là, tout était différent. Mathilde s'ouvrait à elles, qui jouaient les gentilles vassales de cette reine lumineuse, avec un bonheur naïf et sincère. C'est à La Garrigue que Louise avait véritablement appris à connaître et aimer sa grande sœur. Ou plutôt, son autre grande sœur. Car longtemps, lorsqu'on l'interrogeait, elle oubliait l'existence de Mathilde.

Et puis il y avait eu cet été particulier où elle avait surpris Violette et Laurent, qu'elle considérait comme leur cousin. La première fois qu'elle les avait vus s'embrasser, planqués derrière le muret de la piscine si calme et si bleue dans laquelle elle faisait ses longueurs depuis un temps qui lui paraissait infini, elle avait été tellement perturbée qu'elle avait failli tomber à la renverse. Déjà qu'elle n'aimait pas beaucoup associer ses sœurs à une quelconque sexualité, alors avec Laurent… Et puis, elle l'aimait bien, Laurent. Plus que ça, même. C'est vrai qu'il était soudain devenu très beau. À Saint-Rémy, elle profitait toujours des courses des uns et des autres pour se glisser dans la voiture. Avec un peu de chance, on passerait devant le café des Variétés, et alors elle l'apercevait au comptoir, avec sa longue mèche brune et ce sourire craquant. Ça lui faisait des picotements partout.

Mais bon, elle avait vite compris qu'elle était trop jeune, qu'il ne la regarderait jamais. Pas comme elle l'aurait voulu. Et puis il y avait eu Annie. Laurent était le dernier garçon que Louise avait vraiment désiré. Aujourd'hui, quand elle le regarde, ça la fait bien rire. Rien chez cet homme, certes séduisant mais un peu vieux jeu, ne suscite en elle la moindre ardeur. À l'époque, elle avait été un peu peinée mais finalement contente que son choix se porte sur Violette. Un choix audacieux et intelligent, s'était-elle dit. Elle avait rapidement été heureuse pour eux. Tout l'été, elle les avait accompagnés dès qu'elle le pouvait, s'incrustant le plus souvent alors qu'ils auraient probablement préféré se retrouver seuls. Mais elle se sentait bien, avec eux, comme avec des parents de substitution. Elle se souvient du bien-être qui l'envahissait lorsqu'elle posait sa tête sur les genoux de Violette, le nez vers le ciel, les yeux fermés, tandis qu'ils faisaient tous les trois la sieste à l'ombre des abricotiers ou que le jeune homme grattait quelques airs du Top 50 sur sa guitare. Et puis l'été s'était achevé. Louise se souvient des larmes de la dernière nuit des vacances, dans la chambre aux lits superposés. Elle l'avait entendue malgré les efforts de sa sœur pour rester discrète. À l'époque, Violette faisait la fière. Elle n'avait jamais voulu reconnaître qu'elle était amoureuse de Laurent. Probablement qu'elle n'assumait pas tout à fait ce rapprochement avec le petit garçon dont les photos encombraient le salon de La Garrigue. D'ailleurs, ni lui ni elle n'avaient parlé de leur relation devant Yves et Jeanne. Quand Laurent venait déjeuner, ils faisaient comme si de rien n'était. Mais Louise les surprenait souvent dans les recoins du mas, collés l'un à l'autre, le souffle court, se volant des baisers entre deux plats. Il n'y avait guère qu'Yves qui, trop heureux de renouer avec ce fils de substitution, n'avait semble-t-il rien vu de ce batifolage qui se déroulait sous son toit. Il serait bien temps, s'était dit Louise, pressée pourtant de découvrir son père heureux d'accueillir tout à fait Laurent dans la famille s'il épousait Violette. Louise s'était imaginée en demoiselle d'honneur, en meringue blanche au côté de Mathilde qui, pour une fois, aurait tenu avec elle le second rôle de la belle fête familiale qui se serait inévitablement déroulée à La Garrigue. Peut-être qu'il y aurait un vin d'honneur au café dans l'après-midi. Avec tout le village. Pour sûr, ça ferait une belle fête.

Après l'été, Louise était repartie à Tours avec les parents, la mort dans l'âme. Elle avait redouté les longs mois pendant lesquels elle se retrouverait seule avec eux, pour la première fois. Cette année-là, Violette quittait la maison à son tour et allait habiter chez Mathilde dans les premiers temps, avant de trouver un petit boulot et de pouvoir s'installer seule. Début septembre, elle avait fini d'entreposer ses derniers cartons dans le garage, et laissé à Louise sa chambre encore décorée des posters qui avaient longtemps fait rêver la benjamine mais dont l'héritage ne la consolait guère. Et puis, plus tard, il y avait eu ce soir où elle avait surpris les parents dans le salon, prostrés devant une lettre ; Jeanne était en larmes. On lui avait demandé de retourner dans sa chambre. Une chape de silence s'était abattue sur la maison. Au bout de quelques semaines, Jeanne et Yves avaient expliqué à Louise que Mathilde était partie faire le tour du monde. Ils avaient pris un air détendu, comme si tout ça était normal – qu'elle ait disparu sans lui dire au revoir, qu'on ne puisse pas la joindre, lui écrire ou lui téléphoner, ou même aller la voir pour Noël ou les vacances scolaires. Son absence avait duré sept ans.

Jérôme a rejoint Violette au bord de la piscine. Louise les observe, côte à côte sur leurs transats. Ils ont l'air serein. Ils ressemblent à un de ces couples des années 1950 qui posaient sur les photos de cette époque. Est-ce dû aux formes généreuses de Violette, qu'on aurait davantage imaginée évoluant au temps des pin up, des décolletés affriolants et des lunettes à l'américaine ? Ou alors au charme suranné de Jérôme, avec sa chemisette et sa calvitie précoce ? Mathilde, elle, s'est planquée. Tant mieux, pense Louise. Il ne manquerait plus qu'elle vienne parader autour de Laurent. Oh, elle a changé, c'est sûr. La Mathilde qui a réapparu un beau jour, son couple bien propre en bandoulière, n'a plus grand-chose à voir avec la séductrice pathologique d'autrefois – d'autant que la maternité est venue parachever cette mue. Mais Louise reste convaincue qu'il est préférable que ses deux sœurs ne se retrouvent pas au même moment près de celui qui a fait exploser leur famille. Surtout depuis que Mathilde est venue tout à l'heure confirmer les rares confidences que Violette a bien voulu lui faire – jusqu'à cet instant, Louise avait toujours douté, conservé au fond d'elle l'espoir d'un malentendu. Comment Mathilde avait-elle pu faire quelque chose d'aussi ignoble ? Trahir une autre femme, c'est déjà assez abject, une amie proche, n'en parlons pas, mais alors une sœur… Mathilde avait tous les hommes à ses pieds ! Pourquoi avait-elle justement séduit celui-ci, auquel elle n'avait jusque-là jamais fait attention ?

Louise s'approche de Jeanne et Laurent qui sont en grande conversation devant la porte-fenêtre qui donne sur le salon.

— Qu'est-ce que vous faites ?

— Louise ! Mais qu'est-ce que tu as changé !

Laurent arbore un immense sourire qui semble sincère. Pour autant, Louise n'a aucune intention de se montrer aimable.

— Ne fais pas genre tu ne m'as jamais vue à Saint-Rémy.

Laurent fronce les sourcils, replace sa mèche avec la main gauche. Il ne porte pas d'alliance. En revanche, une légère marque de bronzage ou d'érosion s'est formée autour de son annulaire, preuve qu'il l'a été un bon bout de temps, et que l'affaire s'est soldée il y a peu. Louise a l'œil, pour ça. L'habitude avec les malades qui se confient à elle, racontent leur vie conjugale, les accrocs et les petits arrangements avec la fidélité.

— Ah non, je t'assure ! Tu vis ici ?

— Évidemment.

— Désolé, je ne savais pas. Je viens de revenir dans la région.

— Une séparation, j'imagine ?

— Oui, euh… Comment es-tu au courant ? Vous avez déjà eu le temps de parler de moi ? s'enquiert-il avec un petit sourire gêné en direction de Jeanne.

— Ne prends pas tes désirs pour une réalité. Non, disons que ta vie est souvent liée aux conséquences de tes comportements amoureux…

— Louise !

— Laisse, Jeanne, ce n'est pas grave. Enfin, ça fait longtemps, tout ça.

— Et alors ? Il y a prescription ?

— Louise, ça suffit ! Laurent vient gentiment m'aider…

— Oh, et puis j'en ai marre ! Faites comme vous voulez. Moi, je vais aller monter.

— Par cette chaleur ? Et le dîner de ce soir ? Raphaël ne va pas tarder. C'est pas vrai ! Trois jours qu'elles sont ensemble et c'est déjà le drame. Tu as eu bien de la chance d'être enfant unique, tiens. Comment vont tes parents ?

— Bien. Enfin, d'après ce qu'ils disent. Les parents ne racontent jamais vraiment leurs soucis à leurs enfants.

— Ah bon, tu crois ? Tu as peut-être raison. On craint de vous embêter, vous avez des vies si intenses et pleines de projets. Nous, c'est derrière nous, tout ça. Et puis nous avons beaucoup de temps. Trop, peut-être.

— J'ai appris pour Yves et toi.

— Oui…

— Ça n'a pas été trop dur ?

— Si, très dur. Heureusement que Louise était là. Elle n'a pas un caractère facile, je sais. Mais si tu savais combien elle m'a aidée.

— La petite dernière, c'est toujours la plus proche, non ?

— Peut-être bien… En tout cas, c'est celle qui clôt le chapitre de la maternité. Et puis, c'est celle qui est restée sans les autres. Mais je ne voudrais pas l'étouffer.

— Tu ne devrais pas t'inquiéter, elle a l'air solide. Bon, et toi ? Tu as réussi à tourner la page ? Il n'y a personne qui te plaît ici ? Les veufs bronzés et les divorcés dynamiques, ce n'est pas ce qui manque, dans la région.

Jeanne rougit, et replace une nouvelle fois une mèche invisible qui se serait fait la malle. Ses cheveux, plus clairsemés que dans le souvenir de Laurent, forment une masse compacte, probablement fixée à la laque, que même le mistral ne saurait déranger.

— Enfin, tu n'y penses pas ! C'est fini, pour moi.

— Pourquoi ? C'est idiot. Au contraire, il faut prendre tout ça comme une chance de connaître plusieurs amours. Pourquoi Yves y aurait droit et pas toi ? Tu es encore très séduisante, Jeanne, je t'assure.

— Arrête, tu as toujours été un flatteur.

— Pas du tout. Enfin si, je crois que tu n'as pas tort, plaisante-t-il avant de reprendre un ton sérieux. Mais dans ton cas, je le pense vraiment. Fonce, peut-être que tes plus belles années sont à venir.

— Il est fou, celui-là.

— On en reparle dans quelque temps. De toute façon, maintenant que je suis revenu, je ne te lâche plus.

— Tu restes ? Je pensais que tu ne venais que pour l'été ?

— Je n'ai pas fait de plans, mais je n'ai nulle part où aller pour le moment. Ma femme garde la maison, qui était une baraque de famille à Biarritz. Je n'ai aucune attache hormis ici. Alors autant que je bosse dans ma région.

— Mais quelle joie ! Et vos… enfants, comment vous allez faire ?

Laurent s'assombrit imperceptiblement.

— Nous n'avons pas eu d'enfants.

— Oh, pardon. Comme tu disais « ma femme », je pensais… Non pas que ce soit une obligation, bien sûr. Je sais que plein de couples aujourd'hui ont des modèles différents des nôtres à l'époque. Mais… quel âge as-tu exactement ?

— Bientôt quarante. On n'a pas réussi à en avoir. On est passé par tous les traitements possibles et imaginables. Je pense que c'est venu à bout de notre couple. Ou bien peut-être que ça se serait terminé quoi qu'il arrive. On ne le saura jamais. Et puis, les enfants ne sont pas là pour aider les gens à rester ensemble, sinon ce serait trop triste.

— Trop triste, oui…, murmure Jeanne. Tu penses qu'Yves est parti parce que les filles n'étaient plus là ? Qu'il est resté avec moi toutes ces années parce qu'il ne voyait en moi que la mère ?

— Non, bien sûr que non. Je parlais de mon cas personnel. Et puis… les filles étaient parties depuis longtemps. Et, si j'ai bien compris, Louise n'est pas vraiment partie.

— Oui, je ne sais pas… Ça donne à réfléchir, en tout cas.

— Bon, mais cette maison, alors, on en fait quoi ?

Le visage de Jeanne s'illumine à nouveau, tandis que Laurent tourne une nouvelle fois la tête, mine de rien, vers la piscine. Violette vient de se lever de son transat et offre aux doux rayons de la fin d'après-midi ses courbes laiteuses.

— On change tout ! Nouvelle vie ! Laurent ?

— Oui ! Nouvelle vie, bien sûr. Quel est ton budget ?

— Oh, pas grand-chose, comme tu peux l'imaginer. Mais j'ai économisé un peu d'argent que je destinais à Yves sur une assurance vie. Je pense qu'il est temps de taper dedans, n'est-ce pas ?

— Sage décision, commente Laurent avec un sourire.

— Oui, j'ai beaucoup hésité en pensant aux enfants et à mes petits-enfants, mais ils auront déjà La Garrigue. Et, plus elle sera belle, plus elle leur donnera envie de se réunir ici, même quand je ne serai plus là.

— Jeanne…

— Dans très longtemps ! En attendant, j'ai envie de vivre dans un nouveau décor, plus moderne, plus pratique, et plus à mon goût. Je me rends compte que, pendant des années, je me suis laissée porter par Yves pour tout ce qui concernait l'immobilier, le gros œuvre. Moi, ma partie, c'était la famille, les courses, les goûters, les colonies, la logistique quotidienne. Ma génération a vraiment loupé un wagon. Et dire qu'on a fait 1968 ! Toutes ces belles intentions féministes, on ne peut pas dire qu'on ait réussi à se les appliquer. Ah ça, pour pouvoir bosser, on a bossé. Mais ça s'est juste ajouté au reste. Du coup, on a trimé deux fois plus pour trois fois rien. Et pour se faire larguer à plus de soixante balais, tu parles d'une gourde !

— Mais tu vas te rattraper. On va faire de cette maison un véritable petit cocon.

— Je veux des volets bleus ! J'ai toujours voulu des volets bleus, et je me fiche qu'on soit en Provence, et que ça ne plaise pas aux filles. Et puis, j'aimerais retirer cet horrible revêtement coco au sol, que j'ai toujours détesté. Ça pique les pieds, ça sent mauvais et ça retient la poussière. Je veux du parquet partout. Et une cuisine américaine.

— Ouh là, pas si vite ! Je note.

— Il faudrait redonner un coup de frais à la piscine, aussi. Tu as vu ? Il y a des éraflures partout. On dirait qu'on l'a creusée au siècle dernier. Et puis, il faudrait installer du teck autour, pour qu'on puisse s'y reposer tous ensemble, et pas les uns derrière les autres sur deux transats en plein cagnard. Ah, et ajouter une pergola, pour pouvoir bouquiner à l'ombre. Quant à ma chambre, je veux me débarrasser de ce vieux lit qui nous venait des parents d'Yves. J'en veux un avec une tête de lit, en osier ! Un papier peint fleuri, des plantes vertes, une jolie couette, une bibliothèque.

— Attends… On mélange tout, là. Il y a les travaux d'un côté, la déco de l'autre. Je ne suis pas sûr d'être la bonne personne pour la seconde partie mais je connais une jeune femme très bien qui pourra t'aider. Et pour le reste, idéalement il me faudrait des plans. Je suis davantage dans l'exécution. Peut-être est-ce que ton… gendre pourrait nous aider ?

— Qui ça, Raphaël ?

— Je ne sais pas. Le… mari de Violette ?

— Ah, Jérôme ! Mais ça n'est pas son mari. C'est son… comment dites-vous aujourd'hui ? Son compagnon, son « mec ». C'est la première fois qu'on le voit.

— Vraiment ?

— Eh bien… oui. D'ailleurs, je suis très impolie. Je ne te presse pas, mais le pauvre vient d'arriver, et il faudrait que j'aille lui faire la conversation. Et que je prépare le dîner de ce soir. Le mari de Mathilde doit lui aussi arriver de Paris. Et il est très exigeant. Il travaille dans l'immobilier. Il est très riche. Très maniaque aussi. Bon, je l'adore. Il nous l'a rendue. Il l'a tellement équilibrée. Bon, enfin. Je vais devoir y aller. Tu as assez d'éléments ?

— Je vais faire le tri dans tout ça, faire un budget. Si j'ai les plans par ton… Jérôme, ça te fera une économie, évidemment. Tu veux passer au café après-demain ? J'aurai certainement avancé.

— Au café ? Non, je ne préfère pas. Voyons-nous plutôt sur la place. Merci pour tout, Laurent. Je suis enchantée par ce projet. Comme tu le vois, Clarisse et moi, on a déjà commencé la peinture mais je doute qu'on arrive à terminer toutes seules. Du moins dans un délai ou une qualité acceptables.

— Ça me fait plaisir, Jeanne. Je vous dois au moins ça.

— Vous ?

— Eh bien. À toi, déjà, qui t'es occupée de moi pendant toutes ces années, tous ces étés qui ont enchanté mon enfance. Et puis aux filles… Je… je suis désolé, vraiment. Pour ce qui est arrivé.

— C'est du passé, l'interrompt Jeanne.

— On peut en parler, si tu veux.

— Certainement pas. On a eu assez de problèmes comme ça. Aujourd'hui, tout le monde est casé, tout est pour le mieux. Et toi, alors ? Tu as une petite amie ?

— Personne.

— Ah mais les femmes seules, ce n'est pas ce qui manque dans la région. On va peut-être pouvoir chercher l'âme sœur ensemble ?

— Et pourquoi pas ?

— Chiche.

Tout en parlant gaiement, Jeanne se dirige vers le parking. Malgré la joie des retrouvailles, et le plaisir de converser avec celui qu'elle a l'impression d'avoir quitté la veille, elle a envie qu'il parte. Arrivé devant sa voiture, Laurent traîne des pieds, il tarde à grimper dedans.

— Tu diras au revoir aux autres de ma part ? Ce n'est pas très poli de partir comme ça…

— Penses-tu ! Personne ne fera attention à ça. Au revoir, Laurent.

— Au revoir, Jeanne.

Et elle le regarde démarrer dans sa jolie voiture qui projette un nuage de poussière sur l'affreuse guimbarde de ce pauvre Jérôme.

La Garrigue, un an plus tôt

C'est Raphaël qui avait trouvé Jeanne. La maisonnée était encore endormie. Après une première soirée éprouvante, et quelques jours durant lesquels chacun avait secrètement espéré passer un été agréable, voire tolérable malgré l'annonce du départ d'Yves, tout le monde était épuisé. Jeanne perdait pied. Elle passait d'un état à l'autre, de la léthargie la plus profonde à une excitation insoutenable, durant lesquels elle interrogeait ses filles et son gendre sur tous les petits détails ou les grands épisodes de sa vie passée qui auraient pu expliquer cet abandon qu'elle n'avait pas vu venir. Elle ressemblait à une adolescente vivant son premier chagrin d'amour. Jeanne se montrait tour à tour insistante, impatiente, autoritaire ; elle s'énervait rapidement lorsqu'on ne répondait pas assez vite à ces questions qui la hantaient depuis le départ d'Yves. Est-ce que j'ai fait quelque chose de mal ? Est-ce que je suis repoussante ? Dites, Raphaël, vous qui êtes un homme, soyez sincère. Les filles, pourquoi est-ce que je me retrouve seule à mon âge ? Qu'est-ce que j'ai fait, qu'est-ce que j'ai mal fait ? Est-ce qu'il va revenir ? Et Françoise, qu'est-ce qu'elle a de plus que moi ? Déjà au village, en maternelle, elle ne pouvait pas me supporter. C'est une vengeance. Oui, c'est ça, une vengeance pour me faire du mal et puis elle me le rendra, hein ? Non, je n'ai pas faim. Non, je vous dis, oh et puis laissez-moi ! Laissez-moi, je vous dis !

Ils avaient fini par faire venir un médecin. Pas celui du village, qu'on appelait au moindre bobo depuis trente-cinq ans. Non, un généraliste d'Avignon que Louise connaissait, et qui avait accepté de se déplacer par amitié pour elle. Il avait constaté un épuisement nerveux, prescrit beaucoup de repos, de l'écoute, et puis du temps, évidemment. Car le temps pansait les plaies les plus douloureuses, avait-il déclaré. Mathilde et Violette n'avaient pas été emballées par ce docteur qui n'écoutait pas les peines des femmes et ne s'intéressait qu'aux pathologies « nobles », les vrais cancers, les amputations, les greffes… Mais elles n'avaient rien dit. S'il était là, c'était grâce à Milou qui leur avait expliqué combien un tel ponte leur rendait service en se déplaçant ainsi en plein été. Il avait volontiers accepté un pastis pendant qu'il rédigeait sa longue ordonnance de pilules qui allaient aider « votre maman à passer ce petit cap difficile ». Et allez hop, un deuxième petit jaune et des cacahuètes pour la route. Mathilde avait remarqué son regard qui glissait sur ses cuisses nues. Et puis il les avait laissées à leur désarroi pour retourner vers des causes plus honorables, avec cette injonction à faire mousser la bonne humeur comme seul pansement sur le cercueil de leur enfance.

Louise était allée en ville acheter les médicaments et des pizzas au camion près du manège. Personne n'avait le cœur à cuisiner. Les enfants avaient été ravis de cette nouvelle diététique estivale. Même Mathilde. On avait dîné dehors, sur la vieille table en bois qu'Yves ne présidait plus. Personne n'avait osé s'installer à sa place, et le siège à large dossier était vide. On avait ouvert les boîtes en carton et fait semblant de rire en dégustant à pleines mains les tranches chaudes dont le fromage dégoulinait dans les assiettes. Jeanne avait préféré rester au lit. Elle n'avait toujours pas faim, mais elle était heureuse, disait-elle, d'entendre leurs rires à tous depuis sa porte-fenêtre laissée entrouverte. Clarisse avait été envoyée pour décider sa grand-mère à venir, puis lui déposer une petite part près de son lit. En vain. Ce n'était pas si grave. Le temps et le soleil feraient leur œuvre. Demain, peut-être, Jeanne sortirait de son lit, mettrait un de ses beaux maillots de bain avec un paréo qu'elle nouerait autour de son cou, elle préparerait le petit déjeuner, un peu triste, bien sûr, mais elle serait avec eux, dans la vie. L'été ne pouvait pas disparaître comme ça. Peu à peu, les conversations s'étaient taries. Ranger avait été rapide. Clarisse et Pia s'étaient lavé les dents en vitesse, Paul dormait depuis longtemps. Puis les adultes étaient restés à chuchoter sur la terrasse. Ils avaient vérifié plusieurs fois que Jeanne dormait bien et ne pouvait pas entendre leur inquiétude. Raphaël, lui, pensait que ça n'était qu'une passade, qu'Yves reviendrait.

— Un bonhomme, ça revient quand ça a la dalle, et votre mère fait trop bien la cuisine, avait-il dit.

— Non mais, t'es con ou quoi ? avaient répliqué d'une même voix les trois sœurs.

Il avait tempéré, expliqué qu'on ne quittait pas une femme comme Jeanne, pas après toutes ces années, et puis pas pour une femme du même âge.

À quoi ça servirait, alors, d'aller s'emmerder avec une nouvelle pour reprendre la même, d'autant que Françoise était une amie d'enfance de leur mère, non ?

Les filles avaient acquiescé en silence, guère convaincues. Peut-être avaient-elles compris avant tout le monde, avant leur mère en tout cas, que leur père s'ennuyait depuis longtemps dans cette vie-là, et qu'une fois sa décision verbalisée, celle-ci était irrévocable. Alors ils étaient tous allés se coucher – demain, il ferait jour. Ils étaient passés par l'unique salle de bains, se brossant les dents tous en même temps, la brosse dans la bouche, étalant leurs crèmes sans pudeur, se bousculant dans l'espace minuscule, tels des frères et sœurs, plus unis que jamais.

Violette et Louise avaient poursuivi à deux cette conversation, tentant de sonder l'inimaginable.

— Tu n'as rien vu venir ? Toi qui vis ici ?

— Eh bien non, comme maman, j'ai été aveuglée par l'habitude. Et puis je n'habite pas non plus avec eux. Comment savoir ce qui se passe dans un couple, hein ? Tu en es la preuve, toi qui nous as si longtemps caché le cauchemar que tu vivais avec Michel.

Violette avait acquiescé et s'était demandé s'il était possible de connaître vraiment un autre que soi. Comme elle, Yves avait sans doute tu cette décision qu'il mûrissait depuis des mois, voire des années peut-être, alors que tout le monde pensait ses parents si proches. Quels secrets pouvaient bien cacher tous ceux qu'elle aimait tant ? Même Clarisse gardait pour elle ses peines – avait-elle des désirs inavoués ? Et que savait-elle de Louise, dont elle croyait tout connaître ? Rien, peut-être. Non, c'était ridicule. Toute cette histoire l'avait chamboulée, elle n'allait pas tout remettre en question à la lueur des lubies de son père.

De leur côté, Mathilde et Raphaël avaient essayé de faire l'amour. Après tout, c'était les vacances, et ça leur changerait les idées. Raphaël avait glissé sa main sous la nuisette de sa femme pendant qu'elle parlait, parlait, comme elle le faisait tous les soirs.

— Raphaël, tu m'écoutes ?

Lui aimait cette petite musique qui le berçait pendant qu'il lisait distraitement les nouvelles sur son téléphone, tandis que Mathilde s'exaspérait de voir qu'il se fichait de ce qu'elle lui racontait. D'habitude, Mathilde finissait par sourire tout en lui faisant les gros yeux, tu ne m'écoutes pas, tu t'en fiches, puis cédait volontiers à ses avances, flattée de susciter toujours autant de désir après toutes ces années, et puis ses maternités. Mais ce soir-là, Raphaël avait eu beau tenter de dédramatiser la situation – ce qu'il savait très bien faire –, caresser sa femme en des lieux dont lui seul savait qu'elle n'y résistait guère, baisser la lumière, ronronner dans son cou, Mathilde était restée raide, incapable de s'abandonner et de s'accorder quelques instants de répit au milieu de cette tempête estivale. Au bout d'une heure de tentatives infructueuses, Raphaël était sorti par le jardin pour aller chercher un verre d'eau à la cuisine. Ensuite, il s'était installé dans le hamac et avait laissé son esprit vagabonder. Enfant déjà, il rêvait d'un avenir différent, au bord de l'océan, auprès de belles femmes en robes satinées, à boire du champagne les cheveux au vent. Il serait riche, il posséderait un bateau, conduirait une belle voiture, aurait une maison à lui. À près de quarante ans, Raphaël avait déjà un bel appartement à Paris, une bonne situation, une femme magnifique et deux beaux enfants. Une fille et un garçon – le choix du roi. Et puis une famille par alliance qui lui avait offert la tendresse dont il avait toujours rêvé. Il ferma les yeux et savoura le simple bonheur d'être là, bercé entre deux arbres, sans le stress de la vie professionnelle qui le lâchait rarement. Depuis leur mariage si heureux célébré en ces lieux où il se sentait chez lui, la Provence, son pastis, ses pins parasols avaient eu le don de l'apaiser. Et ce dès qu'il passait le panonceau de pierre sur lequel, il y a des décennies, Jeanne avait gravé ce nom. La Garrigue.

L'air était doux, le mistral absent. Raphaël avait balayé des yeux toute la longueur de la maison et remarqué de la lumière dans la chambre de Jeanne. Des rais discrets passaient sous les volets bruns qu'elle avait dû tirer – à moins que ce ne soit l'une de ses filles. Il était descendu du hamac, maladroitement, et s'était approché à pas de loup de la bâtisse bordée de pierre brute.

— Jeanne, vous allez bien ? avait-il appelé en penchant la tête vers la chambre de sa belle-mère, sans oser y jeter un œil.

Peut-être était-elle dévêtue, ou occupée à Dieu sait quoi… Ne percevant rien, ni pas, ni draps froissés, ni livre qu'on feuillette, ni sanglots étouffés, il avait répété, plus fort cette fois :

— Jeanne ? Vous n'avez besoin de rien ? C'est moi, Raphaël.

Il n'avait jamais avoué sa tendresse à cette femme, devenue presque sa mère – lui dont la sienne se souciait si peu. Il n'était pas du genre à se livrer, Mathilde lui en faisait suffisamment le reproche. Cependant, Raphaël commençait à franchement s'inquiéter et, face à ce silence, son cœur s'était emballé de façon inexplicable.

— Jeanne ! Je peux entrer ?

Soudain, pris d'un mauvais pressentiment, il avait agrippé les volets bruns et mis quelques secondes à comprendre la scène qu'il avait devant les yeux. Jeanne gisait au sol, sa chemise de nuit partiellement relevée, un côté de sa tête ensanglanté. La lampe de chevet qui était tombée, elle aussi, continuait de veiller, son ampoule brillant sereinement sous le petit abat-jour froncé.

Mathilde

— Hello, la compagnie !

Enfin, il est arrivé ! pense Mathilde, en même temps qu'elle se dit « mon Dieu, les ennuis commencent ». C'est toujours pareil, avec Raphaël. Il l'équilibre, la soutient, est devenu son oxygène depuis tant d'années, mais à la fois il l'étouffe, l'épuise, la rend dingue. Raphaël déplace tout sur son passage. Quand il est là, impossible de ne pas le savoir. Il parle fort, rit à gorge déployée, n'a honte de rien et surtout pas de sortir des énormités. Mais voilà, si Mathilde a longtemps cru qu'il n'était qu'une béquille, un homme tombé au bon moment des égarements de sa vie, un sauveur plus qu'un grand amour, force est de constater qu'elle ne s'imagine pas sans lui. Il est devenu son père, son meilleur ami, l'épaule sur laquelle elle pleure, celui dont elle se plaint tout le temps mais qu'elle n'échangerait pour rien au monde.

Il débarque dans son gros 4 × 4 et Mathilde devine ce que se disent ses sœurs. Violette est certainement agacée par cette pollution inutile, comme si son beau-frère était responsable du bilan carbone de la planète entière, alors qu'à la maison ils trient leurs déchets – même qu'ils ont trois poubelles et ça prend une place folle dans la cuisine. Du coup, ils ont bien le droit d'être à l'aise en voiture et de ne pas ressembler à des clochards. Mathilde aimerait lui dire, à Violette, qu'elle entend tout ce qui se chuchote dans sa tête, parce qu'après avoir partagé sa chambre et ses secrets toute son enfance, elle la connaît mieux que personne. Elle voit bien toutes les circonvolutions de son cerveau, ses doutes, ses paradoxes, et ses jugements sans appel contre ceux qui ne pensent pas comme elle.

Mais Mathilde sait qu'au fond Violette adore Raphaël. Louise aussi le trouve amusant, c'est certain. Elle est heureuse quand il est là. Enfin, surtout avant, parce qu'il distrayait papa. Le soir, il était celui qui partageait la petite prune sous les étoiles filantes du mois d'août, permettant ainsi aux autres d'aller se coucher. Il faisait le jardin avec Yves, le barbecue, quelques travaux, bref toutes ces petites tâches que les hommes de la génération précédente pensaient être leur responsabilité. Quel va être le rôle de Raphaël, aujourd'hui ? Est-ce qu'il va trouver sa place dans la famille, à présent ? Idéalement, il faudrait qu'il s'entende avec ce Jérôme. S'il est amené à rester, évidemment, ce dont Mathilde doute. Mais elle se dit aussi qu'après tout elle-même n'aurait pas parié cher sur Raphaël et elle lorsqu'ils se sont rencontrés. Et puis voilà.

Mathilde le regarde avancer vers la maison, chargé de sacs de voyage et de cadeaux pour tout le monde. Il a de beaux cheveux bouclés, très drus, qui encadrent son visage perpétuellement souriant. Les années n'ont pas attaqué cette partie de son physique.

En revanche, son ventre tend sa chemise, malgré tous ses efforts pour perdre du poids – souvent au dernier moment, avant l'été. Ici, il s'en fiche un peu, il est en famille, et ne bombe pas le torse comme certains. Violette et Louise sont pour Raphaël des êtres asexués, comme ses propres sœurs. Elles l'énervent et il les aime tout autant que s'il avait été élevé en leur compagnie. Violette, surtout, qu'ils voient souvent, parce qu'ils habitent dans la même ville et qu'ils ont été très présents lors de sa séparation d'avec Michel.

— Oh, les filles ! Personne ne vient m'embrasser ?

Il a chaud, il vient de faire sept cents kilomètres en écoutant RMC, mais il sourit, il apporte sa bonne humeur sans arrière-pensée et Mathilde sent son cœur fondre. D'autant que, depuis ce matin, elle se sent fragilisée par son entrevue avec Yves, puis par l'arrivée de Laurent. Elle prend plus que jamais conscience de l'importance de son mari dans sa vie. Alors elle se précipite vers lui et s'agrippe à son cou.

— Waouh, quel accueil ! Il y a un problème ?

— Aucun. Enfin, aucun… Non, ça me fait plaisir que tu arrives enfin.

— Et moi donc ! Si tu savais le nombre d'emmerdeurs que j'ai croisés sur l'autoroute ! Ça, le chassé-croisé, on ne m'y reprendra plus.

— Tu dis ça chaque année.

Violette a noué un paréo autour de sa taille. Elle sort de la piscine, ses cheveux sont trempés.

— Salut, ma belle-sœur. Ah, tu as déjà un coup de soleil ?

— Salaud.

— Eh bien, c'est aimable.

— Papa, papa !

Pia court vers son père, dégoulinante, sautillant d'un pied sur l'autre tant le sol est brûlant. Puis elle s'écrase littéralement contre sa chemise et son pantalon déjà fatigués par le voyage.

— Attention, poupée ! Tu me mouilles.

Raphaël pose au sol tout son barda, et suit Violette qui le guide vers Jérôme comme si elle présentait son fiancé à son père. Il y a sans doute un peu de cela.

— Jérôme, je te présente Raphaël. Le mari de Mathilde. Mon beauf, quoi.

— Ah, le fameux beauf ! Enchanté.

Jérôme se lève. Il arrive à peine aux épaules de Raphaël, qui est très grand. Tout pâlot, en maillot de bain, il accuse le coup face à ce colosse si bien intégré, mais donne le change comme il peut. Raphaël comprend instantanément que ce petit homme dégarni est également le propriétaire de l'abominable voiture entrevue sur le parking. Il est soulagé de ne pas avoir fait de remarques. Il s'en est fallu de peu, c'est le roi de la gaffe. Pourtant, il a un bon feeling, comme on dit dans son métier, face à ce nouvel arrivant dans la tribu. Jérôme a l'air franc et chaleureux. Et puis, il ne lui volera pas la vedette, ce qui n'est pas négligeable.

— Salut, tonton ! s'exclame Clarisse, qui barbotte depuis si longtemps que la peau de ses doigts de pied est fripée. Regarde, je sais faire le poirier !

— Attends, je dis bonjour.

— Mais regarde-moi. Allez, cinq minutes. Approche, attends, je le fais en roulade avant.

De bonne grâce, Raphaël s'approche du bord pour congratuler sa nièce préférée. À peine a-t-il eu le temps de faire un pas que deux paumes fermes se posent sur son dos trempé de sueur, et l'envoient directement au fond de l'eau. Violette éclate de rire la première, suivie de Mathilde, Clarisse, puis Jérôme. Seule Pia, un peu vexée pour son papa, ne sait pas sur quel pied danser. Lorsqu'il ressort de l'eau en menaçant tout le monde de représailles, puis qu'il jette en hurlant de rire ses chaussures sur sa tante, Pia comprend qu'elle peut elle aussi se laisser gagner par la bonne humeur générale. Violette en profite pour pousser à son tour sa sœur aînée dans l'eau. Mais Mathilde ne se laisse pas faire. Elle se cabre, tente de se rattraper à Violette, se griffe les pieds sur le bord du bassin, et finit par chuter lamentablement dans l'eau, vêtue de sa chemise de soie et de son jupon. Raphaël éclate de rire, comme le reste de la famille. Pourtant, lorsqu'elle ressort la tête de l'eau, Mathilde a sa tête des mauvais jours. Elle fronce les sourcils et se tourne vers son mari.

— Tu trouves ça drôle ? Vraiment ? Va me chercher une serviette !

— Enfin, chérie, il fait super chaud, on s'en fiche, non ? Regarde mes pompes !

— Aide-moi, je te dis ! hurle-t-elle sans écouter, les larmes aux yeux.

Violette, Jérôme, Clarisse et Pia cessent aussitôt de gesticuler et de sourire. Personne n'ose plus faire un geste. Tout le monde est sonné par la réaction de Mathilde. Raphaël attrape le premier bout de tissu venu, se place au bord de l'eau, de l'autre côté du bassin, puis s'accroupit, les bras écartés, comme il le ferait pour accueillir un petit enfant qui sort de la baignoire. Il contemple sa femme avec douceur, pas du tout fâché par le ton qu'elle vient d'employer. Mathilde pousse sur ses bras, les autres ne voient que son dos. Raphaël l'enveloppe délicatement dans la serviette et a à peine le temps de déposer un baiser dans son cou qu'elle se hâte de rejoindre sa chambre, à la manière des victimes de catastrophe qu'on voit à la télévision, cramponnées à leurs couvertures de survie.

— Elle est chiante, quand même ! murmure Violette, ne sachant quoi dire pour détendre l'atmosphère.

Raphaël suit sa femme, l'air désolé. Au loin, résonne la voix exaspérée de Louise :

— Oh, vous pouvez venir nous aider ? Le dîner ne va pas se faire tout seul !

*

— Tu ne leur as rien dit ?

Mathilde pleure en silence dans la salle de bains, en même temps qu'elle s'essuie avec une énergie incongrue. Elle s'efforce de sécher sa chemise avec la serviette plutôt que de la retirer. Raphaël s'approche d'elle, lui prend l'objet des mains et le pose délicatement sur le rebord du lavabo. Il soulève de l'index le menton de sa femme et scrute ses yeux rougis, tandis que les sanglots tambourinent au fond de sa gorge.

— Chérie ? reprend-il plus doucement encore. Tu n'as toujours pas réussi à leur parler, c'est ça ?

— Non, parvient-elle à articuler en se jetant dans les bras de Raphaël.

Il aurait voulu profiter du moment pour se fâcher un peu, lui demander combien de temps elle compte attendre. Ça fait des mois qu'il garde le secret. Lui non plus n'en peut plus, c'est trop lourd. Il aurait aimé pouvoir discuter de tout cela avec Violette, au moins. Lui demander de l'accompagner, partager avec elle son angoisse, sa peur de perdre la femme qu'il aime. Il préfère laisser passer la vague de larmes. Depuis presque quinze ans qu'il connaît Mathilde, il pourrait compter sur les doigts d'une seule main le nombre de fois où elle a craqué comme ça. Il sait qu'elle est capable de se retenir pendant des mois. Alors, quand ça déborde, c'est sans mesure, sans barrages. S'il ne la laissait pas déverser ce trop-plein, elle se noierait, forcément.

Dehors retentissent des cris, des bruits d'assiettes, de portes qui claquent et les pas des enfants qui courent un peu partout. Raphaël pense que le temps presse, que s'ils laissent trop longtemps Paul et Pia aux autres, elles risquent de se fâcher, ce qui ne fera qu'empirer les choses – surtout si sa femme continue de vouloir se taire. Mathilde a certainement pensé la même chose, parce qu'elle finit par s'écarter pour se moucher dans une feuille de l'horrible papier toilette brun qu'achète Jeanne. Puis, avec des gestes lents, elle ouvre son chemisier, le retire et soupire lorsqu'elle baisse les yeux sur ses seins asymétriques. Oh, ils ne le sont pas tant que ça – avec la poitrine de Violette, ce serait vraiment visible et elle serait obligée de rembourrer le bonnet droit, devenu complètement vide. Mais avec son corps de danseuse, on voit à peine la différence. C'est toujours ce que lui répond Raphaël lorsqu'elle l'interroge. Elle prend une profonde inspiration pour contenir le grelot des sanglots qui pointe. Elle est courageuse, elle serre les dents. Et puis, pour la première fois depuis sept mois, depuis l'opération, elle passe ses deux bras dans son dos, dégrafe son soutien-gorge et fait glisser les bretelles le long de ses bras fermes et blancs – elle ne s'est pas mise au soleil depuis si longtemps. Enfin, elle laisse tomber au sol le petit bout de tissu blanc et plante ses yeux dans ceux de son mari. Raphaël est surpris, il ne s'y attendait pas. Des semaines qu'il la supplie, sur tous les tons. Gaiement, fermement, plaintivement. « Montre-moi, je suis habitué aux cicatrices, j'ai fait du rugby. J'ai même assisté à tes accouchements alors je ne vois pas ce qui pourrait m'arriver de plus effrayant ! » Malgré cela, il n'ose pas regarder. Il a peur de sa réaction. Il a peur de faire de la peine à sa femme, qu'elle pense le dégoûter. Et il a peur de l'être réellement, même si ça lui paraît improbable.

— Voilà, lâche-t-elle, d'un ton dur et triste à la fois.

Mathilde, toujours si confiante, souvent hautaine, même avec lui, même dans l'intimité, se met soudain à nu. Elle est sans défense. Alors Raphaël baisse les yeux et examine la cicatrice. Ils ont retiré tout le sein, même le mamelon. Il le savait. Il s'était renseigné sur Internet, discrètement, la nuit qui avait précédé l'opération. Heureusement. Sans cela, il aurait peut-être eu du mal à maîtriser un léger frisson, comme lorsqu'il avait étudié les images trouvées sur Internet. Il était habitué. La lettre de l'hôpital n'est pas alarmante, il l'a lue sans le lui dire, avant de refermer l'enveloppe avec précaution. Et puis, l'oncologue s'était montré rassurant. Pour lui, le pire est derrière eux. Raphaël trouve cette cicatrice belle et émouvante. Comme tout ce qui appartient à sa femme, tout ce qui vient d'elle. Elle est vivante. Et la peau froncée autour des points le bouleverse.

— Je te trouve plus belle encore. Tu es mon amazone, murmure-t-il.

Cette fois-ci, les larmes roulent sans bruit sur les joues de Mathilde. Elle a envie de faire l'amour avec lui, là, tout de suite. De se blottir contre son ventre, de le sentir si vivant et solide qui épouse son corps blessé. Hélas, derrière Raphaël, elle remarque que la porte qui donne sur le jardin est ouverte, et aperçoit Louise, muette de stupéfaction, qui se tient dans l'embrasure.

Paris, neuf mois plus tôt

Ça faisait un an pile. Depuis qu'elle avait eu quarante ans, Mathilde calculait sans cesse, elle savait qu'elle ne pouvait pas y déroger. En décembre, juste avant Noël, elle allait faire une mammographie. Elle avait eu très peur, les jours qui précédaient. Mais le soulagement qu'elle ressentait en sortant du laboratoire, cette sensation de pouvoir vivre à nouveau, d'avoir tout le champ des possibles qui s'ouvrait à elle, un an sans angoisse, était tellement libératrice que ça valait le coup. Depuis qu'elle était devenue mère, elle pensait le devoir au moins à ses enfants. Et à Raphaël. Rester en bonne santé le plus longtemps possible. Pour pouvoir les accompagner dans la vie, rester avec eux lorsqu'ils seraient adolescents. Elle ne voulait pas qu'ils grandissent seuls, sans une mère au quotidien – contrairement à elle, qui l'avait choisi, malgré les supplications muettes de Jeanne, les larmes de Violette et le danger que cette petite Louise occupe toute la place dans la maison. Alors, la peur au ventre, elle avait pris rendez-vous d'une voix tremblante.

— C'est pour une mammographie. Le 22 décembre ? Oui, c'est parfait.

Il neigeait ce jour-là. Il ne pouvait y avoir de mauvaise nouvelle un tel jour, alors que les décorations de Noël scintillaient sur le ciel noir et que le métro regorgeait de parents chargés de cadeaux. Non, bien sûr. Et cette certitude la rassurait.

Dans la salle d'attente, elle aperçut deux autres femmes, plus âgées qu'elle. Mathilde se demanda si elles venaient pour la même raison. Si elles étaient malades, l'avaient été, ou si elles n'avaient qu'une simple fracture – le centre faisait aussi des radiographies.

— Madame Carpentier ?

Elle avait gardé son nom de jeune fille, au grand désarroi de Raphaël. Mais elle aimait son nom. C'était celui de ses parents, de ses sœurs, il les liait à jamais. Pour l'état civil, elle était Mme Chambrette mais, pour elle-même, elle restait Mathilde Carpentier.

On la fit installer dans une petite pièce, un sas comme dans les piscines municipales, avec un petit banc qui bloquait les portes, et une patère sur laquelle suspendre ses affaires. Elle garda le bas, retira son manteau, son pull, son chemisier, son soutien-gorge. Puis pénétra dans la grande pièce glaciale où trônait le gros appareil. Elle attendit un long moment et était en train de calculer depuis combien de temps quand une jeune femme en blouse blanche entra, souriante, bien sûr – ce n'était pas ses seins à elle qu'on allait écraser entre deux plaques de plastique transparent. Mathilde se laissa néanmoins faire de bonne grâce, elle plaisanta même, parce que ça aussi, ça éloignait la possibilité d'une mauvaise nouvelle. Agrippée aux poignées, coincée entre les dents de la machine, elle arrêta de respirer, un, deux, trois. Concentrée sur son écran, la jeune femme fit trois clichés par sein. Sous tous les angles. Puis Mathilde patienta dans la petite salle d'attente. Longtemps. Elle eut la vague impression que cette fois était différente de la précédente. Ensuite, un médecin au sourire contrit vint la chercher en annonçant qu'il allait faire une « petite échographie ». Pour vérifier. Vérifier quoi ? Nul éclat de rire pour la rassurer. Et il avait utilisé le mot « petite » – Mathilde savait que les docteurs aimaient euphémiser leurs actes lorsqu'ils étaient sérieux. Son cœur s'était emballé. Elle retourna, torse nu, dans une nouvelle pièce plus sombre. Elle s'allongea, et le docteur, assez beau, versa du gel froid sur ses seins minuscules. Il fronça les sourcils, ne dit rien. Elle non plus. Elle n'avait plus envie de plaisanter. Juste envie de s'enfuir en courant, de se blottir sur son canapé avec Raphaël et ses petits, de hurler qu'on la laisse tranquille, qu'elle reprendrait rendez-vous plus tard dans l'année, qu'ils ne se dérangent pas pour elle, qu'ils avaient bien assez à faire avec de vraies malades. Mais le médecin déclara qu'il n'aimait pas une tache sur son sein gauche. Il demanda quel était son praticien, si elle avait prévu de partir en vacances, dit qu'il vaudrait mieux dans tous les cas vérifier tout cela rapidement, ne serait-ce que pour être rassurés.

La tête de Mathilde se mit à tourner. Elle n'entendait plus vraiment le médecin. Elle ne répondit que par de petits « oui », ou « non ». Par chance, après moult hésitations, Raphaël et elle avaient décidé de ne pas partir pour Noël. Trop de travail. Pourtant, ils auraient aimé aller au soleil après le réveillon, d'autant que c'était la première fois qu'ils ne passeraient pas les fêtes à La Garrigue. D'un commun accord, les trois sœurs avaient estimé qu'il valait mieux fêter le 24 décembre chez Mathilde et Raphaël, à Paris. Jeanne se sentirait mieux, choyée, dans leur grand appartement chaleureux plutôt qu'à La Garrigue pour ces premières fêtes sans Yves. Seule Clarisse avait trouvé « nul » et « vraiment bizarre » d'accueillir le père Noël à Paris.

— Oui, à partir du 26, je serai disponible pour de nouveaux examens, parvint-elle à articuler.

Elle nota plusieurs rendez-vous dans son agenda, récupéra la grosse enveloppe pleine de clichés que la jeune fille à l'accueil lui tendit, toujours souriante, comme si aucune bombe ne venait d'exploser. Pourtant, l'univers de Mathilde venait de voler en éclats. En quelques secondes. Et personne ne le savait. Personne à part elle, le docteur un peu beau et la secrétaire qui l'avait orientée vers les services à contacter pour la biopsie.

En sortant, elle fit quelques pas. Les flocons continuaient de tomber doucement du ciel plein d'étoiles. Elle s'avança de façon automatique, serrant contre son cœur la grosse enveloppe. Il était 18 h 30, elle allait rentrer directement à la maison après être passée chez le primeur – les enfants devaient manger des courgettes ce soir, on était mardi. Elle sortit de l'immeuble silencieux et huppé, et la rue l'absorba, avec ses réverbères aveuglants, ses bruits de klaxon, sa vie trop énergique et normale. Un bus passa, rempli de personnes en bonne santé, malgré leurs mines tristes et lasses. Et puis un passant la bouscula sans s'excuser. Et Mathilde éclata en sanglots. Elle finit par appeler Raphaël, auquel elle eut beaucoup de mal à indiquer le lieu où elle se trouvait. Elle était perdue. Il ne posa aucune question. Juste « où es-tu ? J'arrive ».

Et il était arrivé.

Louise

Elle a sauté dans la Citroën sans savoir où aller. Parce que, après ce qui vient de se passer, elle ne supporte plus de jouer l'éternel jeu de dupes familial. Et puis, sans s'en rendre compte, elle arrive au château. Devant la grille, elle coupe le contact et enfonce ses mains dans les poches de son vieux short trop large. Mathilde dirait qu'elle n'est pas assez coquette, qu'elle porte les mêmes vêtements depuis l'adolescence, qu'à son âge elle devrait accorder un peu plus d'importance à son apparence. Louise s'en fiche, qu'elle aille au diable avec ses remarques futiles. Que partagent-elles, finalement, puisqu'elle n'a pas jugé utile de l'informer de sa maladie ? De l'opération, et sûrement des traitements ? Depuis combien de temps cela dure-t-il ? Jeanne est-elle au courant ? Et Violette ? Qu'est-ce que ça signifie d'être sœurs, si ce n'est pas pour confier ses malheurs, demander de l'aide, reconnaître ses souffrances, sa peur ? Louise est hors d'elle. Elle a envie de hurler. Alors, dans le huis clos de sa vieille bagnole, elle crie à s'en briser la voix. Ça lui fait du bien. Elle tape sur le volant et elle gueule. Sur ces mensonges, ces secrets, ces petits arrangements avec la réalité. Sur ces repas de famille, ces coups de fil censément complices, ces anniversaires, ces vacances où tout le monde vient avec son masque, son beau sourire, ses petites conversations légères avant de repartir vers la réalité d'une existence que les autres ne connaîtront sans doute jamais. Finalement, chacune est dans son petit monde et avance en parallèle, sans jamais vraiment croiser les autres. Quelqu'un tape à la vitre. C'est Lisa. Elle est chargée de paniers remplis de fruits, de fleurs, de légumes, qu'elle manque de faire tomber en se penchant vers la voiture. Louise espère qu'elle ne l'a pas entendue. Elle reprend son souffle et tente de sourire.

— Bonjour ! Qu'est-ce que vous faites là ? Ma belle-mère n'est pas encore rentrée, vous savez ?

— Je… Oui, bien sûr.

Louise sent la honte la submerger. Elle a complètement oublié de rappeler l'hôpital pour prendre des nouvelles. Et elle n'a pas envoyé de message à Guillaume non plus.

— Je venais… Enfin, je passais par là…

Elle ne sait pas comment justifier sa présence, mais Lisa semble percevoir son besoin de bavarder, d'être loin des siens, de se retrouver parmi ces étrangers qui lui font du bien. Elle monte dans la Citroën sans rien demander. Aujourd'hui, elle porte un short en jean très court qui découvre ses cuisses bronzées.

— Allez, venez. Vous tombez bien, j'allais me préparer du thé.

Les cailloux crissent sous les pneus de la voiture. Dans la grande cuisine où s'active une domestique, Lisa la prie de s'asseoir. Sur une chaise bébé, un enfant d'environ deux ans trempe sa cuillère dans une compote, qu'il étale consciencieusement sur la table, ses joues, avant de projeter le reste en l'air en agitant les bras. Louise ne peut s'empêcher de sourire. Au même moment, une petite fille habillée en fée débarque en réclamant sa maman, et s'étonne de la présence de cette inconnue.

— Prune, dis bonjour à Louise. C'est l'infirmière de mamie.

Toute bien élevée qu'elle est, Prune ne semble guère enchantée de faire des efforts de politesse au beau milieu de ses vacances. Louise lui fait un geste rassurant et la fillette s'assoit, plonge la main dans un grand bocal à biscuits maison.

— Tu en veux ? demande-t-elle à Louise.

— Avec plaisir.

Depuis toujours, Louise soigne ses chagrins avec beaucoup de sucre. Elle se fiche pas mal que ce soit mauvais pour la santé, que ça lui fasse des grosses fesses ou que ce ne soit pas féminin. Guillaume entre dans la cuisine à son tour. Il est lui aussi surpris de la voir. Forcément.

— Il est arrivé quelque chose à maman ?

— Non, ne vous inquiétez pas. Je…

— Louise vient prendre le thé avec moi. Tu nous le prépares ? l'interrompt Lisa, tout en continuant de ranger ses provisions dans des corbeilles et de grands saladiers.

— Laissez, je vais le faire, intervient la cuisinière, les mains pleines de chair à saucisse, destinée à farcir de grosses tomates bien rouges, de belles courgettes rondes et des poivrons multicolores.

— Mais non, Jany. Guillaume peut tout à fait mettre de l'eau à chauffer, hein chéri ?

— Oui… bien sûr. Où est… ?

Sans même le regarder, Lisa tend la bouilloire à son mari et adresse un sourire complice à son invitée.

— Je te laisse les enfants ? reprend-elle. Louise et moi on va s'installer dans le jardin, sous le parasol.

Et sans lui laisser le temps de répondre, elle prend Louise par la main et l'entraîne dehors, dans le calme rassurant de cette propriété admirablement tenue. Si Mathilde et Raphaël voyaient ça, se dit Louise, ils ne se gêneraient pas pour faire la comparaison avec La Garrigue, c'est certain.

— Vous voulez piquer une tête dans la piscine ? Ça vous fera du bien.

— Non merci. Je n'ai pas de maillot de bain, répond *Louise*, prise au dépourvu.

— Je peux vous en prêter un, j'en ai plein. Regardez dans la pool house.

— Non, vraiment…

— Mais vous allez mourir de chaud avec votre tee-shirt à manches longues. Allez, vous n'êtes pas en service. Ça me fait plaisir. En plus, avec nos problèmes, on a fait fuir nos amis. Du coup, on est entre nous.

Louise hésite. Lisa a raison, un bain lui fera sûrement du bien. Depuis ce matin, elle court, conduit, s'énerve, et elle n'a même pas eu le temps de prendre une douche. Elle se sent ensuquée, perdue. Et puis la piscine est immense, si belle et plus limpide que dans un palace. Alors elle accepte timidement et entre dans la cabane que Lisa appelle la « pool house » – décidément, les bourgeois adorent donner des noms anglais à tout et n'importe quoi… Derrière elle, Lisa se faufile pour ouvrir un petit placard et montrer à Louise ses maillots.

— Choisissez ! Je suis sûre qu'il y en aura un qui vous ira, dit-elle en s'éclipsant poliment.

Louise croise son reflet dans le miroir. Elle a toujours cet air juvénile qu'accentuent ses taches de rousseur, sa frange et ses joues rebondies, exemptes de rides, malgré ses trente-trois ans – privilège des rondes. Cependant, elle remarque dans son regard quelque chose de nouveau qu'elle n'aime pas. Un désenchantement ? Une gaieté envolée peut-être. Pourquoi faut-il que tout aille de travers depuis l'année dernière ? Elle file sous la douche, observe son corps, sur lequel l'eau glisse, contemple ses cuisses épaisses, tourne la tête vers ses fesses qu'elle a toujours jugées trop bombées, trop voyantes. Et puis elle examine sa poitrine, trop petite par rapport à l'ensemble. Aussitôt, elle revoit la cicatrice de Mathilde. Ce sein minuscule devenu orphelin. Louise en a vu beaucoup, des cicatrices de mastectomie. Ça ne la choque pas. Mais elle a très vite compris – peut-être plus rapidement qu'un novice – toutes les épreuves que son aînée a dû traverser. Sans elle.

Louise choisit un maillot de bain une pièce flambant neuf, rose pétard, le plus grand de ceux proposés par Lisa. Elle a l'impression que ça déborde de partout mais lorsqu'elle se regarde dans le miroir en pied, elle est étonnée par le reflet que celui-ci lui renvoie. Elle noue néanmoins une serviette d'un blanc immaculée autour de sa taille puis sort timidement avant de foncer vers la chaise longue vacante à côté de celle de Lisa, dont la peau est parfaitement hâlée, épilée, hydratée. Des gouttelettes perlent à la surface de son épiderme, qui s'évaporent à vue d'œil tant il fait chaud et sec. Elle a coiffé ses cheveux mouillés en arrière. Ses yeux semblent clos derrière ses immenses lunettes noires. Elle a la courtoisie de la laisser prendre place sans l'observer. A-t-elle senti son malaise ? Cette femme paraît si intuitive, contrairement à sa première impression. Elle avait pensé que Lisa n'était qu'une bourgeoise de plus, une égoïste importunée par la présence de sa belle-mère, une épouse fatiguée des lâchetés et défauts d'un mari qu'elle connaît trop, des cris des enfants qu'elle a tant voulus mais qui maintenant l'exaspèrent. Décidément, Lisa est pleine de surprises, et Louise s'en veut pour ce premier jugement hâtif. Louise laisse le silence s'installer entre elles, rythmé par le chant des cigales. Elle repense à son professeur de cheval, qui aimait tant leur parler de la région. Durant leurs promenades, il avait raconté que, chez les cigales, seuls les mâles chantent, parce que les femelles sont muettes, et qu'elles vivent sous terre pendant plusieurs années pour ne s'épanouir au soleil que quelques semaines avant de mourir, à la fin de l'été. « Par ici, personne n'a jamais entendu une cigale l'hiver », avait-il conclu. Louise s'était sentie très coupable. Comme si leur départ à tous à la fin des vacances signait fatalement l'arrêt de mort de ces milliers d'insectes dont le chant était la bande originale de ses étés.

— Merci, murmure Louise en fixant au loin le filet de badminton autour duquel s'affaire un jardinier.

— Ça fait du bien, pas vrai ? Merci à vous aussi, j'avais bien besoin d'une copine avec qui lézarder autour de la piscine.

— Vous avez des frères et sœurs ?

— Non, malheureusement. Mes parents n'ont pas jugé utile de me donner cette chance. Ils m'adoraient, on faisait tout ensemble. Tous les trois. Mais aujourd'hui, ça me manque. Surtout en vacances. Ils seraient là.

— Peut-être que ça ne serait pas si bien.

— Vous vous êtes disputées ? Déjà ? plaisante Lisa, qui cherche à détendre l'atmosphère.

— Ma sœur aînée m'a menti. La deuxième fait semblant d'être amoureuse. Ma mère est complètement perchée. Et mon père est parti du jour au lendemain sans se retourner. À quelques kilomètres de nous, en plus. Ce n'est pas comme s'il avait mis le cap sur l'Amérique du Sud. Et au milieu de tout ça, il y a moi. Dont tout le monde se contrefiche. J'ai l'impression qu'on se ment toutes depuis toujours, que nos rapports sont faux. Ce n'est pas ça, une famille, n'est-ce pas ?

— Probablement que si. Guillaume et ses frères ne se voient plus depuis longtemps.

— Rose raconte que c'est à cause des femmes.

— Rose est très misogyne. La vieille école, quoi. Et puis, vous avez déjà vu une mère dire du mal de ses fils ? Ah, je vous jure, ce n'est pas facile. Voilà quelque chose auquel vous échapperez.

Louise tressaille.

— Oh, pardon. C'est idiot, ce que je dis. Vous pouvez tout à fait avoir une belle-mère. Et même très chiante. Je vous le souhaite. Enfin, vous voyez ce que je veux dire. Je suis vraiment…

— Ne vous inquiétez pas. Et puis, je n'en suis pas là.

— Et pourquoi pas ? Vous dites que votre sœur vous a menti, mais vous ? Je ne veux pas me mêler de ce qui ne me regarde pas. Mais pourquoi ne pas en profiter pour vous confier vous aussi ? Qu'est-ce que vous risquez ?

— Qu'elles me regardent différemment. Qu'elles soient gênées, comme vous. Que chaque fois qu'une femme un peu séduisante passe devant moi, elles imaginent que je la désire, voire que je vais lui sauter dessus. Vous n'imaginez pas les clichés sur l'homosexualité. Et pour les femmes, c'est pire encore. Comme pour tout, vous me direz. Mais on s'est tues pendant des années, parce qu'on est faites comme ça, ou parce qu'on nous a conditionnées, je ne sais pas.

— Il ne tient qu'à vous de changer cela. Et puis, c'est votre famille. Moi, si j'avais une sœur, je lui confierais tout ce que je refuse de dire aux autres, même à Guillaume.

— Et vous n'avez pas de copines ?

— Très peu. Mon père était diplomate. On a pas mal bougé. Ça n'aide pas à ancrer des amitiés pour la vie. Surtout qu'avant il n'y avait pas Internet et tout le tintouin. Du coup, aujourd'hui, j'ai quelques amitiés assez superficielles avec des mamans de l'école, ou des filles de la gym. Mais c'est très peu. Je n'ai personne à appeler tous les jours si le cœur m'en dit, comme vous. Avec qui dire du mal de mes parents vieillissants, qui m'énervent, qui me bombardent de questions sur les enfants sans jamais proposer de les garder. À qui je puisse dire que je suis perdue. Que je ne sais même plus si j'aime encore mon mari. Qu'on n'a pas fait l'amour depuis un an, deux mois et quatorze jours, et que ça ne me manque pas. Que je ne sais pas si j'ai vraiment déjà joui un jour, parce que je n'ai connu qu'un homme dans ma vie, et que je n'ai aucun point de comparaison.

Louise s'efforce de masquer sa gêne. Parce que Lisa semble avoir un irrépressible besoin de se confier. Et que même si elle a l'habitude des confidences, elle ressent un trouble inhabituel. Est-ce parce que, pour une fois, elle n'est pas dans la posture de l'infirmière, mais de l'amie ? Qu'elle n'a pas sa trousse, ses horaires et un protocole auxquels se référer ?

— Je peux vous certifier que ce n'est pas à vos sœurs que vous parlerez de ça si vous en aviez, plaisante Louise.

— Ah oui ?

— Non, on ne parle pas de sexualité avec ses sœurs. En tout cas pas moi. Enfin, dans ma famille, personne ne parle de ça. Ou plutôt si, on en rigole beaucoup à table, de celle des autres, des cousins, des couples de Saint-Rémy, d'amis des parents… Jamais de la nôtre. J'en suis la preuve vivante. Mais ça ne me gêne pas que vous me parliez de la vôtre. D'autant que j'ai dû bien vous soûler avec mes questionnements. Vous n'étiez pas forcément d'accord.

Lisa sourit. Elle semble heureuse d'avoir trouvé une oreille bienveillante.

— Je ne sais pas si nous nous sommes vraiment plu, Guillaume et moi. On était si jeunes. Quand il m'a demandée en mariage, j'étais tellement flattée que quelqu'un s'intéresse vraiment à moi que je n'ai pas hésité. Et puis il était beau, bien élevé, il avait fait de bonnes études. Mes parents étaient ravis, moi aussi. J'allais enfin pouvoir couper le cordon. Finalement, c'était pour m'accrocher à un autre, c'est tout. J'ai l'impression d'être complètement anachronique, quand je lis tous ces magazines.

Elle désigne d'un geste une pile de journaux féminins où s'étalent en couverture des sujets tendance sur le couple, la psychologie, la sexualité, ce qu'il faut ou ne faut pas avoir fait à tel âge quand on est dans l'air du temps, ce qu'il faut porter, avoir vu, lu… Mathilde adore ça. Louise ne fait que les balayer du regard quand elle rend visite à des patients. Qu'on puisse perdre du temps à gober ces bêtises la dépasse. Quitte à ingurgiter des niaiseries sucrées, elle préfère relire les romans à l'eau de rose de la bibliothèque.

— Personne n'est vraiment comme ces journalistes le disent, croyez-moi. Elles peuvent bien avoir l'air indépendantes, épanouies, ces femmes ont toutes leurs failles, leurs doutes, leurs secrets.

— Et alors ? S'ils sont bien planqués et qu'elles n'éprouvent pas le besoin d'en parler, qu'est-ce que ça peut bien faire ? Moi, elles me font rêver.

Louise songe à Mathilde, qu'elle a tant admirée, et qui la fascine toujours aujourd'hui. Sa perfection, son maintien, sa force surhumaine dans ce corps si frêle. Peut-être que ce qui la fait tenir, c'est justement ce qu'elle renvoie, cette invincibilité sur laquelle ils s'appuient tous, et qui les arrange. Qu'est-ce qu'elle aurait dit si Mathilde lui avait confié sa peur ? Est-ce que leurs rapports en auraient été bouleversés ?

— Je dois y aller, déclare tout à coup Louise en se levant d'un bond. Merci, merci pour tout, Lisa. Donnez-moi des nouvelles de Rose quand vous en aurez. Non, tenez, prenez mon numéro. J'aimerais vous inviter à La Garrigue, Guillaume et vous. Vous présenter à ma famille, vous voulez bien ? Ou seulement vous, si vous préférez ?

— Oh oui, ce serait formidable !

— Parfait ! On… Je vois avec les autres. Vous verrez, c'est une vieille maison un peu tapée, mais on s'y sent bien.

— Ça, j'en suis sûre !

Louise est déjà en train d'enfiler ses vêtements froissés. Elle est pressée de rejoindre La Garrigue. Elle embrasse Lisa sur les deux joues, dérape peut-être sur son second baiser. Elle court déjà vers sa voiture, agite la main en direction de Jany, de Guillaume qui arrive avec son plateau de thé, mime un « désolée » avec ses paumes ouvertes, et continue vers le parking alors que le soleil rejoint la ligne d'horizon.

Elle a hâte, oui, vraiment hâte, de les retrouver tous.

Violette

— Maman ? Je dois te dire quelque chose.
— Oui, ma chérie ? Tiens, sors les belles assiettes.
— Celles de votre mariage ?
— Eh bien, oui.
— Justement…
— Quoi ?
— J'ai vu papa.

Au milieu de son agitation, Jeanne marque une minuscule pause, presque imperceptible. Mais Violette la voit. Pourtant, elle doit continuer. Elle n'a pas le temps de se concerter avec ses sœurs. Louise est passée Dieu sait où – elle semble n'accorder aucune importance à leurs retrouvailles familiales. Quant à Mathilde, elle est au courant, et Violette aimerait autant qu'elle ne soit pas la messagère de cette nouvelle. Elle est bien trop abrupte, elle ne prendrait pas de gants.

— Oui ? Alors, tant mieux. Je vous l'ai dit, je ne vais pas vous couper de votre père. Et puis, moi aussi, il faut que j'avance. Tu… l'as vu chez lui ?

— Oui.
— Françoise était là ?
— Non, maman. Je ne te ferais pas ça.

— Il faudra bien. S'il compte rester avec cette vieille bique, vous allez devoir l'accepter. Et moi aussi.

— Enfin, on a le temps. Écoute, il m'a parlé de quelque chose. Dont il veut te parler aussi.

— Ah, c'est nouveau. Monsieur veut me parler maintenant ? J'imagine qu'il veut divorcer ? Je le sais déjà, j'ai reçu la lettre de son avocat. Quarante-huit ans de mariage pour en arriver là. Se parler par l'intermédiaire d'inconnus, non mais tu te rends compte ?

— Oui, maman.

— Oh, pardon, ma chérie. J'oubliais. Mais tu sembles tellement heureuse aujourd'hui avec…

— Jérôme, maman. Je ne sais pas, écris-le sur ton bras. Ça devient gênant.

— Tu sais bien que je n'ai jamais eu la mémoire des prénoms !

— Visiblement, celui de Laurent, tu t'en souviens bien.

— Tu ne vas pas recommencer, Violette. Je suis désolée, je ne pensais pas qu'il viendrait si vite. Et puis, Jérôme – ah, tu vois ? –, il avait l'air très content de le rencontrer.

— Oui enfin, c'est une façon de voir les choses.

— Tu es bien compliquée. Et puis c'est de l'histoire ancienne, non ? Ça fait presque vingt ans, tu te rends compte ? Vous étiez des gamins.

Violette reçoit cette remarque comme une claque. Vingt ans. Non, elle n'a pas l'impression que ça fait si longtemps. Ni qu'ils étaient des gamins. Ni que les années changent quoi que ce soit au chagrin qu'elle a éprouvé alors, et à la passion que le jeune homme de l'époque avait su allumer en elle. Elle s'en est ouverte à Olivia, avec qui elle partage son atelier. De Laurent. De sa trahison. Du fait qu'elle ait ensuite choisi Michel – celui par qui rien de bon ne pouvait survenir, comme si elle n'était plus digne d'être aimée, et ne méritait plus ni attentions ni tendresse. En choisissant Michel, elle tenait à distance l'éventualité d'une déception, puisqu'il était si franc dans ses intentions, si présent, si clairement toxique. Alors non. Pour Jeanne, ces fadaises adolescentes sont peut-être loin derrière elle, mais pour Violette ce n'est pas le cas.

— Si tu veux, maman.

Jeanne prend cet air à la fois navré et exaspéré qu'elle adopte quand ses filles s'opposent à elle. Cet air de dire « oh mais qu'est-ce que j'ai fait encore ? » qui irrite tant Violette. Soudain, elle a envie de la brusquer elle aussi, de lui balancer en pleine figure ce passé que sa mère juge sans importance. Mais au moment où ses paroles sortent de sa bouche, elle s'en veut déjà de sa brutalité.

— Il veut vendre La Garrigue.

La Garrigue, trente-quatre ans plus tôt

C'était rare qu'ils ferment le café. D'habitude, c'était là qu'ils les voyaient. Fabienne et Alain. Ou lorsque Fabienne venait chercher Laurent à La Garrigue, en quatrième vitesse, prenant à peine le temps de sortir de sa voiture, de remercier d'un grand geste de la main, après avoir klaxonné trois fois – les sœurs adoraient ça. Et elles adoraient ce couple si gai. Fabienne avec ses bras qui gigotaient quand elle les saluait au loin. Les filles appelaient ça « la chauve-souris ». Yves et Jeanne en rigolaient tout en les grondant.

— Vous êtes rosses, les filles ! La pauvre n'a pas le temps de faire du sport.

Violette trouvait ça joli, cette chair qui se balançait quand Fabienne marchait, mangeait, ou pouffait. Alain, elles le voyaient seulement derrière son comptoir – un homme-tronc, comme ces types qui présentaient le journal télévisé. Il était très grand, souvent hirsute, et portait toujours des chemises à carreaux dont il retroussait les manches sur ses bras poilus. Il riait fort, tapait dans le dos des habitués, avait toujours un petit compliment pour chacun – pour les femmes, souvent, qui rougissaient quand il les servait.

Fabienne levait généralement les yeux au ciel ; ça semblait l'amuser. Mathilde était un peu amoureuse d'Alain. Même s'il était très vieux – peut-être un peu plus jeune que son père, mais vieux quand même. Il ressemblait à Jean-Paul Belmondo, qui faisait des cascades dans les films du mardi soir.

Aujourd'hui, ils venaient déjeuner. On était « hors saison », comme disaient les parents. Mathilde n'aimait pas cette expression un peu triste, qui signifiait que rien n'était ouvert, que le soleil était encore timide, que les cigales étaient toujours sous terre, qu'il n'y aurait ni vachettes, ni feu d'artifice, ni plongeons dans la piscine. Pourtant, ils avaient de la chance, un temps pareil pour les vacances de Pâques, c'était un miracle. Tout le monde était en tee-shirt. Heureusement que les Belfin étaient venus avec leur fils, le « petit Laurent », ainsi qu'on l'appelait chez les Carpentier. Violette l'aimait bien. Pour un garçon, il était calme et Mathilde ne le trouvait pas trop bête.

La table avait été dressée dehors, au milieu du jardin. Jeanne avait accroché une guirlande d'ampoules multicolores dans les arbres.

— C'est joli, ça donne un air de fête !

Les enfants eurent le droit de prendre l'apéritif avec les adultes, qui riaient beaucoup. Ils avaient déjà un peu trop bu, selon Mathilde. Elle détestait ces regards égrillards, ces blagues idiotes auxquelles ils rigolaient tous et trop, parce que leur haleine sentait l'anis. Elle plongea ses doigts dans les bols d'olives, de pistaches et sirota sa grenadine. Le petit Laurent la pressait, il voulait aller regarder *Zorro*. Les Carpentier avaient dégoté une télévision qui trônait dans le salon, près de la grande cheminée blanche, déjà recouverte de bibelots qui prenaient la poussière. Jeanne portait une robe bustier, achetée au marché l'été précédent. Elle n'était pas encore bronzée mais Mathilde n'aimait pas l'air que ça lui donnait. Elle avait l'air plus jeune, aguicheuse, presque.

— Alors, tu viens ? répéta le petit Laurent.

Mathilde craignait de laisser les adultes seuls. C'était idiot. Comme si une catastrophe risquait d'arriver si elle n'était pas là. Pourtant, elle céda devant l'insistance de Jeanne.

— Mais oui ! À la maison, vous nous suppliez tout le temps de regarder ce stupide écran. Allez-y, les chéris.

Les trois enfants allèrent s'asseoir sur le tapis à motifs mexicains du salon, qui boulochait et piquait les fesses, hypnotisés par l'homme masqué volant au secours de gens dont ils ne comprenaient pas vraiment les problèmes. Dehors, les rires devenaient plus bruyants. Mathilde eut l'impression qu'ils étaient devenus fous. Ça l'exaspérait. Comme s'ils gueulaient exprès pour l'énerver, ou se moquer d'elle.

Elle eut soudain envie d'aller leur dire de se tenir un peu – des adultes qui chahutaient, il n'y avait pas plus ridicule. Mais elle finit par s'endormir par terre, la tête calée sur un gros coussin en velours qui n'avait rien à voir avec le reste de la décoration. Décidément, ce salon ressemblait à une vraie roulotte.

Lorsqu'elle se réveilla, Laurent et Violette s'étaient endormis, et l'écran affichait un rond multicolore qui annonçait la fin des programmes. Il devait être très tard. Personne ne s'était soucié d'eux. Mathilde se leva péniblement, les yeux pleins de sommeil. Violette et Laurent ne s'étaient certainement pas lavé les dents, supposa Mathilde. Trop disciplinée pour céder à la même tentation, elle fit demi-tour malgré la fatigue et se dirigea vers la salle de bains. En passant devant la cuisine, elle entendit encore un rire – plus bas, cette fois-ci. Pas le même genre que tout à l'heure. Désireuse d'embrasser ses parents avant d'aller se coucher, Mathilde s'approcha sans bruit, descendit les trois marches qui menaient à la cuisine, et aperçut Jeanne, occupée à laver les casseroles en gloussant doucement.

— Arrête, non mais tu exagères !

Mathilde était toujours gênée dès qu'il s'agissait du rapprochement des corps auquel s'adonnaient les grandes personnes. Cela la dégoûtait. Quand il lui arrivait de voir ça à la télévision, elle éteignait tout de suite. Même lorsque ses parents s'embrassaient, elle trouvait chaque fois une excuse pour s'esquiver. Et c'est ce qu'elle fit. Elle se précipita vers la salle de bains.

Devant le miroir, alors qu'elle se brossait consciencieusement les dents, elle repensa à la scène qu'elle venait de voir. C'était impossible, bien sûr. Ça n'aurait aucun sens. Mais elle aurait juré que l'homme qui se tenait derrière Jeanne, et qui passait ses mains autour de sa taille, portait une chemise à carreaux.

Jeanne

— Vous plaisantez ?
— Selon tes sœurs, non.
— Il a vraiment dit ça ?
— Passe-moi la semoule. Oui, il a vraiment dit ça. À Violette. Et à moi.
— Et c'est maintenant que vous en parlez ?

Louise plante ses yeux dans ceux de Mathilde. Elle n'a pas eu l'occasion de la voir seule. Depuis, elle est obnubilée par ce sein manquant, dont elle essaye d'apercevoir l'absence à travers la robe fluide que sa sœur a revêtue pour le dîner. Tout le monde est rassemblé autour de la grande table, sous l'auvent. La guirlande aux ampoules multicolores, accrochée il y a bien longtemps, est allumée. Elle a beau avoir plus de trente ans, elle fonctionne toujours. Les enfants ont dîné. Paul dort et les filles regardent un film dans le salon. L'air est doux, l'ambiance est calme. Pourtant Louise sent que tout peut exploser, n'importe quand, mais qu'on pourrait aussi bien ne parler de rien. De volets, des courses du lendemain. Ou continuer d'interroger poliment Jérôme sur son métier, ou planifier une randonnée…

— *Vous, vous*… Disons que Violette a pris les devants. N'est-ce pas, Violette ? réplique Mathilde, visiblement vexée de ne pas avoir été associée à l'aveu fait à Jeanne.

— Oui, j'ai pris les devants. Mais comme tout le monde est à droite, à gauche, et que je ne voulais pas que maman l'apprenne entre deux portes, il m'a semblé…

— Oh, tu as sûrement bien fait. Tu fais toujours au mieux.

— Qu'est-ce que tu veux dire ?

— Rien. J'ai l'air de vouloir dire quelque chose ? Tu fais toujours au mieux, non ? Pas vrai, maman ? Qui avait les meilleures notes, à l'école ?

— Mais ce n'est pas vrai ! Vous n'allez pas recommencer, à la fin. Je vous signale qu'on parle de quelque chose de grave, là. Pas de vos éternels problèmes, ni de qui, moi ou votre père préférons…

— Mathilde ! s'écrient en chœur Louise et Violette, incapables de contenir un sourire complice, malgré la tournure que prend la conversation.

— Je peux vous demander les légumes ? demande timidement Jérôme à sa belle-mère.

— Bien sûr ! Vous aimez le couscous, j'espère. On en fait toujours pour les grands événements. Et votre arrivée dans la famille en est un.

— Moi, je n'ai pas eu de couscous, quand j'ai été présenté à la famille, fait remarquer Raphaël.

— Bien évidemment que si !

— Non, j'ai très bonne mémoire. J'ai eu des tomates farcies.

— Eh bien, c'est délicieux, les tomates farcies.

— Moui. Enfin, j'étais un petit événement, quoi…

— Tu as eu un grand mariage ! rétorque Louise.

— Et alors ?

— Ça vaut largement un couscous, non ? Tu ne te rends pas compte. Mathilde est la seule à s'être mariée ici, dans la maison de notre enfance, avec des centaines d'invités, et les albums photos et tous nos souvenirs seront à jamais liés à toi, à votre couple.

— Vous aussi, vous pourriez vous marier à La Garrigue.

— Ça n'aurait rien à voir, déclare Violette. Et puis, je n'ai aucune envie de me marier. Surtout en grande pompe.

— Ah bon ? lâche Jérôme, visiblement vexé.

— Comment ça, en « grande pompe » ? Mon mariage était plutôt simple, très champêtre, rétorque Mathilde. Hein, chéri ?

— Oui, enfin, on a quand même failli se séparer à cause de l'organisation. Les invitations, et ta tante Paulette qu'on ne pouvait pas inviter…

— Si on pouvait laisser mes sœurs en dehors de tout ça.

— Pardon, Jeanne.

— Je ne sais pas si vous avez bien compris, mais plus personne ne se mariera ici. En grande ou en petite pompe, les interrompt Louise, qui a, pour l'occasion, relevé son épaisse chevelure en une queue-de-cheval haute, ce qui lui donne l'air paradoxalement plus adulte, malgré le tee-shirt Leclerc qu'elle a enfilé pour le dîner.

Un ange passe. On n'entend plus que les couverts qui cognent contre les assiettes, et les bruits de mastication de Raphaël, qui continue de manger avec bon appétit. C'est finalement lui qui rompt le silence :

— Et vous ne pouvez pas lui racheter ses parts ?

— À qui ?

— Eh bien, à Yves. Si vous vendez, il n'aura que la moitié. Et encore. Vous n'aviez pas acquis la propriété grâce à l'héritage de vos parents ? C'est bien pour ça que vous vous êtes fâchée avec vos sœurs, non ?

Jeanne rougit. Elle n'aime pas qu'on parle de cet épisode. Elle en a honte. Et pourtant, elle a toujours soutenu qu'elle assumait totalement son choix.

Au décès subit de leurs parents, Jeanne et ses sœurs étaient allées chez le notaire. Selon la loi, il avait réparti de manière équitable les quelques francs qui restaient après le règlement des dettes, des ardoises et des frais d'obsèques. À l'enterrement, elles avaient toutes les trois beaucoup pleuré, serrées les unes contre les autres, orphelines à même pas quarante ans. Avant ça, Jeanne ne voyait que très peu ses parents, peu enclins à la vie de famille depuis le départ de leurs filles devenues grandes. D'ailleurs, Mathilde et Violette les connaissaient à peine, elles les avaient vaguement croisés un week-end où ceux-ci étaient venus visiter les châteaux de la Loire avec un groupe de retraités.

Les jours suivants, Jeanne et ses sœurs étaient descendues à Avignon pour vider l'appartement de location de ce couple taciturne parti ensemble et brusquement, et elles s'étaient réparti les quelques bricoles qui y traînaient. Parmi celles-ci, figurait un tableau qu'elles avaient toujours vu chez leurs parents. Comme ses sœurs le trouvaient hideux, Jeanne l'avait emporté avec les photos, les souvenirs de vacances et le linge de maison. Le tableau était longtemps resté dans un coin de l'entrée, car Yves avait refusé de l'accrocher. Même aux toilettes. Et puis un jour, le père d'une des amies de Mathilde, venu chercher sa fille, avait examiné la peinture. Comme il travaillait auprès d'un commissaire-priseur, il avait suggéré de la faire expertiser. Jeanne et Yves s'en étaient amusés et n'y avaient plus repensé. Puis, pour en avoir le cœur net, Jeanne s'était décidée à apporter l'horrible petit Arlequin au commissaire-priseur, qui l'avait mis aux enchères. Il était parti à 52 000 francs. Stupéfaits par cet argent qui leur tombait du ciel, Jeanne et Yves étaient allés fêter ça dans un restaurant gastronomique de la région. Pendant le dîner, ils avaient réfléchi : devaient-ils partager cette somme avec les sœurs de Jeanne ? Depuis l'enterrement, elle n'avait plus eu de nouvelles. La mort de leurs parents avait achevé de rompre les liens déjà distendus entre les trois sœurs. Plusieurs fois, Jeanne avait essayé de les réunir chez elle pour Noël ou des repas de famille. En vain. Chacune avait botté en touche, trop occupée par sa propre famille et ses occupations. Avant cela, elles se rencontraient chez leurs parents. Mais une fois ce trait d'union disparu, plus rien ne reliait ces trois filles, qui n'auraient jamais imaginé que la vie les séparerait comme ça. Pour rien. Juste par paresse de se voir.

Au moment où les 52 000 francs étaient apparus dans leur existence, Jeanne était vexée et un peu fâchée contre ses sœurs. Et c'est sans doute un sentiment de culpabilité qui l'avait empêchée de toucher à cette somme. Ils s'étaient contentés de s'offrir quelques petits luxes qu'ils n'avaient jamais connus. Comme ce week-end de printemps à Saint-Rémy, que Jeanne avait voulu faire découvrir à Yves et à ses filles, encore toutes petites.

Pour cette escapade ensoleillée de mai, ils avaient pioché dans « la cagnotte », comme ils appelaient entre eux les 52 000 francs, et réservé un bel hôtel avec piscine. Ils étaient tous partis avec la 504 à la découverte de l'enfance de Jeanne. Et ces jours avaient été enchanteurs. Peut-être les plus beaux de leur vie de famille, bien que Louise ne fût pas encore arrivée. Ils avaient sillonné cette région, si belle, dont Yves était instantanément tombé amoureux. Ils étaient restés des heures au soleil à lire et à écouter les bruits de la nature pendant que Mathilde sautait courageusement dans la piscine glacée avec sa bouée canard. Le village était si joli, si calme. Ses habitants charmants. Ils avaient sympathisé avec le couple qui avait repris le bistrot des Variétés ; ils avaient à peu près leur âge et venaient de Marseille. Ce sont eux qui les avaient informés qu'un vieux ranch était à vendre sur la route des Alpilles. Pas très cher, et qu'il faudrait retaper, pour sûr. Mais avec un immense terrain. Il s'agissait d'un ancien restaurant qui avait fermé récemment, faute de clientèle. Le propriétaire était en quête d'un repreneur. En cette saison, et dans un coin aussi paumé, il n'était pas près de trouver. Peut-être qu'ils auraient une chance de l'avoir à bas prix ? Jusque-là, les Carpentier n'avaient jamais envisagé pouvoir acquérir autre chose qu'une voiture – et encore, d'occasion. Pourtant, boostés par cet air de vacances, leur bonheur fou et l'enthousiasme de ces charmants inconnus qu'ils considéraient déjà presque comme des amis, ils avaient pris contact avec le vendeur. Qu'est-ce que ça leur coûtait, finalement ? Et puis, cela ferait une belle balade.

Ils avaient donc débarqué un après-midi sur ce terrain aride, presque hostile, où les attendait un homme bourru qui arborait une grosse moustache. Et lorsqu'elle avait vu la bâtisse longue et biscornue, de plain-pied, toute blanche, avec ses poutres brunes et son toit de tuiles, perdue dans une végétation sauvage dont les odeurs entêtantes la transportèrent au paradis, Jeanne avait su qu'elle ne partagerait pas la cagnotte.

— Tu as raison, Raphaël. Cet argent, c'était le mien. Et il m'a brouillé avec toute ma famille. Alors j'ai quand même le droit de faire ce que je veux de ma maison, non ?

— Eh bien, c'est un peu plus compliqué que ça, répond-il, très pragmatique, comme d'habitude, tandis que les trois sœurs ont l'impression qu'on parle du découpage de l'une d'entre elles. Vous avez fait l'apport, c'est vrai. Mais vous étiez mariés sous le régime de la communauté, j'imagine ?

— Oui, bien sûr.

— Ça ne se fait plus tellement, aujourd'hui, vous savez ?

— Mais parce que vous, les jeunes, vous vous séparez tous les quatre matins.

— Quatre matins ou pas, dans le cas qui nous occupe, ça aurait été plus simple de signer un contrat de mariage.

— Oui, maman. C'est vrai, intervient Mathilde d'un ton plus doux. J'ai bien peur que tu ne doives te contenter que de la moitié, quand bien même tu aurais acheté La Garrigue toute seule.

— C'est incroyable, quand même ! Alors que ce gougnafier est parti avec ma meilleure amie…

Louise éclate de rire.

— Enfin, maman, Françoise n'a jamais été ta meilleure amie. Tu l'as toujours détestée.

— Pas du tout. Et c'est la seule de ma classe qui soit restée ici.

— Et alors, qu'est-ce que ça peut faire ? Tu cherches à organiser un dîner « Copains d'avant » ?

— Alors, je dirais d'avant avant, commente Raphaël, ce qui ne fait rire personne.

— Mais surtout, les prix ne sont plus les mêmes aujourd'hui. Jamais maman ne pourra réunir la moitié du montant de la vente pour le donner à papa, reprend Mathilde.

— Si je comprends bien, on ne fait plus les travaux ? s'enquiert timidement Jérôme, vers lequel tous les regards convergent d'un coup.

— Non, on ne fait plus les travaux, déclare Jeanne en se levant.

Elle attrape le plat de semoule vide et se dirige, seule et silencieuse, vers la cuisine. Elle ne répond même pas au « Ça va, Granny ? » que lui adresse Clarisse, le nez dans son portable, avachie sur Pia qui dort à moitié dans le grand canapé.

— Qu'est-ce qu'elle va devenir ? murmure Violette d'une voix pleine d'inquiétude.

— Mais arrête de faire un drame de tout ! s'exclame Mathilde. Elle va obtenir une très belle somme en vendant cette maison. Ça lui permettra d'acheter un petit appart bien plus adapté à sa situation. Et puis, c'est un gouffre, cette baraque. La plomberie qui a des problèmes toutes les trois semaines, quand ça n'est pas la toiture, les charges. Et regarde ce jardin qui part à l'abandon. Et la piscine, j'ai limite peur d'attraper le tétanos quand je me râpe le pied au fond.

— Tu n'as vraiment pas de cœur ! Et nos souvenirs, et notre enfance ? Ça ne te fait rien, à toi ?

— Je ne suis pas attachée aux choses.

— Mais là, ce n'est pas une chose. Et je me demande bien à quoi tu es attachée.

— Eh bien, à mon mari, à mes enfants. À la vie !

— « À la vie », l'imite Violette en levant les yeux au ciel. Non mais écoute-toi. On dirait un dialogue de téléfilm. Et cette « baraque », comme tu dis, elle n'est pas un peu de ta vie justement ?

— Si, mais celle du passé. Il faut savoir tourner la page, tu sais ? Vivre dans le présent, regarder vers l'avenir, si on a cette chance.

— Qu'est-ce que tu veux dire ?

— Je ne sais pas, moi… Il y a des gens qui sont malades…

— Et alors ? Ce n'est pas ton cas.

— Si, justement.

— Comment ça ?

— J'ai un cancer.

Un silence épais s'abat sur la tablée. Jeanne, qui apporte le plateau de fromages, n'est pas sûre d'avoir bien entendu. Du salon, elle a perçu des éclats de voix, rien de très joyeux. Puis après avoir échangé quelques mots avec Clarisse, elle débarque sur la terrasse et découvre tous les visages ébahis.

— Quoi ?!

C'est Violette qui, la première, rompt le silence. Voyant que Raphaël a posé sa main sur celle de sa femme, elle comprend qu'elle a bien entendu.

— Oui, enfin c'est fini. Si tant est qu'on puisse dire un jour que ce soit vraiment terminé.

— Comment ça, c'est fini ?

— On m'a opérée. J'ai suivi un traitement. Une chimiothérapie. « Légère », comme on dit. Les médecins sont confiants. Il faut attendre cinq ans pour parler de rémission totale. Mais le pire est derrière moi.

— Non mais, tu te fous de moi ?! s'écrie Violette.

Elle est toute rouge. Pourtant, elle s'énerve rarement. Et jamais devant sa mère et ses sœurs. Elle râle un peu, elle intériorise beaucoup, mais elle ne crie pas. C'est sorti comme ça. Mathilde, Louise et Jeanne sont surprises. Jérôme ne sait plus où se mettre, ni s'il peut se servir de fromage. Il essaye de toucher l'avant-bras de Violette, comme le fait Raphaël avec Mathilde. C'est finalement Jeanne qui intervient :

— Violette ! La petite est à côté.

— Non mais, vous déconnez, là. Tu étais au courant, maman ?

— Oui, répond Jeanne en baissant les yeux.

— Quoi ? Tu étais au courant, maman ? répète Louise.

Violette tourne la tête vers sa petite sœur. Elle paraît vaguement soulagée en comprenant qu'elle non plus ne savait rien.

— Oui, maman était chez nous au moment de l'opération. Ça s'est passé à Noël. Enfin, le lendemain.

— Tu veux dire qu'on était tous chez vous alors que tu allais entrer à l'hôpital ? Et tu ne nous en as pas parlé ?

— Ce n'était peut-être pas le meilleur moment, tu ne crois pas ?

— Je ne sais pas. Quand est-ce que ça aurait été le bon moment ? Jamais, visiblement.

Louise fouille dans son sac et sort ses cigarettes ; elle en allume une sans demander si ça gêne quelqu'un. On n'en est plus là. Violette se jette sur le paquet et en prend également une. Jérôme la regarde avec curiosité, mais ne dit rien. Les deux sœurs aspirent bruyamment et soufflent des panaches de fumée qui se rejoignent au milieu de la table, avant de s'abîmer dans les ampoules multicolores.

— Et après ? reprend Louise.

— Après quoi ?

— Après l'opération… Tu as suivi ton traitement, tu as eu tes séances… Tu n'as jamais pensé à nous ? À nous parler ? À nous demander de t'aider, putain ? On est tes sœurs, MERDE !

Louise hurle. Jeanne sursaute et va aussitôt vérifier le salon. Pia dort toujours. Clarisse porte son casque sur les oreilles. Alors elle ferme doucement la porte et revient vers la terrasse. Les ombres autour de la table lui font peur, et en même temps elle est soulagée de ne plus avoir à garder ce secret pour elle.

— Dis quelque chose, putain ! Mathilde. Descends de ton piédestal, parle-nous. On s'en fout que tu aies peur, que tu sois moche, que tu pues, que tu sois malade. Parle !

Les épaules de Mathilde tressaillent. Elle regarde obstinément son assiette pleine de semoule éparpillée. Les mots sont coincés au fond de sa gorge. Violette attrape la bouteille de vin et se sert un grand verre, qu'elle boit d'un trait. Jérôme lui chuchote quelque chose à l'oreille, qu'elle fait mine de ne pas entendre. Elle aimerait qu'il ne soit pas là. Elle aimerait n'être qu'avec ses sœurs et sa mère, et que Raphaël n'agrippe pas le bras de Mathilde comme si elle lui appartenait. Puis Violette saisit la bouteille à pleine main et se lève brusquement.

— Bon, puisque personne ne veut parler de rien, moi je vais me coucher.

Alors que sa sœur se dirige vers sa chambre, Louise allume nerveusement une autre cigarette et prend une longue inspiration.

Louise

— Moi aussi, j'ai quelque chose à vous dire.

Violette hésite, tourne les talons, curieuse malgré tout, et revient s'asseoir. On entend les battements de la musique au loin, et le doux clapotis de l'eau dans la piscine.

— Je n'ai pas trouvé les mots jusque-là. Mais c'est simple au fond. Et puisqu'on ouvre les boîtes de Pandore… Bon, je suis lesbienne.

Jeanne renverse son verre. Le vin rouge coule doucement sur le bois de la table. C'est dommage, si on ne nettoie pas tout de suite, la marque va certainement rester, songe machinalement Louise. Violette a toujours les doigts agrippés à la bouteille. Mathilde relève son visage déformé par la confusion et le chagrin.

— Hein ? lâche Raphaël, dont on pourrait penser qu'il se retient de sourire.

— Ça te fait rire ? réplique Louise, avec une agressivité qu'elle n'a pas voulue.

— Pas du tout. C'est juste que… Comme ça…

— On se dit tout, non ?

Sonnée, Violette secoue la tête sans rien dire. Puis elle lâche :

— Y'a pas du cognac ou un truc qui arrache ?

— Je vais regarder, propose Jeanne, ravie de pouvoir s'éclipser pour faire le point avec elle-même.

— Ben ça, alors ! finit par dire Mathilde.

Nouveau silence, que Jérôme interrompt très vite :

— Je suis une femme.

Après un moment suspendu, il éclate d'un rire très personnel, visiblement ravi de sa plaisanterie d'un goût douteux. Et puis, emportés par la nervosité, le grotesque de son intervention, la tristesse et cette tension particulière, tous partent dans un fou rire qui se mue peu à peu en une bruyante cacophonie. Raphaël s'étouffe. Violette, qui n'en peut plus de rire, se tient les côtes alors que des larmes libératrices roulent sur son visage fatigué. Jérôme, qui ne sait pas bien si on rit de lui ou avec lui, semble néanmoins assez fier d'avoir su briser la glace. Mathilde secoue la tête en souriant, l'air de dire « non mais il est pas vrai, celui-là », tandis que Raphaël lance un regard presque admiratif à son comparse masculin. Louise, en revanche, ne sait pas bien si elle doit rire de la plaisanterie ou se fâcher, parce qu'elle ne s'attendait pas à ce que sa révélation provoque autant l'hilarité. Quant à Jeanne, qui revient avec un plateau chargé de bouteilles, elle les observe tous avec stupéfaction.

— J'ai raté quelque chose ?

— Non, rien, maman. C'est Jérôme qui nous a bien fait rigoler.

— Félicitations, jeune homme. Je ne sais pas comment vous vous y êtes pris mais vous avez accompli ce qui semblait être mission impossible.

— Merci, Jeanne. Je suis malheureusement loin d'être un jeune homme mais j'ai fait de mon mieux.

— J'ai trouvé plein de vieux alcools de votre père. Je suis ravie de taper dedans. C'est au moins ça qu'il n'emportera pas au paradis. Alors là, j'ai un armagnac. Et de la… on n'arrive même plus à lire l'étiquette, ça doit être de la prune. Oh, et une châtaigne corse. J'aimais beaucoup ça, vous vous rappelez, les filles ?

— C'est gentil, mais je vais aller me coucher. Le voyage m'a fatigué.

— Mais, vous ne venez pas d'Arles ?

— Si… Mais je suis exténué. N'est-ce pas, Raphaël ? Vous aussi, vous devez être crevé ?

— Non, ça va, répond Raphaël en attrapant une des bouteilles poussiéreuses, dont il ôte le bouchon avant de coller son nez au goulot.

— Mais si, chéri, tu devrais aller dormir, le presse Mathilde.

— Bah… C'est les vacances. Je prendrais bien un petit verre, moi aussi.

— Allez, venez, mon vieux, insiste Jérôme d'un air entendu, en faisant un large mouvement du bras pour l'entraîner.

Mathilde le pousse doucement du coude, et Raphaël finit par comprendre qu'on l'invite à quitter les lieux. Il ressemble à un petit garçon à qui on aurait refusé une partie de football sous prétexte qu'il y a déjà un avant-centre.

— Vous voulez bien en profiter pour rapporter la table roulante à la cuisine ? suggère Jeanne, qui s'est installée avec ses filles et commence à les servir dans les petits verres achetés par Violette et Michel au Mexique.

Raphaël revient sur ses pas en bougonnant, l'air de dire « Je préférais quand Yves était là. Tout était tellement plus… normal ». C'est d'ailleurs ce qu'il confiera à Jérôme quand ils auront déposé les restes du dîner, puis se retrouveront dans la salle de bains commune, sous l'ampoule qui pend depuis trente ans au-dessus du miroir rond. Et puis ils entendront monter de la terrasse des chansons de Dalida. Raphaël saura que Mathilde a branché son iPhone et il sera plus triste encore. Il adore Dalida. Et il adore la vieille prune.

Les frangines et leur mère

Elles ont quitté la table. Louise et Mathilde sont allongées dans le hamac, tête-bêche. Jeanne a pris un transat et un plaid. Violette est étendue les bras en croix sur le sol encore chaud pour contempler les étoiles.

— Je crois que j'en ai vu une.

— Une quoi ? demande Louise d'une voix pâteuse.

— Une étoile filante !

— Mais non, c'est le 15 août…

— … « pour mon anniversaire », enchaînent en chœur Violette, Louise et Jeanne, qui éclatent de rire avant d'avoir fini leur phrase.

— C'est ça, fichez-vous de moi, réplique Mathilde, faussement énervée.

— Je ne vois pas à quoi ça sert d'avoir des sœurs si c'est pour tortiller du cul, déclare Violette, le nez toujours tourné vers le ciel, fascinée par la beauté de ce spectacle propre à l'été.

— Violette, les gros mots ! intervient Jeanne, par habitude, comme si sa fille avait sept ans.

Louise et Mathilde se sourient. Rien ne change, en fin de compte. On croit devenir adulte mais à part le corps et les soucis, on reste les mêmes qu'il y a trente ans.

— Tu le sais depuis longtemps ? demande Mathilde en tapotant l'épaule de Louise avec ses doigts de pied.

— Arrête de me tripoter avec tes grands panards. Et toi, tu le sais depuis quand ? répond-elle en lui tirant une mèche de cheveux avec ses propres orteils.

— Noël. Quelques jours avant.

— Annie, quelques jours après. Oui, depuis toujours, peut-être bien. Je ne sais pas. Je crois que je ne me posais pas la question, en fait.

— Et tous les petits copains que tu ramenais à la maison, même petite ? Comment s'appelait celui qui avait une queue-de-rat ? C'était ton boy-friend officiel. Même que papa devait lâcher sa télé quand il dormait là parce qu'il squattait le canapé du salon. Vous aviez quel âge ?

— Je ne sais pas. Huit ou neuf ans. On ne faisait rien à cet âge-là, tu imagines bien.

— Papa disait toujours que tu étais une tombeuse, avec tous ces garçons qui te suivaient partout.

— Peut-être bien que je n'ai pas voulu gâcher ses espoirs en me taisant. Et toi, qu'est-ce que tu n'as pas voulu gâcher en gardant tout pour toi ?

Mathilde réfléchit un instant.

— Ma place. Mon image. Celle de l'aînée, celle qui protège. Qui doit être forte tout le temps. Tu te souviens, maman, quand on était enfants ? Un jour, tu m'avais conseillé de ne jamais montrer à Vio et Milou que j'avais peur. Tu m'avais dit très exactement : « Si tu te retrouves dans une situation où tu as peur, que tu es seule avec tes sœurs et qu'elles te demandent s'il y a de quoi être effrayée, nie. Rigole, éloigne le danger d'un revers de la main. C'est ce que font les parents. Ils doivent rassurer. » Ça m'est resté. Toujours.

— Je t'ai dit ça, moi ? Ça m'étonnerait.

— Pourquoi j'inventerais un truc pareil ? Ce truc a manifestement conditionné ma vie.

— C'est l'explication de ta psy ?

— Parfaitement.

— Tu vois une psy ?

— Ah bon, tu vois une psy, ma chérie ? C'est à cause de… ta maladie ?

— Comment tu savais ça, Violette ? demande Louise.

— T'emballe pas. Je l'ai appris comme ça, il y a deux jours. Je ne suis jamais dans les confidences.

— Moi non plus, rétorque Louise en regardant Mathilde, qui ne relève pas.

— Et toi, tu n'éprouves pas le besoin d'aller en voir un ? répond celle-ci à la place.

— Et pourquoi j'irais en voir un ? Parce que je ne suis pas hétérosexuelle ? Parce que je ne rêve pas d'une grosse voiture, de deux enfants et d'un gentil mari avec lequel faire des dîners de couple ?

— C'est comme ça que tu me vois ?

— Pardon… Non. Enfin, si. Mais je ne juge pas, d'autant que tu as l'air tellement épanouie dans cette vie-là avec Raphaël, qu'on adore toutes, tu le sais. C'est juste que…

— Ce n'est pas celle dont tu rêves toi, je l'ai bien compris. Mais pourquoi attendre toutes ces années pour nous parler de ça ? Alors qu'on est si proches… Tu as une double vie ? Ou est-ce que tu t'es empêchée d'aller vers ce que tu aimes parce que tu n'oses pas dire à tes sœurs, à ta mère, que tu n'es pas comme elles ?

Louise baisse les yeux, tandis que Violette se redresse sur les coudes pour observer sa petite sœur. Celle qu'elle a pratiquement élevée. Elles ont six ans et demi de différence. Ça n'est pas grand-chose, aujourd'hui. Mais à l'époque, ça représentait tellement… Jeanne, qui travaillait beaucoup, s'était moins investie dans l'éducation de cette enfant-là. Peut-être parce que c'était la troisième, et qu'on considère généralement que les choses doivent rouler pour les derniers-nés… Elles avaient passé tant de temps ensemble. Sans Mathilde. Comment Louise avait-elle pu lui cacher ça ? Peut-être justement à cause de cette relation quasi maternelle qu'elles entretenaient – les parents sont souvent les derniers avertis de la vie sexuelle ou sentimentale de leurs enfants. Violette avait bien senti l'emprise d'Annie sur sa sœur. Mais, à l'époque, elle avait pensé à une amitié amoureuse, si fréquente à cet âge-là – les adolescentes sont souvent très exclusives et passionnées.

— Et tu es amoureuse ? Est-ce que tu l'as déjà été ?

— C'est un interrogatoire ? proteste Louise, qui n'a visiblement aucune envie de s'étendre sur sa vie privée.

— Ça va, j'ai le droit de demander, non ? insiste Violette, en interrogeant Mathilde et Jeanne du regard.

Sur les sujets délicats, elle a toujours peur d'aller trop loin, d'être trop brusque. Alors elle demande sans cesse aux deux autres. « Tu penses que je pourrais demander à Louise… ? », « Est-ce que maman serait vexée si… ? » Mathilde voudrait lui répondre que c'est peut-être un peu tôt pour Louise. Que se confier ainsi, devant Raphaël et Jérôme, qui est presque un inconnu, n'a pas été évident. Alors elle décide d'anticiper les questions qui ne tarderont pas, la concernant. De livrer ce dont elle est capable de parler, histoire d'y mettre un terme.

— Plein de fois, j'ai failli vous le dire, commence-t-elle. Quand on déjeunait toutes les deux, Violette. Quand on était au téléphone, Milou. Mais ça ne sortait pas. Ça aurait tout gâché, sur le moment. C'est quand même lugubre, comme sujet. Tu n'as pas envie de déballer ça entre deux sushis, alors que ta sœur te raconte son histoire d'amour naissante ou des trucs marrants sur sa vie. Et puis, ne pas en parler, c'était aussi faire en sorte que ça n'existe pas. C'était rangé dans un petit monde parallèle auquel j'ai refusé d'appartenir. J'allais faire mes séances à l'hôpital. La plupart du temps, Raphaël m'accompagnait. Parfois, j'y suis allée seule. Je ne m'appesantissais pas, je prenais un bouquin, je ne « regardais » pas. Vous savez, pour les piqûres, les prises de sang… il y a toujours ceux qui regardent au plus près, et ceux qui ne veulent rien voir. J'ai toujours fait partie de la deuxième catégorie. Lorsque je rentrais à la maison, j'essayais d'y penser le moins possible, malgré la cicatrice, la fatigue, les nausées parfois. Je n'ai jamais cherché à entrer en contact avec d'autres malades, à lire des livres ou des articles là-dessus. Je ne juge pas celles qui en ont besoin. Chacun fait comme il le sent. Moi, c'est ça qui m'a sauvée, si j'ose dire. Faire en sorte que ça n'existe pas, que personne ne m'en parle, que mes proches ne se sentent pas obligés de prendre de mes nouvelles avec un air grave ou plein de pitié. Je craignais que vous vous empêchiez de me parler de vous, de vos problèmes, de rire ou de dire du mal des autres. Bref, j'avais peur que les gens n'osent plus être normaux. De voir dans leurs yeux la terreur. Moi, je ne voulais pas y penser. Jamais. Maintenant, c'est derrière moi. Et j'aimerais qu'on n'en parle plus. Ce n'est pas du déni. C'est seulement comme ça que j'ai choisi de « me battre » – je n'aime pas ce terme, je ne suis pas une guerrière ni plus ou moins courageuse qu'une autre. Et non, maman, je ne vais pas voir une psy pour lui parler de ça, mais de moi. On n'y fait presque jamais allusion, et elle n'a pas l'air de penser que c'est forcément mal. La maladie, ce n'est pas moi. C'est quelque chose avec lequel j'ai dû cohabiter quelque temps. Et que j'espère ne plus revoir, en tout cas pas de sitôt. Alors excusez-moi, si vous vous êtes senties blessées parce que je ne vous ai pas impliquées. Ça a été dur pour moi aussi de vous cacher quelque chose. Ça n'arrive jamais. Mais finalement je ne regrette pas mon choix. C'était comme ça. Vous comprenez ?

Louise n'ose pas bouger, parce que son corps est collé contre celui de Mathilde, et qu'elle redoute qu'elle s'arrête de parler. C'est si rare qu'elle le fasse. En tout cas avec sincérité, sérieux, comme là. Généralement, quand Mathilde s'exprime c'est pour râler, faire la morale ou se moquer. Et puis Violette se lève doucement. Elle retient ses larmes parce que Mathilde détesterait la voir pleurer. Et elle approche son front de celui de sa sœur et agrippe Louise qui peine à trouver la bonne position pour poser le sien contre celui de ses sœurs.

— Câlin-sœurs ! chuchote Violette, tandis que Mathilde la serre de son bras gauche et tend le second pour accueillir Louise.

— Câlin-sœurs, murmurent-elles.

Louise se tortille. Le hamac tangue. Alors évidemment, elle s'énerve. Mathilde lève les yeux au ciel, Violette recule, et Louise les fait basculer. Les deux sœurs chutent lamentablement, avec un gros « boum » qui fait sursauter Jeanne, laquelle se précipite affolée vers ses filles.

— Ça va ? Mathilde ? Milou ? Vous n'avez rien ? Non mais quelle soirée, dites quelque chose !

C'est Mathilde qui, la première, part dans un fou rire monumental, bientôt suivie de Louise, de Violette, qui les rejoint par terre, puis de Jeanne qui ne comprend pas vraiment comment on peut s'amuser dans un moment pareil. Elles sont toutes entassées les unes sur les autres et hurlent de rire dans la nuit.

— Chut, chut ! lance Jeanne de temps à autre, ce qui les fait repartir de plus belle.

Même l'élégante Mathilde produit des bruits de cochon. Louise lui reproche de grouiner. Violette manque d'air. Et puis leur hilarité finit par se calmer, et elles s'allongent côte à côte, toutes les quatre, sous le plafond d'étoiles. Calée tout contre elle, Violette observe sa mère. Elle la trouve jeune, belle. Pour un peu, on dirait leur quatrième sœur. Même si elle n'a pas avec Jeanne les mêmes relations qu'avec Mathilde ou Louise, elle est heureuse qu'elle soit là, pour partager avec elles ce moment. Elle aimerait lui dire tout cela, qu'une nouvelle vie s'offre peut-être à elle, qui leur a tant donné, depuis toujours, et que c'est à son tour d'accomplir ses rêves.

— Et si c'était le moment ? déclare soudain Jeanne.

— Le moment de quoi ? demande aussitôt Violette.

— De vendre. Ce n'est peut-être pas si idiot. En revanche, je ne veux pas le faire parce qu'il me l'a demandé. Si je prends la décision, il faut qu'il sache que c'est mon idée. Je ne veux pas être celle qu'on met dehors. Mais celle qui a choisi.

— Enfin, maman, tu ne vas pas vendre la maison de notre enfance ! s'exclame Mathilde, outrée.

— Et pourquoi pas ? Tu viens deux semaines par an, tu ne vas quand même pas lui demander de garder la maison parce que tu ne veux pas qu'on touche à tes souvenirs de petite fille.

— C'est vrai ça, Mathilde. En plus, tu as dit toi-même que ce serait une bonne idée ! Mais tu irais où, maman ? s'inquiète Louise.

— Là n'est pas la question. On a été heureux, ici. Très heureux, même. Pourtant, c'est peut-être le moment de laisser La Garrigue à une autre famille qui saura lui redonner ses lettres de noblesse. On ne peut pas vivre sans arrêt dans le passé. Et moi, qui habite ici, j'ai l'impression d'être enfermée dans un album photo. Votre père est partout. Dans mon armoire, dans la salle de bains, en train de se raser, sous les oliviers, à faire la sieste. Vous comprenez ?

— Et les travaux ?

— On verra… Mais je doute d'avoir assez d'argent. Ce serait du rafistolage.

— Il pourrait pourtant nous faire des super prix, votre Laurent, commente Louise, avant d'ajouter : c'est quand même le moins qu'il puisse faire.

Jeanne pince discrètement sa benjamine.

— Aïe ! Non mais ça va pas ?

— Tu ne l'as pas volée, celle-là, Milou, ironise Violette, sans même tourner la tête.

Mathilde en profite pour chuchoter à l'oreille de sa cadette :

— Tu sais…

— Laisse, c'est oublié.

— Je suis tellement désolée.

— Je sais.

— Je ne comprends pas ce qui m'a pris. Je ne l'ai jamais aimé. Lui non plus. C'était comme ça. C'était cruel, et idiot. Je suis un monstre.

— Arrête. C'est oublié, je t'assure.

— On vous entend, intervient Louise. Hé, vous savez quoi ? Je trouve qu'on a pas mal avancé, ce soir. Qu'est-ce que vous diriez de faire un nouveau pacte ?

— Mouais. C'est quoi encore, ton truc ? grommelle Violette, soupçonneuse.

— À partir de cette nuit, plus de secrets entre nous ! On est quand même plus fortes à trois. Et la vie est déjà assez compliquée.

— Comment ça, à trois ? se vexe Jeanne, pour le plus grand plaisir de ses trois filles.

— D'accord, maman. À quatre.

— Ben oui, à quatre. Je ne vois pas pourquoi je serais exclue. Non mais sans blague, je suis quelqu'un de très ouvert. Je vous vois, parfois, quand vous faites des secrets, et que vous vous fichez de moi en pensant que je ne peux pas comprendre… C'est faux ! Je suis…

Dans un même mouvement, Mathilde, Violette et Louise se précipitent sur leur mère pour la faire taire.

— Mais oui, maman, tu es géniale !

— Elles sont complètement folles ! Vous vous moquez, ou c'est vrai ? Arrêtez, vous m'étouffez…

Il est 2 heures. Sur la table, une lampe est toujours allumée, autour de laquelle virevolte une nuée de moustiques. Pensive, Jeanne contemple La Garrigue, plongée dans la pénombre, une nouvelle fois dépositaire de tant de bouleversements. Puis, se tournant vers ces trois femmes si unies, qui ont grandi, vieilli, aimé, souffert et tellement ri en son sein, elle songe que le temps est venu pour elle de tenir parole.

Violette

— Qu'est-ce que je vous sers ?

— Un chocolat liégeois, répond Violette, la tête vrillée par les cinq alcools qu'elle a mélangés jusque tard dans la nuit.

Alain relève la tête et manque de lâcher le verre qu'il essuie avec le même torchon vert olive qu'autrefois.

— Ça alors… Violette ?

La jeune femme se contente de sourire. Elle n'était pas sûre qu'il la reconnaisse. La dernière fois qu'ils se sont vus, c'était il y a vingt ans, durant l'inoubliable été qu'elle avait passé avec Laurent. Les liens entre les deux familles s'étaient déjà distendus. La faute à l'adolescence des enfants – c'est en tout cas ce qu'avait pensé Violette. Pourtant, aujourd'hui, elle a assez de recul pour se rendre compte que leurs parents avaient déjà cessé de se voir. Alors qu'ils étaient amis. Très amis, même.

— Tu n'as pas changé, murmure-t-il, visiblement ému de voir ce qu'est devenue la petite rouquine Carpentier.

Sans répondre, Violette demande :

— Vous n'avez plus la balancelle ?

Là où elle s'asseyait avec son père et ses sœurs.

— Et non. Elle était vieille. Et puis, il a fallu moderniser un peu le décor. Tu as vu ce que Saint-Rémy est devenu ? The « *place to be* », comme ils disent. (Son horrible accent fait sourire la jeune femme.) On nous a conseillé de faire appel à un décorateur, si on voulait garder notre clientèle. Regarde, on est entourés de quatre cafés, aujourd'hui. Ils ont beau servir de la merde, ils ne désemplissent pas.

Violette jette un coup d'œil à l'extérieur. Si elle était passée un nombre incalculable de fois devant les Variétés, à présent elle n'y prêtait plus attention. Oh, il lui arrivait de lever la tête vers les fenêtres du premier, dans l'espoir peut-être d'apercevoir la silhouette de Laurent. Un réflexe. Dans la famille, on n'avait plus jamais prononcé ce prénom honni, ni mentionné Alain et Fabienne. À cause de toute cette histoire, Mathilde était partie pendant sept ans. Et lorsqu'elle était enfin revenue, on avait préféré oublier une bonne fois pour toutes le passé. Alors, quand il fallait choisir un chemin pour regagner La Garrigue après être allé faire les courses, on tâchait d'éviter le café. Aujourd'hui, des tables flambant neuves et bien alignées attendent sagement le touriste auquel on servira un café à trois euros ou une des glaces figurant sur le tableau publicitaire distribué par le fournisseur à toutes les brasseries de France. L'endroit a beaucoup perdu de son âme. Tout y est aseptisé. Le distributeur à cacahuètes a lui aussi disparu. Les banquettes en similicuir ont été remplacées par du mobilier standard vendu par milliers aux bars du pays. L'odeur de tabac s'était envolée, tout comme les habitués.

— On ne l'a plus à la carte, ton chocolat liégeois. On n'en vendait plus que cinq par an tout au plus, explique Alain en désignant du menton le bac à glaces industrielles.

Est-il triste ? Nostalgique ? Il a toujours ses cheveux, plus gris, évidemment. En fin de compte, Alain a peu changé, n'étaient ces trois rides profondes qui griffent curieusement son front. Celle du milieu, brisée en son centre, forme comme une virgule incongrue dont Violette ne peut détacher son regard. Ça ressemble au chemin qu'ont pris leurs vies.

— Alors un café crème et une tartine. Tu en fais encore ?

— Et comment ! C'est tellement « français » ; les Américains adorent !

Il saisit une baguette, qu'il coupe en deux, et place le broc à lait sous la buse. Ça fait un bruit assourdissant qui résonne dans le crâne de Violette, et lui rappelle sa nuit précédente. Éprouvante mais inoubliable.

— J'ai vu Laurent, il te l'a dit ?

Sans lever la tête, et alors qu'il tartine généreusement le pain de beurre salé, Alain répond :

— Oui.

— Il a l'air d'aller bien.

— Oh, tu sais, Laurent, il va toujours bien.

— Ah oui ? ironise Violette.

Conscient de sa maladresse, Alain se reprend aussitôt :

— Enfin, « toujours »…, dit-il en déposant devant la jeune femme sa tasse brûlante. Violette, je vais être franc. Je suis assez mal à l'aise. Pourquoi tu es venue ? Est-ce qu'on peut parler de ce qui s'est passé ?

— Oui, on peut.

— Il a souffert le martyre. Je n'ai jamais vu mon gamin comme ça. À tel point que je suis venu à La Garrigue voir tes parents. Et pourtant, Dieu sait que je n'en avais pas envie. Je les ai suppliés de te parler. De vous parler, à ta frangine et toi. Non mais quelle connerie ! Tu imagines si tous les couples se quittaient dès que l'un fait une erreur. Oui, je sais ce que tu vas me dire : il ne pouvait pas faire pire. Mais enfin, vous aviez vingt piges, les hormones en ébullition. Et de ce qu'il m'a raconté, tu étais devenue distante. Il t'a attendue à Paris. Il était tellement heureux quand il est parti te rejoindre. Même que Fabienne était drôlement jalouse. D'habitude, le fiston, il s'en fichait pas mal, des filles. Il n'y en avait que pour sa mère. Mais là, il était vraiment amoureux, tu vois. Un premier amour, c'est pas pareil que les autres. Tes parents, ils m'ont raconté que ta sœur avait disparu, que toute cette histoire vous avait bousillés, vous aussi. Ils m'ont jeté dehors. Et toi, eh bien… On ne communiquait pas si facilement, à l'époque. Alors, j'ai laissé le café à Fabienne et je suis monté à Paris quelques mois plus tard pour te voir. J'ai attendu des heures en bas de chez toi. Tu as fini par arriver. Il pleuvait, il faisait froid. Je me suis levé pour te parler, mais au même moment j'ai vu que tu étais avec un type. Il est entré avec toi dans l'immeuble. Et ça a été fini, quoi. Qu'est-ce que j'allais faire ? J'ai pensé que tu étais passée à autre chose. Je suis revenu à Saint-Rémy, j'ai secoué mon gamin qui n'était pas sorti de sa chambre depuis six mois et je l'ai expédié presque de force au Canada, histoire qu'il se change les idées.

Sa mère était folle. Elle avait l'impression qu'il partait au bout du monde. On ne l'a plus revu pendant plusieurs années. Il envoyait des cartes postales de temps en temps. Il avait l'air de se plaire, là-bas. Il a fallu pas mal de temps pour qu'il rentre en France. Il avait rencontré celle qui allait devenir sa femme. La Basquaise. On ne l'a jamais vraiment aimée mais, enfin bon, elle l'avait guéri. Et ramené.

— On ne dit pas basque ?

— C'est tout ce que tu trouves à me répondre ?

— Mais non !

— Basque, basquaise… Ce que je sais, c'est qu'elle nous aura bien enquiquinés, celle-là.

— Moi aussi, j'ai morflé, tu sais. Enfin, c'était il y a longtemps.

— Tu as des enfants ?

— Une fille. Clarisse. Elle a onze ans.

— Fais-en d'autres. Un enfant unique, c'est trop de chagrin quand il s'en va.

— Il est revenu, non ?

— C'est ce qu'il dit.

— Et Fabienne ?

— Elle va bien. Elle ne devrait pas tarder. Elle est au marché. Elle y croise souvent la Françoise. Dis donc, ton père, il n'y est pas allé de main morte.

— Et maman, elle ne la croise jamais ?

— Si, sûrement… Enfin, tu sais, on s'est un peu perdus de vue.

— Perdus de vue…

— Oui, pour des bricoles.

Violette époussette son tee-shirt, fait voler les miettes de pain qui s'y sont collées, et termine la dernière goutte de son café au lait. Puis elle approche son visage de celui d'Alain.

— Ce n'est pas de Laurent que je suis venue te parler. Mais de Yoann.

Les Variétés, trente-trois ans plus tôt

— Tu es si belle.

D'habitude, elle l'envoyait balader, « Arrête, beau parleur ! », et lui balançait un oreiller au visage ou un gentil coup de pied dans le flanc. Mais elle avait besoin de sa douceur. Quand c'était arrivé, ils n'étaient pas ensemble, et la douleur avait été plus vive encore, à cause de la distance qui, pendant les longs mois d'hiver, les asphyxiait l'un et l'autre. Ce matin-là, quand Yoann était parti, Jeanne n'avait pas réfléchi. Elle avait appelé aux Variétés – il fallait qu'elle le joigne, qu'elle lui dise que leur fils était mort. Yves était parti s'occuper des démarches, elle était à la maison, toute seule, et elle avait pris son téléphone et composé ce numéro qu'elle s'interdisait d'appeler le reste de l'année. Si Fabienne répondait, elle raccrocherait. Puis elle réessayerait encore, et encore. Cette fois, Alain avait répondu. Elle avait entendu sa voix chaude qui l'avait enveloppée.

— C'est moi, avait-elle dit.

Et il avait compris que quelque chose était arrivé.

Alain et Fabienne étaient venus pour l'enterrement. Yves avait proposé qu'ils dorment sur le canapé-lit du salon mais ils avaient décliné. Le jour des funérailles, sous un affreux crachin, Alain s'était arrangé pour se tenir au plus près de Jeanne. Il avait beaucoup pleuré. Fabienne avait été surprise de cette sensiblerie qui ne lui ressemblait guère, mais elle n'avait pas fait de commentaires. Alain pleurait-il sur ce second fils qu'ils peinaient à concevoir ? Était-il plus attaché qu'elle-même à ce couple dont ils étaient devenus si proches ? Au moment des condoléances à la famille, il s'était attardé contre la tempe de Jeanne, avait serré sa main très fort, caressé sa joue de ses lèvres et avait murmuré son amour à son oreille. Ils auraient pu s'enfuir tous les deux, alors. Parce qu'ils s'étaient rendu compte que leurs ébats secrets étaient plus qu'un jeu dangereux, qu'un écart survenu par hasard dans leurs vies bien rangées. Jeanne essayait fréquemment d'y mettre un terme au prétexte qu'il était hors de question, pour elle, d'élever ses filles autrement qu'au sein d'une famille unie. Quant à Alain, il bossait jour et nuit au café avec Fabienne pour rembourser le prêt de leur appartement du premier étage. Non vraiment, ce serait une folie. Mais quand elle était tombée enceinte, en avril, Jeanne avait su tout de suite que Yoann était l'enfant d'Alain. Alors, ce bébé avait grandi dans son ventre, sous les yeux attendris de tous pendant l'été suivant. Elle l'avait tant aimé. Au début, bien sûr, la culpabilité était venue la tourmenter. Mais elle avait été tellement heureuse d'emporter un peu d'Alain, de le sentir là, en elle, alors qu'ils allaient devoir attendre si longtemps avant de se revoir. Et puis, elle avait pensé qu'il ne s'agissait que d'un tout petit secret. Le leur. Le sien.

— Il faut qu'on arrête, Alain.
— Mais pourquoi ?
— Parce que ni toi ni moi ne sommes prêts à détruire notre famille. Parce que l'enfant qui nous unissait n'est plus là. Parce qu'il faut bien avancer, et arrêter de mentir.

Fabienne étant partie quelques jours chez sa mère avec Laurent, Jeanne avait profité de la sieste pour passer voir Alain. Elle avait prétexté une course à faire en ville, des livres à passer prendre à la bibliothèque. Yves n'y avait guère prêté attention, trop heureux de pouvoir profiter des quelques heures durant lesquelles la maison redevenait calme et silencieuse.

Dans la chambre d'amis, qui ne servait qu'à eux, Alain et Jeanne étaient nus, enlacés sur le lit trop étroit, submergés par ce désir pour l'autre qui semblait ne jamais vouloir s'éteindre. Le soleil qui filtrait à travers les persiennes glissait sur eux. Alain caressa du bout des doigts les seins lourds de Jeanne, puis il descendit doucement vers ce ventre qui avait abrité trois enfants, dont le leur. Jeanne se pressa contre lui et enfouit son visage dans le creux de son cou. Elle respira son odeur, qu'elle aurait reconnue entre mille, et qui la faisait défaillir lorsqu'ils se frôlaient en présence de tiers. Il l'étreignit passionnément, lui chuchotant des paroles de réconfort qu'Yves n'avait pas su trouver après la disparition de Yoann. Elle ne lui en voulait pas. Peut-être que son attitude exempte de toute sensiblerie l'avait empêchée de sombrer tout à fait. Il s'était admirablement occupé des filles. De Mathilde, surtout, dont il s'était beaucoup rapproché.

Violette était si jeune ; tel un petit animal, elle s'était collée à sa mère dévastée pour lui imprimer sa chaleur. D'une certaine manière, ils s'étaient réparti leurs filles.

Soudain, Alain grimpa sur Jeanne, colla son bassin contre le sien et lui immobilisa les bras, sachant qu'elle protesterait. Il ne lui en laissa pas le temps. Il prit sa bouche dans la sienne, fou de désir pour elle ; ce même désir qu'elle sentait déjà monter, et qu'elle n'eut pas la force de refouler. Alain bougeait doucement en elle, presque imperceptiblement. Pourtant, son plaisir grandissait avec une violence qu'elle n'avait jamais ressentie. Il enflait dans son ventre, si fort, comme si le chagrin amassé était venu s'y unir pour former une vague immense qui menaçait de l'emporter. Jeanne tenta de résister mais, au bout de quelques minutes, elle ne put réprimer un cri animal qu'Alain étouffa de justesse avec sa paume, observant avec fascination cette femme qu'il aimait tant hurler son plaisir et son chagrin dans ses bras.

— Jouis, souffla-t-il.

Et ces simples mots libérèrent plus encore ce que Jeanne gardait pour elle depuis de longs mois. Lorsqu'elle se tut finalement, son corps était secoué de spasmes et son visage, couvert de larmes. Puis elle murmura un « merci », dont Alain ne fut pas sûr qu'il fût vraiment réel, avant de s'endormir dans ses bras.

Jeanne

Il a vieilli, se dit-elle quand elle le voit arriver. Il a beau afficher un teint hâlé, avoir perdu un peu de poids, elle le trouve vraiment quelconque. Un vieux pruneau. Un retraité du sud de la France parmi tant d'autres, qui arbore des chemisettes acidulées pour paraître plus jeune. Alors qu'il approche de la terrasse du café où elle lui a donné rendez-vous – un lieu neutre, où ils n'ont pas de souvenirs –, elle sent son cœur tambouriner dans sa poitrine. Ils ne se sont pas vus depuis si longtemps. Un an. Ça ne leur était jamais arrivé durant ces quatre décennies. Jeanne se fait un instant la réflexion qu'elle a davantage vécu avec cet homme que sans lui. Et pourtant, quand elle le regarde aujourd'hui, elle a l'impression d'être face à un étranger. Dire qu'ils avaient juré devant Dieu, les hommes et leurs parents de s'aimer et de se soutenir jusqu'à ce que la mort les sépare. Ils ont plutôt bien tenu. Jeanne songe que c'est peut-être une chance qu'ils aient flanché avant la fin – on se colle des obligations, parfois, dont on ne sait même plus pourquoi on les trouvait si inviolables.

Yves ne sait pas s'il doit l'embrasser, la saluer de loin. Finalement, il lui tapote l'épaule. Comme un vieux chien, pense-t-elle. Et elle se dit que c'est probablement ce qu'elle était devenue pour lui. Un animal de compagnie. Ils restent silencieux, attendant que le serveur qui tournicote autour d'eux vienne enfin les débarrasser de cette étape obligatoire. Yves commande un Perrier, Jeanne un thé. Ils sont aussi sages que ces petits vieux qui savent que leur santé est désormais ce qu'ils ont de plus précieux. Elle décide de rompre la glace la première. Après tout, c'est elle qui lui a proposé ce rendez-vous.

— Tu as l'air en forme, ment-elle.

— Merci. Oui, j'ai repris le tennis.

— Super.

— Ça se passe bien avec les filles ?

— Oui, c'est un bel été. On se rapproche. La vie est belle, à La Garrigue.

— Justement…

— Je voulais te voir à ce sujet, l'interrompt-elle. Ça va probablement te faire de la peine. Je sais qu'on a beaucoup de souvenirs là-bas. Mais bon, vu la situation… Et puis, il faut parfois savoir changer d'air. Voilà, j'aimerais vendre La Garrigue.

Yves ouvre la bouche. Sous le coup de la surprise, ses sourcils remontent brusquement, alors que le serveur, occupé à reluquer une jeune fille qui court en robe-tablier, leur apporte une théière brûlante et une bouteille d'eau gazeuse, avant de s'éloigner en leur souhaitant un « bon appétit ». Décidément, un couple de seniors venant prendre un verre en terrasse n'a guère d'intérêt. Jeanne se force à sourire en plongeant le sachet de mauvais thé dans la théière impersonnelle de ce lieu tout aussi aseptisé. Puis elle reprend, faussement sûre d'elle-même :

— Qu'est-ce que tu en penses ?

— Je ne sais pas. Il faut que j'y réfléchisse. C'est si soudain. Mais… oui, dans l'idée, pourquoi pas. Et toi, qu'est-ce que tu vas devenir ?

— Ce que je vais devenir ? Mon cas n'est tout de même pas si désespéré… Je vais en profiter pour changer d'air, découvrir de nouveaux horizons, un nouveau pays, qui sait ? Je me suis trop encroûtée, ici. Je ne vais quand même pas passer mes vieux jours dans cette région. Il faut vraiment être en manque d'imagination pour continuer de vivre dans son village natal.

— Tu parles pour Françoise ?

— Ah, non, tiens. Je n'y avais pas pensé. Excuse-moi ! Non, mais Françoise a d'autres qualités que la curiosité, bien sûr.

— Tu sais…

— Quoi ?

— Je suis désolé, vraiment.

— De quoi ?

— D'être parti comme ça, si abruptement.

— C'est du passé. J'ai compris.

— Ah bon ?

— En fait, non. C'est du passé, mais je n'ai rien compris. Pourquoi avoir choisi de partir ? Pourquoi justement à ce stade de notre vie ? Les gens se séparent à quarante, cinquante ans. Pas après quarante-huit ans de mariage.

— À cause de ça, justement. Du fait que tout était si bien rodé. Toutes ces années, ma vie était sur des rails, bien organisée, par toi, pour beaucoup, et je t'en remercie. Je suis resté dans la même entreprise. Nous avons élevé nos trois filles, avons épargné, payé les traites de la maison. Nous avons surmonté les épreuves, dormi dans le même lit. Longtemps. Puis les filles ont grandi, fait de bonnes études. Chacune a fini par se caser, j'étais rassuré, elles étaient à l'abri. Ensuite, il y a eu la retraite. Ça a été un choc, et je pensais que les premiers temps seraient les plus durs. Je me trompais. C'est après que j'ai compris.

— Compris quoi ?

— Que je ne voulais pas que la mort nous sépare. Que je voulais connaître autre chose. Vivre pour moi. Pas rester en couple parce que c'était la logique de l'histoire, ou que ça faisait plaisir à mes enfants…

— … et à ta femme.

— Regarde-moi. Tu en avais vraiment envie ? Qu'on reste tous les deux à végéter à La Garrigue jusqu'à ce qu'on soit trop faible pour tenir la maison ? Qu'on attende sagement le retour des filles l'été, ou qu'elles nous envoient les gamins pour les vacances ? Qu'on ne ressente plus le frisson des premiers jours ?

— Oui, j'en avais envie.

— Alors, je suis désolé. Mais j'ai décidé d'être égoïste. J'imagine que tu m'en veux, que tu m'en voudras longtemps. Toujours, peut-être. Les filles aussi. J'ai le rôle du méchant, évidemment. Cependant, je ne regrette pas.

— En quarante-huit ans, tu m'as trompée ? demande soudain Jeanne. Avant Françoise, je veux dire.

Elle se rend compte qu'elle ne s'était jamais posé la question.

— Jamais ! réplique-t-il, visiblement choqué. Et même Françoise. En fait, on a attendu que je quitte le « domicile conjugal », comme on dit chez les vieux schnocks comme nous.

— Épargne-moi les détails, tu veux ?

— Pardon. Je pensais que c'était important que tu le saches. Mais, pourquoi tu me demandes ça ? Tu ne m'as pas trompé, quand même ? demande-t-il en réprimant un éclat de rire tellement ça lui paraît incongru.

Alors Jeanne hésite. Elle a envie de lui répondre qu'elle aussi a rêvé d'une autre vie, de sortir de ce livre-là pour en commencer un autre, tout nouveau tout beau. Ailleurs. Mais qu'elle a résisté à la tentation, serré les dents, et laissé cet amour-là s'effilocher jusqu'à ce qu'il n'en reste plus rien. Et que, grâce à cela, Louise est née. Cette petite fille mutine et joyeuse qui a ranimé leur couple, apporté tant de joie et de gaieté dans leur famille qui se mourait peu à peu. Qui les a fait se sentir jeunes à nouveau, prêts à dévorer le monde pour cette gamine braillarde et dodue qui avait chassé les fantômes du passé.

— Non. Bien sûr que non, répond-elle.

Ensuite, Yves explique que Françoise l'attend, que des amis viennent dîner. Et Jeanne sent son cœur se serrer parce qu'elle se demande qui sont ces amis, qui font d'eux, plus encore, un vrai couple. Et très vite elle se dit qu'à la maison aussi on l'attend. Ses trois filles, ses deux gendres, ses trois petits-enfants. Et sa poitrine se gonfle d'émotion et de gratitude pour cet homme, car c'est également grâce à lui que leurs filles sont devenues les femmes qu'elles sont aujourd'hui. Jeanne regarde Yves s'éloigner. Elle le revoit jeune et mesure le chemin parcouru. Néanmoins, elle refuse de penser que c'est la fin. Elle aussi va continuer sa route. De son côté.

Violette

Il lui a répété combien il avait aimé sa mère. Qu'elle était restée avec Yves pour elles trois, et puis sûrement aussi parce qu'elle aimait leur père, peut-être plus qu'elle ne l'imaginait. Que les couples traversaient souvent ce genre d'épreuves. Peut-être que si Yoann avait vécu, tout aurait été différent. Peut-être qu'il aurait demandé à Jeanne de tout quitter pour cet enfant. La vie de Violette aurait alors été différente, celle de Mathilde aussi. Louise ne serait pas née. Il ne semblait pas triste. Seulement résigné. Il a ajouté qu'il fallait bien réfléchir. Que la vie, ça tenait à ces choix minuscules qui pouvaient tout changer. Qu'il ne fallait pas se laisser enfermer dans la colère, l'entêtement, le doute. Parce qu'on n'a qu'une vie, et qu'on est finalement seuls à l'écrire.

Et puis il lui annonce comme ça que Laurent est là-haut. Dans sa chambre de gamin, en attendant de trouver autre chose. Elle est sur le point de protester. Par habitude. Et puis elle regarde les familles déambuler dans la rue. Une femme en robe d'été, tenant par la main deux petites filles. Un homme qui vient planter un baiser sur sa joue. Elle sourit. Il fait très chaud déjà, malgré l'ombre des platanes qui s'étale sur les trottoirs. Elle n'a pas envie de rentrer tout de suite à La Garrigue. Jeanne et ses sœurs sont là pour Clarisse. Jérôme dormira tard, comme à son habitude. Elle a des comptes à régler avec son passé. Qu'est-ce qu'elle risque, après tout ? Alors, d'un signe de la tête, elle accepte de monter. Elle attrape son panier d'osier, lisse sa jupe longue, tire discrètement sur son débardeur qui dévoile sa poitrine, et elle suit Alain. Les marches grincent tandis qu'ils les gravissent une à une.

— Laurent ?

Violette sent son cœur s'emballer. C'est idiot, songe-t-elle. Elle l'a vu la veille. En évitant soigneusement de croiser son regard, évidemment.

— Laurent ?

Elle voudrait s'enfuir. Elle a envie de dire à Alain de parler moins fort. De ne pas le réveiller, qu'elle reviendra plus tard. Mais elle entend des pas et, soudain, il est là. Torse nu, en bas de survêtement, en train de repeindre des chaises posées sur une bâche.

— Oui, papa ? fait-il sans lever les yeux.

— Tu as de la visite.

C'est d'une banalité, se dit-elle. D'où vient cette expression ? Aujourd'hui, plus personne ne surprend personne par sa visite. On s'appelle, on se prévient par message, on n'arrive plus comme ça, à l'improviste. Violette a l'impression d'être présentée à un enfant de son âge pour jouer avec lui. Elle se voit, godiche, avec son panier pendant au bout de son bras, ses cheveux roux coupés court, sa jupe idiote et son air crétin. À nouveau, elle a envie de partir en courant. Pourtant, le regard qu'il lui lance lorsqu'il relève enfin la tête, sa joue couverte de peinture bleu marine, lui ôte toute velléité de fuite. Elle a du mal à nommer les sentiments qu'elle perçoit sur ce visage si familier, mais elle éprouve aussitôt une forme de bien-être. Comme lorsqu'on retrouve un ami avec lequel on est fâché, et que l'on n'a pas vu depuis très longtemps. Comme lorsqu'on rentre chez soi.

— Violette…

— Bon, je retourne au restaurant, moi. Ce n'est pas la Séverine qui va pouvoir tout gérer seule.

Ni Laurent ni Violette ne lui répondent. C'est à peine s'ils l'entendent.

— J'aurais dû me douter que tu étais déjà debout. Tu t'es toujours levé à l'aube.

— Avant l'aube, tu sais bien. Combien de fois, le nez sur ma Swatch, je t'ai regardée dormir en priant pour que tu te réveilles enfin. Une vraie marmotte.

— Non, c'est toi qui es complètement insomniaque !

— Tu dors toujours autant ?

— Non, plus depuis que j'ai eu ma fille.

— Clarisse ?

— Oui.

Soudain, Laurent ne sait plus quoi dire. Après tout, c'est elle qui est montée le voir. Elle observe son torse. Elle le connaît si bien. Le léger renfoncement entre les deux pectoraux, la fine ligne de poils, qui monte du nombril et s'élargit jusqu'aux tétons. De la sueur perle sur sa poitrine. Et sur son front, où quelques cheveux se sont collés. Il a toujours fait une chaleur suffocante dans cet appartement. Apparemment, les années n'y ont rien fait. Fabienne et Alain préfèrent toujours tirer les volets, brancher un ventilateur qui brasse de l'air chaud, plutôt que céder à la climatisation. Comme à La Garrigue. Ce matin, les fenêtres du salon où Laurent peint sont grandes ouvertes, et le soleil tape déjà sur le parquet vieilli. Violette sent une goutte se frayer un chemin entre ses seins, puis descendre sur son ventre. Elle n'ose pas bouger, à peine tourner les yeux vers la pièce, pour vérifier que rien n'a changé depuis vingt ans. Elle finit par poser son panier et prend un papier qui traîne sur la table pour s'éventer. Est-ce l'émotion qui la met dans cet état ? Elle doit se reprendre. Elle est adulte. Elle doit cesser de fuir, de se cacher parce qu'elle a peur d'être blessée, déçue. Elle doit redevenir celle qu'elle était avant Michel. Une fille brillante et drôle, qui a puisé sa force dans la saine concurrence avec son aînée, avant de décider qu'elle ne valait rien, rien de plus que le droit de respirer sans bruit.

— Pourquoi ? demande-t-elle abruptement.

Laurent ne paraît pas surpris. Il s'attendait certainement à cette question. Il aurait tant voulu qu'elle la lui pose à l'époque, plutôt que de lui infliger son silence.

— Je ne sais pas.

— Ah non. Pas ça !

— Tu as raison. J'y ai souvent réfléchi, tu sais. J'ai tellement essayé de comprendre pourquoi j'ai gâché ma vie en quelques secondes. Pourquoi je n'ai pas imaginé que tu pouvais arriver à tout moment, et qu'il n'y avait rien de plus idiot à faire que d'embrasser ta sœur. J'avais tellement de chance de t'avoir, d'être si jeune, d'avoir la vie devant moi, devant nous…

— Et alors ?

— Alors, je pense qu'aucune réponse ne t'apportera satisfaction. Peut-être que, petit, j'étais fasciné par Mathilde. Comme nous tous. Comme toi. Peut-être que la simple possibilité de franchir cette barrière sur un monde fantasmé, c'était comme une occasion que je ne pouvais pas refuser. J'avais trop bu, évidemment. Elle aussi. Mais ça n'excuse rien. Peut-être que tu nous impressionnais, elle et moi. Tu étais, tu es, tellement brillante, tellement incroyable. À chaque moment qu'on passait ensemble, je n'en revenais pas. Je crois que Mathilde était elle aussi très impressionnée.

— Tu racontes n'importe quoi ! Mathilde a toujours été la reine. Tu l'as dit, on était tous à ses pieds.

— C'est cela que tu n'as jamais compris. Je vous connais toutes les deux depuis que je suis gamin. Et, crois-moi, elle a toujours été jalouse de toi. C'est peut-être pour ça qu'elle était si cassante, intransigeante et supérieure. Elle voulait se convaincre, et te tenir à distance. Elle a bien fait. Tu as toujours accepté d'être sa seconde, docilement. Ça te plaisait bien, ce rôle de l'ombre.

— Et alors ? Qu'est-ce qu'il y a de mal à ça ?

— Rien. Sauf qu'elle a dû penser qu'un jour tu brillerais davantage. Et elle n'avait pas tort.

Pour se donner une contenance, Violette tripote le papier qui lui sert d'éventail. Cette conversation la gêne, comme leur proximité dans ce petit salon bas de plafond. La cloche de l'église sonne. Laurent s'approche d'elle. Il est tout près. Il lui retire le papier des mains et le retourne. C'est une photo d'eux deux dans l'herbe, prise par Louise, avec son petit appareil Kodak. Elle n'arrêtait pas de les harceler cet été-là.

— Qu'est-ce que tu fabriques avec ça ?

— Je l'ai retrouvée dans ma chambre. Mes parents n'ont rien changé. Elle est telle que je l'ai laissée.

— Ah.

Violette ne peut détacher ses yeux du cliché. Ils sont éblouis par le soleil et plissent les paupières en riant. Leurs dents sont très blanches. Laurent a l'air d'un gamin – elle le trouvait si mûr, alors. La jeune fille de la photo semble heureuse, insouciante. C'était avant l'immense chagrin, et puis Michel, et cette vie mécanique dont elle a suivi docilement le chemin.

— J'aurais dû tout tenter pour te récupérer. J'aurais dû t'attendre, même si tu ne voulais plus me parler. Violette…

— Tu as essayé. Et puis, ça n'aurait rien changé. Tout était cassé. Finalement, c'est sans doute le départ de Mathilde que je ne t'ai pas pardonné.

— Je sais.

— Est-ce que tu te rends compte ? Je t'ai perdu toi, et puis ma sœur, coup sur coup. C'est comme si vous étiez morts tous les deux. Dans mes rêves, je vous ai souvent imaginés ensemble, puisque vous étiez tous les deux sortis de ma vie. Et puis, rien n'a plus compté qu'elle. Je n'ai plus vécu que pour son retour. Mathilde et Louise, c'est toute ma vie. Tu comprends, ça ?

— Non. Je suis fils unique, tu le sais bien. Mais je vous avais, vous. Vous avez été comme une famille.

— Une famille bien incestueuse, ironise Violette, amère.

— Arrête.

Laurent s'approche un peu plus. Alors elle recule d'un pas. Parce que sentir d'aussi près son odeur, sa peau, ça la bouleverse. Elle redoute de tout foutre en l'air. Comme Jeanne avait failli le faire. Et elle pense à Clarisse, qui a fait la connaissance de Jérôme. Depuis Michel, c'est la première fois qu'elle lui présente quelqu'un. Ça a été dur pour elle. Une séparation, ce n'est pas simple, surtout dans ces conditions. Quant à Jérôme, elle l'aime à sa façon. Sans passion, c'est certain. Mais qu'est-ce que la passion lui a apporté, en fin de compte ? Des menaces, des cris, beaucoup de larmes, des nuits d'angoisse, le cauchemar d'un cœur qui se déchire, sept années d'une sœur. Non, Jérôme l'apaise, la protège. Tout est doux avec lui. Elle l'imagine qui dort à La Garrigue, dans sa chambre de jeune fille. Elle a envie de le prendre dans ses bras. Qu'est-ce qu'elle fiche là ? Elle doit être raisonnable.

— Pardon... Pardon, Vio.

Laurent s'est assis sur la table de bois recouverte de cette nappe brodée qu'elle a toujours détestée. Il est réellement désolé. Elle le sait.

Et dire qu'ils ont failli avoir un frère. Un frère qu'ils auraient partagé. Un frère qui aurait tout changé car jamais il ne l'aurait vue autrement que comme lorsqu'ils étaient petits. Ils seraient devenus une famille, aussi inséparables qu'ils l'avaient toujours été. Plus, peut-être. Et pourtant c'est autre chose qu'elle éprouve en cet instant. Alors, elle s'avance lentement vers lui. Juste pour vérifier que le passé ne s'est pas totalement envolé.

15 août, un an plus tard

— Tu as pensé aux bougies ?

— T'es dingue. Elle ne voudra jamais qu'on en mette quatre. Ça fait au moins dix ans qu'elle nous prend la tête avec ses quarante ans. Alors, plus…

— Oui, mais si on n'apporte pas de gâteau, on risque le drame du siècle, non ?

— Tu rigoles ? Tu penses vraiment que je veux finir étouffée sous un tapis de yoga ? J'ai commandé une pièce montée, il y a trois semaines. J'ai même demandé qu'on écrive Mathilde en énorme sur toute la structure.

— J'espère qu'il est bio, ton gâteau, Violette.

— Oh, elle ne va pas nous soûler pour ça.

— Bah… si. C'est son anniversaire. Et c'est Mathilde.

— Pas faux. Je te dois combien pour le cadeau ?

— Je ne sais plus. Mais je ne te devais pas de l'argent pour celui de maman ?

— Possible. Ou alors, c'est Mathilde ?

— On n'arrivera jamais à faire les comptes, de toute façon. Bon, il faut qu'on se dépêche. Ils arrivent dans une heure. Raphaël m'a appelée de la station-service. Ils se sont arrêtés six fois, à ce qu'il paraît.

— Quand est-ce qu'ils arrêteront de venir en voiture ? Ce qu'ils peuvent être ringards.

— C'est pour ça que tu les aimes. Tu n'as jamais apprécié le changement, pas vrai ?

— Pourquoi tu dis ça ?

Louise sourit. Voilà un an que sa vie a pris un virage inattendu. Elle tourne la tête vers l'immense verrière, enchâssée dans le vieux mur en pierre de La Garrigue, qui donne sur les Alpilles, visibles à présent depuis la cuisine. Une seconde terrasse ombragée, aménagée un peu plus loin en contrebas, renforce l'ambiance champêtre de l'ensemble, qui a été entièrement repensé par le nouveau propriétaire. Un potager a été installé tout près des fourneaux. Chacun peut venir y ramasser des tomates, des petits pois, des melons, des artichauts, et cueillir toutes ces herbes aux arômes merveilleux. Chaque fois que Louise s'en approche, son cœur déborde d'émotion et s'enivre de cette enfance qui surgit pour se mêler au présent.

Beaucoup d'arbres ont été plantés – au fil des ans, ils marqueront de leur empreinte cette terre aride sur laquelle tant de souvenirs dorment, désormais en paix. De longues guirlandes de lumière ont été accrochées de part et d'autre des cyprès. La fête sera belle. Mathilde n'est pas venue depuis Noël, depuis qu'elles avaient toutes les trois refermé la boîte de leurs souvenirs, pour ouvrir un nouveau chapitre de leur vie. Elles avaient rangé les cadres et les livres dans des caisses que Mathilde allait emporter à Paris. Puis organisé un gros vide-grenier dans la maison, où tout le village avait été convié. Jusque tard dans la soirée, les rires avaient résonné sur La Garrigue, ainsi que de vieilles chansons que les enfants passaient sur l'ancien tourne-disque cabossé. Lorsque les derniers invités étaient partis, suivis un peu plus tard par Alain et Fabienne, Louise, Mathilde, Violette, Jeanne et Yves s'étaient retrouvés tous ensemble dans le salon. Les enfants dormaient. Françoise était restée au village – c'était mieux ainsi. Les Carpentier avaient fait la paix. Avec beaucoup de tristesse, mais aussi un agréable sentiment d'apaisement, ils s'étaient partagé les souvenirs, des petits morceaux de ce pan de vie commune, qui les liaient à jamais. Louise avait surpris le regard d'Yves sur Jeanne et y avait lu une immense gratitude pour ces bonheurs-là, et de la culpabilité aussi, car nul n'oubliait qu'il avait décidé seul d'y mettre fin. Ils s'étaient serrés les uns contre les autres, tous les cinq, comme autrefois, face à la cheminée de pierre dépouillée des bibelots qui l'encombraient depuis des années. Les flammes étaient venues caresser leurs visages sur lesquels la vie avait passé, et continuerait de passer. Et Yves avait signé la promesse de vente. Plus tard, Jeanne partirait pour de bon, loin. Elle avait pris sa décision.

Après cinquante ans à s'occuper de ses filles, de son mari, et des centaines de femmes qu'elle avait accompagnées, il était temps pour elle de voir autre chose. Elle avait vendu ses parts de la maison aux filles, et était allée dans une agence qui proposait aux seniors des voyages autour du monde. Après maintes hésitations, elle avait fini par signer pour six mois, sac au dos, à partir de février. États-Unis, Mexique, Équateur, Pérou, Afrique du Sud, Laos, Cambodge, Vietnam, elle avait payé en tremblant un billet multidestinations et, depuis, était aussi excitée qu'une gamine à la veille de sa première colonie de vacances. En attendant son départ, et alors que les travaux l'avaient définitivement privée de son ancien « chez elle », Jeanne avait loué un joli petit appartement dans le centre de Paris, qui lui avait donné l'impression d'avoir vingt ans. Pour la première fois. Elle s'était mariée jeune, et était passée directement de chez ses parents au domicile conjugal. Profiter de ce deux-pièces douillet, et de son temps libre pour aller au cinéma, se consacrer à la méditation ou se promener, sans se soucier de cette immense maison qui lui avait pris beaucoup d'énergie, lui avait ouvert des horizons insoupçonnés. Et puis, elle avait pu profiter pleinement de ses filles. Quoique…

Louise avait peu à peu pris ses distances depuis qu'elle était amoureuse, et qu'elle avait décidé de donner toutes ses chances à sa nouvelle histoire. Son aventure avec Lisa avait commencé doucement. Après l'été, les deux jeunes femmes avaient continué de s'écrire, et de se téléphoner. Une belle complicité était née. Louise avait été d'un grand soutien pour les Adam lorsque Rose s'était éteinte à l'hôpital, à la fin de l'été. Elle était souvent venue les voir, elle avait longuement parlé avec Guillaume, et avec Lisa, avec laquelle elle avait passé beaucoup de temps. À la rentrée, le couple avait continué de se détacher, sans bruit, sans heurts. Et puis Lisa était revenue dans la région, pour une raison a priori professionnelle que Louise n'avait pas bien comprise. Leur premier baiser avait été une vraie déflagration pour elles deux.

Jeanne, attendrie, s'était dit que les âmes sœurs existaient bel et bien, de celles avec lesquelles l'évidence s'impose. Elle n'avait pas connu ça avec Yves – leur amour s'était lentement épanoui, et les enfants étaient venus le cimenter. Elle était heureuse d'assister à cela, et de voir sa petite dernière comblée, enfin en paix avec elle-même, débarrassée de cette satanée urgence à combler le vide d'une existence qui n'attendait que de se dérouler.

Quant à Violette, elle n'était jamais vraiment repartie. Ce pauvre Jérôme avait été le dommage collatéral d'un amour de jeunesse qui avait ressuscité. Ou plutôt d'un chapitre jamais vraiment clos, qui avait laissé ses protagonistes perdus, errant hors du livre qu'ils n'auraient jamais dû quitter. Mathilde et Louise avaient été sidérées de retrouver leur sœur telle qu'elles l'avaient connue vingt ans plus tôt. La Violette fantasque, sûre d'elle-même et presque trop brillante était peu à peu réapparue, à mesure que s'exprimaient ses sentiments pour Laurent. Quant à lui, ses démonstrations d'affection en devenaient presque gênantes. Jeanne et Louise en riaient, lorsqu'il débarquait à La Garrigue, sautant de sa voiture pour courir vers elle, la couvrir de baisers et lui dire, encore et encore, cet amour débordant qu'il avait trop longtemps gardé enfermé au fond de lui. Lorsqu'elle n'avait pas Clarisse, Violette venait une semaine sur deux pour le voir, à la plus grande joie de sa mère et de sa sœur. Et puis il y avait eu ce dîner d'automne, quand l'air encore tiède et le village rendu à ses habitants leur permet d'en profiter pleinement. Sur la grande table en bois d'une taverne locale qui surplombait les vignes, Laurent, Jeanne, Violette et Louise terminaient leurs verres de vin en évoquant pour la première fois leur avenir respectif. Tout s'était noué ce soir-là, lorsque Laurent avait parlé de son désir d'acquérir quelque chose dans la région. Il était d'ici et, selon lui, il ne pourrait jamais s'épanouir sous un autre climat, ni dans une grande ville. Ses racines étaient à Saint-Rémy. Au pire, il rejoindrait par moments Violette à Paris, mais le reste du temps il se consacrerait à retaper sa baraque – c'était son boulot, finalement. Et c'est alors qu'il avait avancé l'idée. Oui, pourquoi ne rachèterait-il pas la part d'Yves ? Après tout, il aimait cette maison presque autant qu'elles. Ce serait mieux que de la vendre tout à fait ? Et puis, il pourrait se charger des travaux, sans qu'elles aient à se ruiner. Jeanne pourrait occuper une partie du bâtiment, et lui une autre. Il pourrait même bâtir une seconde maison sur le terrain. Il y avait suffisamment de place. Jeanne avait émis quelques doutes sur la faisabilité du projet. D'autant qu'elle s'était convaincue de la nécessité de son départ ; rester un hiver de plus à Saint-Rémy ne la faisait guère rêver – même en compagnie de son petit Laurent. C'est à partir de ce moment-là qu'elle avait songé à laisser sa part à ses filles, et à mettre les voiles, loin, libérée de toute contrainte. Mathilde avait été facile à convaincre. Comme ses sœurs, elle désirait à tout prix garder la maison. Cette solution en valait bien une autre – et peut-être aurait-elle enfin une salle de bains ! La paperasserie enfin expédiée, La Garrigue allait pouvoir retrouver une nouvelle jeunesse.

C'est lorsque son histoire avec Lisa était devenue sérieuse que Louise avait pris sa décision. Elle en avait fini avec le métier d'infirmière. En tout cas pour un temps. Cette vocation qu'elle avait embrassée pour ressembler à sa mère l'avait épuisée et, très investie dans les travaux de La Garrigue et l'intendance de la maison, elle avait de moins en moins de temps et frôlait le burn-out. Elle avait beaucoup réfléchi, à mesure que le nouveau bâtiment dans lequel habiterait Laurent prenait forme, et que La Garrigue retrouvait de sa superbe. La région était très prisée par les touristes de tous pays ; et, même hors saison, ceux-ci cherchaient à découvrir les charmes de la vie provençale dans ces belles demeures qui racontent une histoire. Louise, à la fois anxieuse et excitée, avait appelé ses sœurs, pour une conversation à trois. D'abord inquiètes par ce rendez-vous téléphonique inopiné, Violette et Mathilde avaient été très vite emballées par le projet de leur benjamine. En avril, La Garrigue était officiellement devenue un gîte, proposant des chambres d'hôtes très bien notées par leurs premiers clients. Les cabanes à vélo étaient devenues des écuries, où Louise logeait les chevaux de la région, qu'elle montait quotidiennement au petit matin, lorsque tout le monde dormait encore. Il avait aussi fallu apprendre à faire les petits déjeuners aussi bien que Jeanne, décorer les chambres, suivre la comptabilité et gérer le site Internet de La Garrigue. Ravie, Mathilde avait proposé de s'occuper du compte Instagram et suggéré d'organiser des retraites de yoga avec quelques clientes désireuses de se ressourcer à l'ombre des oliviers. Louise et Laurent avaient néanmoins tempéré son enthousiasme car les premiers temps avaient été difficiles. Louise n'y connaissait rien. Tout comme

Laurent, qui s'efforçait de faire de son mieux pour aider. Mais avait été très flatté de découvrir que certains commentaires laissés sur Internet vantaient le charme du « beau-frère de la propriétaire ».

Violette s'était définitivement installée au lancement des vacances scolaires, bien qu'elle ait passé une bonne partie de l'année sur le chantier. Elle avait peu à peu aménagé un atelier dans la « maison de Laurent » – que Louise appelait la « Petitlaurentière », en souvenir de ses jeunes années –, dans lequel elle passait ses après-midi à travailler la terre, sans jamais se lasser d'admirer la beauté de ce paysage qui déroulait à perte de vue ses bandes mouvantes de vert, d'or et de bleu.

— Ça va, les belles gosses ? On glande ?

— Non mais il est gonflé, celui-là. Tu le connais ?

Louise donne une petite tape derrière la tête de Laurent qui, chargé de caisses, ne peut lui répondre autrement qu'en lui tirant la langue. Il dépose sa cargaison sur l'immense plan de travail en béton qui longe la baie vitrée.

— Elle arrive quand, l'autre folle ?

— De qui tu parles, là ? De ma sœur ?

— Non, de ta copine.

— Oh, quelle saleté ! Lisa arrive en fin d'après-midi. Et Mathilde ne devrait pas tarder. Ils viennent avec maman, finalement. Elle dit qu'elle ne peut plus voir un train en peinture, et qu'elle est ravie de voyager en bagnole avec eux. J'attends de voir si après six heures calée entre Paul et Pia, avec Mathilde en mode radio ragots et Raphaël qui gueule contre les automobilistes du monde entier, elle sera toujours du même avis.

— Ça va faire bizarre de la revoir, n'empêche.

— On l'a quand même pas mal eue sur Skype.

— Ne m'en parle pas. Ça coupait toutes les trois minutes... Mais se voir en vrai, ce n'est pas pareil.

— Je sais. Je suis hyper excitée, pourtant je ne dis rien, tu me connais. Et puis, c'est toi, la sentimentale. Et la petite chérie à sa maman.

— Moi ? Enfin, ça a toujours été toi.

— On est vraiment obligés de rejouer votre enfance tous les jours ? intervient Laurent.

Violette et Louise se tournent vers lui, aussi surprises que s'il avait émis un pet bien sonore au milieu d'obsèques larmoyantes.

— Eh bien... oui. Tu nous connais depuis combien de temps ?

— Trop, beaucoup trop ! leur lance-t-il en repartant vers le parking pour chercher le reste des courses.

Violette tente de lui balancer une boulette de papier que Laurent, qui a anticipé son geste, rattrape au vol. Violette sourit tout en caressant son ventre rond. Elle n'avait pas vraiment prévu cela. C'était venu si vite. En février, elle avait eu de grosses douleurs à l'abdomen. Elle avait d'abord cru à une mauvaise position à l'atelier, où elle passait le plus clair de son temps – ses affaires avaient bien décollé, elle vendait ses pièces à de nombreuses boutiques du Sud, en plus des magasins parisiens et de sa boutique en ligne. Avait-elle trop travaillé ? Sa posture au-dessus du tour était-elle correcte ? Elle avait laissé passer un peu de temps avant d'avoir un soupçon car elle avait arrêté la pilule. Si elle doutait que cela se produise à presque quarante ans, elle continuait néanmoins d'espérer au fond d'elle-même que ce vœu qu'elle avait fait sous les étoiles filantes se réaliserait.

Laurent avait hurlé de joie quand elle lui avait annoncé. Et il avait fallu toute la patience de Violette pour qu'il accepte de garder le secret pendant les trois premiers mois. Au marché, avec les ouvriers, ou ses clients sur les chantiers qu'il suivait en plus du leur, il arborait un sourire crétin qui ne l'avait plus quitté pendant des semaines. Ravie d'avoir Louise pas loin, Violette ne cessait de la bombarder de questions – c'est normal, tu crois ? à mon âge ? est-ce que d'autres patientes t'ont parlé de ça ? Et chaque fois, Louise lui répondait par une moue qui signifiait « c'est bien la peine d'avoir eu une mère sage-femme ». C'est là que Violette s'était rendu compte qu'elle n'avait jamais vu Jeanne avec les mêmes yeux que sa petite sœur. Elle ne s'était guère intéressée à la vie professionnelle de cette femme, qui était avant tout celle de leur père, et accessoirement celle qui les élevait. Elle ne l'avait jamais perçue comme une femme à part entière, qui avait presque son âge quand elle avait connu une grande passion avec Alain, puis perdu le petit Yoann. Alors aujourd'hui, Violette s'efforçait de gommer cette étiquette de grand-mère dont elle avait inconsciemment affublé Jeanne, et d'écouter ses récits, ses joies, ses doutes lorsqu'elle se confiait depuis le bout du monde.

Lorsque Clarisse apparaît dans la cuisine, Violette en a le souffle coupé, comme chaque fois que son regard se pose sur cette petite merveille, devenue une belle adolescente. La jeune fille s'approche doucement. Elle est en maillot de bain, et porte une espèce de blouson fluo par-dessus. Son portable pend en collier autour de son cou. Louise et Violette se gardent bien de lui faire une quelconque réflexion sur son look – elles le lui ont promis. Mais lorsque Clarisse se love contre le gros ventre de sa maman et passe les bras autour de son cou pour lui faire un câlin, Violette adresse un clin d'œil à sa sœur en pouffant.

— Vous vous foutez de moi ? demande Clarisse de ce ton monocorde propre aux ados.

— Pas du tout ! répondent-elles en chœur.

— Y'a Granny.

— Quoi, Granny ?

— Devant la fenêtre, là. Qui nous regarde comme les jumelles de *Shining*.

— Hein ?

Violette fait volte-face et sursaute quand elle croise le regard de sa mère. Il faut quelques secondes aux filles pour comprendre que Mathilde, Raphaël, les enfants et Jeanne sont arrivés sans qu'elles les entendent. Alors elles se précipitent toutes les trois dehors – Violette à la traîne claudique plutôt de cette drôle de démarche qu'elle a adoptée depuis un mois – et sautent dans les bras de Jeanne. Elles la trouvent rajeunie, amincie, bronzée, changée. Ça crie dans tous les sens.

— Oh là, qu'est-ce que tu es belle comme ça, Violette ! Ça me rappelle l'époque où tu attendais Clarisse. Une grossesse merveilleuse.

Derrière Jeanne, Mathilde fronce les sourcils.

— Aussi merveilleuse que celles de Mathilde, ajoute Jeanne sans même se retourner parce qu'elle connaît si bien son aînée et qu'elle a senti dans son dos sa pointe de jalousie.

Soufflant d'exaspération, et déjà en nage, Raphaël décroche les trois vélos qu'il a calés sur sa voiture. Il précise qu'il veut en faire son « activité familiale » des vacances. Pia réprime une grimace, elle n'a pas l'air enchantée. Louise lui demande ce qu'il entend par « familiale ». Qui est ma famille ? songe alors Violette. Est-ce que c'est Laurent et Clarisse ? Est-ce que ce sont elles ? Est-ce qu'on agrandit sa famille, ou est-ce qu'on en change ? Une chose est sûre : elle n'est pas prête à quitter ses frangines, et elle les trimballera longtemps, quels que soient les changements qui s'opèrent pour elle.

Petit Paul attrape un caillou pour le manger. Mathilde pousse un hurlement, le gronde et le prend dans ses bras. Elle commence à avoir du mal. Son ventre l'encombre. Elle pensait ne plus pouvoir à cause de ses traitements. Et puis la vie lui a fait ce cadeau. Violette et elle passent des heures au téléphone pour en parler. Elles accoucheront à quelques semaines d'intervalle. Leurs filles seront comme des sœurs.

Clarisse

J'ai laissé Pia installer le Monopoly pour aller m'allonger près de la piscine, à l'endroit où on se mettait avant, quand j'étais petite. La Garrigue a tellement changé qu'on dirait que c'est une nouvelle maison. C'est bizarre. Un peu comme notre famille. Ce sont les mêmes gens, mais complètement différents. Sauf Mathilde qui est restée la même, à part sa grossesse, qui est quand même un sacré binz. Toujours pressée, énervée par ce qu'on lui dit, par la lenteur des autres, toujours tirée à quatre épingles, comme dit maman. C'est ouf, à part son ventre qui dépasse comme un ballon de basket, impossible de savoir qu'elle est enceinte. Contrairement à maman, qui déborde de partout. De bonheur et de chair.

Je sais qu'elle s'est inquiétée de savoir si son changement de vie allait me traumatiser. Déjà que j'ai des parents séparés, devoir changer de beau-père à peine le premier débarqué, c'est vrai que c'est pas évident. D'autant que je l'aimais bien, Jérôme. Le pauvre, il a pris cher. L'amour l'a explosé. Mais pas l'amour pour lui, l'amour pour un autre. Mais je continue à le voir. Je veux toujours devenir architecte, c'est lui qui m'en a donné envie. Alors on s'envoie des sms et, parfois, le samedi après-midi, on part dans Paris voir des expos ou se balader pour regarder les immeubles, les statues. Une fois, il m'a dit que rien que pour le fait de m'avoir rencontrée, cette histoire valait le coup. Il s'en remettra, je pense. Le bon point, c'est que maman n'a pas traîné pour régler l'histoire. Je les ai entendus parler, l'été dernier, alors que j'étais assise à la même place que maintenant. Et le lendemain, il était parti. Vraiment trop classe, le mec. Il n'a pas crié ni rien, comme papa l'aurait fait. Il était juste hyper triste. Je crois qu'il attendait un max de sa relation avec maman et des présentations à la famille. Peut-être que si on n'était pas allées dans cette boutique de souvenirs, maman n'aurait jamais revu Laurent, et Jérôme serait toujours là. Mais plus tard, quand j'ai vu ma mère avec Laurent, j'ai compris qu'ils se seraient de toute façon retrouvés un jour, et que c'était bien pour elle. Je ne l'ai jamais vue comme ça. Si heureuse, si marrante. Elle ne fronce plus les sourcils. Tout est cool, même quand je veux aller dormir chez une copine ou que je ne la rejoins pas pendant sa semaine parce que j'ai un anniversaire à Paris et que je veux rester chez papa et Maryline. Je crois que Laurent, qui est toujours de bonne humeur comme si la Terre était en super bonne santé et qu'il n'y avait aucune guerre, y est pour quelque chose. Je kiffe de voir maman avec lui, même si lui et moi on ne se connaît pas encore très bien.

Le dîner était vraiment trop bien. C'est le meilleur qu'on ait fait à La Garrigue depuis longtemps. Mathilde a râlé un peu parce qu'elle vieillit. Elle dit que c'est le début de la fin, la dégringolade, enfin plein de trucs pas très féministes qui ont fait hurler Louise et rigoler tout le monde. Elles aiment bien se prendre le chou sur ces trucs-là, je crois. Et sur plein d'autres. Elles sont tellement différentes toutes les trois. À se demander si elles sont bien sœurs. Granny a pas mal parlé de son voyage. Je suis super fière d'elle. Partir autour du monde à son âge, toute seule... Quand j'ai raconté ça à mes copines, elles étaient sur le cul. Ensuite, elle nous a montré plein de photos sur son iPad. Je crois que ça ennuyait tout le monde parce que plus personne n'écoutait : Louise rigolait avec Lisa, Mathilde grondait Pia qui jouait à la console sous la table, maman et Laurent se roulaient des grosses pelles – c'est vraiment trop gênant. Sauf Raphaël qui, en mode chouchou des gendres de Granny, faisait genre « Oh, mais ces montagnes sont sublimes, Jeanne. Où étiez-vous ? » Je crois qu'il a peur pour sa place, parce que Laurent et Granny se connaissent depuis longtemps. Moi, j'y jetais des coups d'œil de temps en temps parce que j'étais à côté de ma grand-mère et que je savais que ça lui faisait plaisir, même si j'avais déjà vu ces photos mille fois sur WhatsApp. Et puis, à un moment, Raphaël a dit « Qui est ce monsieur, Jeanne ? », et Granny est devenue toute rouge. Elle lui a arraché l'iPad des mains. L'erreur de débutante. Tout le monde sait qu'il faut supprimer ses photos compromettantes ou les balancer sur le Cloud – sauf s'il est connecté à toute la famille, évidemment. Alors Raphaël, qui avait trop bu, je pense, a sauté sur Granny pour le lui reprendre en rigolant. « Mais qu'est-ce que vous nous cachez, Jeanne ? Un prétendant ? » C'est dingue qu'il continue de la vouvoyer quinze ans après alors que Laurent la tutoie depuis longtemps.

Malgré la musique, le bruit et les cris des enfants de Lisa qui couraient derrière Pia, tout le monde a fini par se tourner vers Granny, hyper gênée. À part Louise et Lisa qui se regardait dans le blanc des yeux comme si elles étaient seules sur la terre. Je crois que Laurent a donné un coup de pied sous la table pour faire réagir Louise parce qu'elle a poussé un petit cri genre « ça va pas, la tête ? » On dirait un peu des frères et sœurs. Surtout qu'ils se ressemblent énormément, physiquement, c'est ouf. Ils se disputent mais alors tout le temps, comme si c'était leur mode de communication de base.

— J'ai rencontré quelqu'un, a dit Granny.

Je pense que personne ne s'y attendait. Exactement comme personne ne s'attendait à ce que mes grands-parents se séparent.

— Il s'appelle Patrick, il a dix ans de moins que moi, c'est un jeune retraité. On a passé les deux derniers mois de mon voyage ensemble.

Même les petits ont arrêté de courir. Ou alors c'est l'impression que j'ai eue, comme un arrêt sur image. Et puis Louise s'est levée en premier, parce que je crois que c'est la plus ouverte des trois. Ou alors, c'est parce qu'elle a toujours considéré Granny comme une vraie femme. Alors que pour ma mère et tata, c'est leur maman, point barre. Elles badaient, toutes les deux, avec leur gros ventre. Je les ai vues se regarder et se retenir de rigoler parce que tout partait vraiment en vrille depuis que chacun vit sa vie comme il l'entend.

Et puis finalement, maman et Mathilde ont fait genre elles étaient heureuses pour elle. Mais je voyais bien qu'elles étaient gênées. Je ne sais pas si c'était de penser à leur mère dans les bras d'un autre homme ou le fait qu'il soit plus jeune. Enfin, j'ai l'impression que ça arrive très souvent dans l'autre sens – Maryline aussi a dix ans de moins que papa –, et que ça ne dérange personne. J'ai passé ma main sous la table et j'ai pris celle de Granny parce que je voyais bien qu'elle n'était pas rassurée et qu'elle n'aimait pas être au centre de l'attention. Je l'ai serrée fort, j'ai fermé les yeux et j'ai respiré l'odeur de La Garrigue, qui était en fait toujours la même malgré les changements.

L'année prochaine, j'aurai une nouvelle petite sœur. Avec la première, ça m'en fera deux. Comme maman. J'espère qu'on s'entendra aussi bien qu'elles plus tard. Parce que moi aussi, j'ai envie de rester avec mes frangines toute ma vie.

REMERCIEMENTS

Merci à ma sœur Leslie de m'avoir finalement rendu le pull Sessun qu'elle planquait dans son placard depuis des années. Et de m'avoir permis de devenir celle que je suis aujourd'hui.

À ma mère, à ses sœurs, à ma grand-mère, aux Demoiselles de Rochefort, à Kate et Pippa Middleton, aux sœurs Lamy, aux sœurs Hadid, aux sœurs Seignier, aux sœurs Brönte, aux Kardashian, aux sœurs Bruni, aux sœurs Williams, aux sœurs Costa, aux sœurs Provost, aux sœurs Chétrite et Milgrom, aux sœurs Cosby, aux sœurs Capwell, aux sœurs de Thomson, aux sœurs de Pancol, à toutes les sœurs de mes copines, à toutes celles qui ont partagé de près ou de loin avec moi ce lien sacré qui les relie à cet être si proche, si identique et si différent, qu'on aime et qui nous exaspère tant, qui fera éternellement partie de nous.

À Véronique Cardi pour sa confiance et son énergie ébouriffante.

À Isa et Gégé qui me portent tous les jours.

Et puis merci à Anne Pidoux.

De la même auteure :

Je dis ça, je dis rien… et 200 autres expressions insupportables, Leduc, 2013.

La Cour des grandes, Lattès, 2015.

Les Jeux de garçons, Lattès, 2015.

Les Devoirs de vacances, Lattès, 2016.

L'Odeur de la colle en pot, Lattès, 2019.

PAPIER À BASE DE FIBRES CERTIFIÉES

Le Livre de Poche s'engage pour l'environnement en réduisant l'empreinte carbone de ses livres. Celle de cet exemplaire est de :
250 g éq. CO_2
Rendez-vous sur
www.livredepoche-durable.fr

Composition réalisée par PCA

Achevé d'imprimer en août 2021, en France sur Presse Offset par
Maury Imprimeur – 45330 Malesherbes
N° d'impression : 256248
Dépôt légal 1re publication : mai 2021
Édition 09 – août 2021
LIBRAIRIE GÉNÉRALE FRANÇAISE – 21, rue du Montparnasse – 75298 Paris Cedex 06

66/0679/3